Helena Baum
Die dreckigen Dreißiger

HELENA BAUM

DIE DRECKIGEN DREISSIGER

ROMAN

Impressum:
Helena Baum
c/o Papyrus Autoren-Club
Pettenkoferstrasse 16-18
10247 Berlin

Lektorat: Elsa Rieger

Umschlaggestaltung: indiepublishing.de
Umschlagmotive: © Remains/depositphotos

Dieses Buch widme ich
meiner Tochter Maria und meiner Enkelin Ida,
zwei der liebenswertesten Mädchen in meinem Leben.

Die eine in ihren Dreißigern. Die andere noch keine drei.

Den Gebrauch der Kräfte, die man hat,
ist man denen schuldig, die sie nicht haben.
(Carl Schurz)

Prolog: Herbst 1990

Es klingelte Sturm. Aus dem Tiefschlaf gerissen, schaute ich mich desorientiert um und bemerkte, dass es draußen noch stockfinster war. Ich knipste die kleine Lampe am Bett an, registrierte, dass es erst ein Uhr in der Nacht war und weckte Mike, der neben mir vor sich hin grummelte.

»Romy, was ist denn?«

»Kannst du nachschauen? Es klingelt wie verrückt. Ich hab Angst, dass Nelly aufwacht.«

Er schlurfte zur Tür und ich hörte nur Wortfetzen, die er in die Gegensprechanlage stammelte.

»Was? ... Nein ... warte, ich mach auf ...« Ich hörte, dass er den Türöffner drückte und nach mir rief. »Romy, komm schnell. Flori ist da. Irgendwas stimmt nicht.«

Ich zog mir meine dicke braune Strickjacke über, eilte zur Wohnungstür und sah eine aufgelöste Flori. Der offene Wintermantel über ihren Schlafsachen, Turnschuhe ohne Socken, ihren Wohnungsschlüssel in der Hand, weckten meine Angst. Sie redete wirr von ihrer acht Monate alten Tochter Anna.

Noch schneller als der eiskalte Wind, der um die Häuser zog, rannten wir zusammen in ihre Wohnung. Die Wohnungstür stand sperrangelweit auf und Floris Baby lag in ihrem Bettchen. Beim Näherkommen sah ich, dass sie sich nicht bewegte. Ich legte mein Ohr an ihren Brustkorb. Nichts. Überprüfte den Luftzug an ihrem kleinen Mund. Keine Atmung. Sie lag in ihrem Bettchen wie eine Puppe. Wunderschön, zart und leblos. Flori kauerte in einer Ecke des Kinderzimmers, hatte ihre schlanken Arme um die angezogenen Beine gelegt und schaukelte vor und zurück. Sie wimmerte, während ich hektisch den Notarzt und Roberta, unsere gemeinsame Freundin, anrief.

Im Zeitlupentempo drückte ich den Ausknopf meines Handys

und eine gespenstische Lautlosigkeit breitete sich in der Wohnung aus. Für einige Minuten blieb die Welt stehen und alles wurde still. Still wie in einem Grab.

Ein markergreifender Aufschrei zerriss die Lautlosigkeit. Aus Floris Wimmern wurde ein einziger, aus den Tiefen ihrer Seele kommender Klageschrei. Ich nahm sie wortlos in meine Arme, mehr konnte ich nicht für sie tun.

Kurz darauf ging alles wahnsinnig schnell. Der Notarzt, ein Krankenwagen, Roberta und die Polizei trafen fast gleichzeitig ein.

Anna war tot.

Anna Reinhard.

Geboren am 02.03.1990, 15:35 Uhr.

Gestorben am 22.11.1990, 1:45 Uhr.

Todesursache: Plötzlicher Kindstod.

TEIL I
August 1996 bis Dezember 1997

1

In jenem August 1996 traf ich drei Entscheidungen. Zuerst trennte ich mich nach drei Jahren lauer Beziehung von Markus. Unser Jahresurlaub war lange geplant, also flogen wir nach Afrika. Plan war Plan. Wir langweilten uns miteinander, stritten uns endlos und brüllten uns zwischenzeitlich mit Unterstützung der tosenden Wellen derart an, dass sich die Palmwedel vor Schreck zusammenzogen. Das Ergebnis konnte sich sehen lassen, wir flogen als getrennte Leute zurück nach Berlin.

Die zweite Entscheidung, glücklicher zu sein, und das Leben mehr zu genießen, würde mich viel Disziplin kosten. Ich weilte gern in der Zukunft und malte mir üppig aus, was alles schwierig werden könnte.

Die dritte Entscheidung, keine Nebenbeziehungen mehr zu führen, hielt ich für die schwerste, weil sie Nummer zwei unterwanderte. Um glücklich zu sein, brauchte ich Nebenbeziehungen und Affären. Nur dann fühlte ich mich sicher und geliebt. Keine Affären mehr zu haben, hieß, weniger das Leben zu genießen.

Meine zehnjährige Tochter Nelly und ich schleppten nach unserem Afrikatrip unser Gepäck in den vierten Stock. Wäre es eine Filmszene, würde man eine Mittdreißigerin wie eine Dampflok schnaufen hören, die ihre Koffer wahlweise hinter sich herschleppte oder vor sich hinschob. Das Mädchen träumte, summte vor sich und betrat eher tänzelnd Treppenstufe für Treppenstufe. Insgesamt einhundertfünfunddreißig Stufen.

Oben angekommen, öffnete ich jedes Fenster und flutete alle Zimmer mit der frischen Sommerluft.

»Kommt Markus jetzt nicht mehr zu uns?«, fragte Nelly unvermittelt, als sie auch endlich oben angekommen war.

»Nein, ich habe mich von ihm getrennt. Wir haben uns nur

noch gestritten. Ich will keinen Streit mehr. Ich will es schön haben.«

»Ich fand ihn komisch. Sarah auch.«

»Ich weiß. Vielleicht höre ich beim nächsten Mann besser auf euch beide.«

»Wir brauchen keinen neuen Mann. Du hast doch Papa.«

Nelly ließ keine Situation aus, ihn zu erwähnen. Mike, ihren geliebten Papa. Der Zusatz, dass mit ihm alles noch viel schöner gewesen wäre, gehörte zu unserem Leben wie mein tägliches Zähneputzen.

»Nellyschatz, ich koche mir einen Kaffee und dann machen wir es uns auf dem Sofa gemütlich, okay? Ich muss erst mal durchatmen und ankommen.«

»Ja, Mama. Aber gleich kommt doch Sarah vorbei. Hast du das schon wieder vergessen?«

»Ach stimmt, vergessen. Wieso wieder? So viel vergesse ich nun auch nicht!« Theatralisch haute ich mir viel zu stark mit der flachen Hand an die Stirn, sodass mein Kopf nach hinten flog und Nelly lachen musste.

»Afrika war so schön, Mama. Am liebsten würde ich heute wieder am Strand Volleyball spielen. Zum Glück sind die Ferien noch nicht vorbei. Noch schöner wäre gewesen, wenn Papa auch da gewesen wäre.« Sie plapperte so vor sich hin, während sie ihre Tasche ausschüttete und den Inhalt quer in der Wohnung verteilte.

Ich strich meiner Tochter über ihren blonden Schopf und war erleichtert, dass Nelly den Urlaub genießen konnte, selbst ohne ihren geliebten Papa und ohne ihre geliebte Freundin Sarah, die normalerweise mit uns zusammen in den Urlaub fuhr.

Ich verteilte die Wäsche auf dem Boden vor der Waschmaschine und sortierte alles nach Farben. Der größte Haufen war wie immer ein schwarzer Haufen, obwohl ich mir zu Beginn des neuen Jahres vorgenommen hatte, mehr Farbe zu tragen. Wild entschlossen, meine Neujahrsvorsätze wenigstens im achten Monat des neuen Jahres umzusetzen, suchte ich in meinem Kleiderschrank das grasgrüne Kleid und zog es sofort an. Grasgrün.

Wie gewagt!

Es klingelte und Flori stand mit einer riesigen Einkaufstüte vor der Tür. »Du bist schon da?«, fragte sie irritiert mit asymmetrisch hochgezogenen Augenbrauen in ihrem herzförmigen Gesicht.

Ich beneidete Flori um ihre Gesichtsform, ihr zartes Kinn, die geschwungenen Augenbrauen und die kleine Nase. Mein Gesicht war eher rund.

»Ich wollte doch noch schnell die Blumen gießen und deinen Kühlschrank auffüllen.«

»Flori, komm rein. Komm her.«

Ich zog sie in den Flur und in meine Arme und war glücklich, sie wiederzusehen. Ich küsste sie umständlich auf beide Wangen, mehrmals hintereinander. Immer und immer wieder. Bis Flori, die so viel Körperkontakt mit Frauen verabscheute, sich wegdrehte und ihr Gesicht angewidert abwischte.

»Romy, nicht solche nassen Küsse, eklig. Wie bist du denn drauf? Wieso hast du so gute Laune?« Sie schob mich zur Seite und ging schnurstracks in die Küche, stellte die Tüte ab und setzte sich an den Küchentisch.

Nelly kam aus ihrem Zimmer gehüpft und setzte sich zu uns.

»Hallo, Florence.«

Meine Tochter schien der einzige Mensch auf diesem Planeten zu sein, der Flori mit ihrem vollständigen Namen ansprach. Florence. Flori selbst sagte, die meisten sprechen Florence leider so aus, als hätten sie beim Zähneputzen nicht zu Ende gegurgelt. Die Hälfte ihres Namens würde im Rachen stecken bleiben. Und allen Menschen aus Sachsen und Thüringen verbot sie von vornherein, *Florence* zu sagen. Das würde immer nach Flöhränze klingen. Flori würde ausreichen, das könne wahrlich jeder aussprechen.

Es klingelte erneut und Nelly begrüßte stürmisch ihre Busenfreundin Sarah. Beide verschwanden sofort in Nellys Zimmer und hatten sich garantiert allerlei zu erzählen. Immerhin waren sie drei Wochen getrennt.

»Flori. Ich habe es geschafft. Ich bin frei. Es gibt keinen Markus mehr in meinem Leben.« Ihre großen, wachen Augen leuchteten sofort auf.

»Endlich mal eine gute Nachricht. Eure Beziehung glich nur noch einem morastigen Tümpel voller Einzeller. Prost!«, sie ging zum Kühlschrank, öffnete ungerührt einen eisgekühlten Prosecco und füllte zwei Gläser für uns.

»Das wird gefeiert. Auf deine neue Freiheit, Romy! Und was machst du mit deinem Tanzgott, David?«

»Ich will auch keine Sicherheitsnetze und doppelten Böden mehr. Von ihm trenne ich mich auch noch. Das wird kein Problem sein. Ich versuche, mich in Zukunft nur noch auf einen einzigen Menschen einzulassen.«

»Wow, das ist ja mal ein Vorsatz! Hast du deine Angst vorm Verlassenwerden in den Keller gesperrt?«, lachte sie. Wir prosteten uns zu.

»Weißt du, was ich im Urlaub über mich verstanden habe? Da mein Vater, als er noch lebte, nur im Verborgenen zu mir stand, suche ich immer wieder das Heimliche, das Verbotene. Sobald meine Mutter im Raum war, kritisierte er mich genau wie sie. Waren wir allein, sagte er nette Sachen zu mir und strich mir seufzend über den Kopf. Nur das Heimliche ist mir vertraut. In Zukunft möchte ich auch das andere können. Das Un-heimliche.« Wir kicherten albern. Der Prosecco zeigte erste Wirkung.

»Aber warte. So schnell bin ich nicht. Das heißt, deine geheimen Sicherheitsnetze, deine Affären und One-night-Stands sind das Vertraute?«

»Ja. Mich in der Heimlichkeit der Nacht hinzugeben, gestohlene Momente zu genießen, das kann ich. Die heimlichen Männer bleiben in der Regel lange in meinem Leben. Dagegen machen mir die offiziellen Männer an meiner Seite Angst. Bei ihnen vertraue ich nicht darauf, dass sie ›ja‹ zu mir sagen. Was noch schlimmer ist, ist das nächste Level. Wenn sich dann doch mal einer zu mir bekennt, muss ich ihn abwerten, da mit ihm ja etwas nicht stimmen kann.«

»Boah, Romy. Voll kompliziert ... und außerdem sagst du auch nicht ›ja‹ zu ihnen.«

»Vielleicht. Jedenfalls will ich diesen Kreislauf nicht mehr. Ich wäre jetzt zur Abwechslung gern mal ein Single, ein glücklicher Single.«

»Na dann, Prost. Ich hasse meine Singlezeit. Bei mir hat es sich jetzt aus-ge-singelt«, sie zog das Wort in die Länge. »Ich bin wieder bereit für eine Beziehung.«

»Das glaub ich dir, Flori. Hast du jemanden im Auge?«

»Nein, noch nicht.« Flori betrank sich in einem Affenzahn, lag später mit zerknautschtem Gesicht und zerwühlter Frisur quer auf meinem Sofa und starrte mich mit glasigem Blick an. Für Floris Verhältnisse, die gern einen Plan hatte und den dann konsequent abarbeitete, war ihr Zustand ein Zustand der Ekstase.

Nelly und ihre beste Freundin Sarah besprachen nebenan weiterhin lebensnotwendige Dinge aus der Welt der Zehnjährigen.

Ich überzeugte mich, dass alle Anwesenden in der Wohnung wohlauf waren und öffnete eine weitere Flasche Prosecco mit den genuschelten Worten: »So ein Arschloch!« Zufrieden prostete ich Flori zu und wiederholte genüsslich: »Arschloch.«

»Meinst du etwa mich?« Trotz meines Schwipses merkte ich, Flori konnte mir nicht ganz folgen.

»Nein. Die ganze Wahrheit in drei Sätzen: Markus führte seit zweieinhalb Jahren ebenfalls ein Doppelleben.«

»Na, dann seit ihr ja jetzt quitt. Wusste ich es doch, dass er nicht ganz koscher ist. Und du, Romy, bist auch nicht besser. Ihr habt euch gegenseitig beschissen.« Auch Flori wurde immer betrunkener, schneller als ich. »Beschissen und bekackt. Belogen und betrogen.«

»Ist gut, Flori. Hab ich verstanden.«

»Ihr habt keine Ahnung von der Liebe. Niemand hat eine Ahnung von der Liebe.« Sie rollte sich zusammen und ich deckte sie mit einer leichten Decke zu. Es waren mindestens dreißig Grad in dieser Wohnung. Heiß, wie in Afrika.

Dankbar schaute ich sie an. Dankbar, dass sie gerade jetzt auf meinem Sofa lag und dankbar für ihre verrutschte Allerweltsfrisur in der Allerweltsfarbe dunkelaschblond. Dankbar für ihre ewige Loyalität zu mir. Sie setzte sich wieder auf.

»Weißt du, Romy, was ich dir schon den ganzen Abend sagen wollte. Hier um die Ecke hat eine neue Bar aufgemacht, sie heißt einfach nur *Kleine Bar.* Zwei coole Afrikaner haben sie eröffnet. Ich war mit Roberta vor ein paar Tagen dort und wir dachten, wenn du aus Afrika zurück bist, musst du mit uns dort hinkommen. Da erlebst du noch mal ein kleines bisschen Afrika. Wirst sehen.« Sofort legte sie sich wieder hin und rollte sich zusammen.

Ich nickte nur müde. »Zuerst muss ich die Arschloch-Sache verdauen.«

Flori schüttelte unzufrieden ihren hübschen Kopf. »Was gibt‘s da zu verdauen? Prost! Auf das Neue im Leben. Endlich ist der Typ weg!«

Im Zimmer der Mädchen hörte ich noch endloses Gegacker und gönnte den beiden ihre Sorglosigkeit von ganzem Herzen. Bisher ging es bei ihnen nur peripher um die Liebe.

2

Bevor ich meine Augen öffnete, duftete es bereits nach Kaffee. Flori hatte auf dem Sofa übernachtet und werkelte gut gelaunt in der Küche herum. Gestern dachte ich zuerst fassungslos, sie würde genauso einschlafen, wie sie sich hingelegt hatte. Auf dem Sofa, in voller Montur. Aber nein. Flori blieb sich treu, sie fragte nach einem Schlafshirt, einer Zahnbürste, einem Kamm und Hausschuhen. Hausschuhe! Wie eine süße kleine Omi.

Geschniegelt und gebügelt stand sie nun in der Küche. Die Frisur saß wieder locker um ihren Kopf und alle Armaturen blitzten wie noch nie in ihrem Armaturenleben. Flori, die Anästhesistin aus der Charité. Das kontrollierte Wegdriften einleiten, das war ihr Beruf und das passte zu ihr wie die Sahne auf dem warmen Pflaumenkuchen, den sie so liebte. Wenn ich sie anschaute, würde ich niemals auf die Idee kommen, dass sie Ärztin war. Sie sah immer noch aus wie das junge Mädchen kurz nach dem Abitur. So, als ob sie noch alles vor sich hätte. Das ganze Leben. Und ich erinnerte mich jetzt bei ihrem Anblick, wie sie damals ihren Pappkoffer packte, die Sonnenbrille aufsetzte und mit Philipp, den sie gerade liebte, nach Italien trampte. Ich bewunderte sie für ihren Mut, ihre Sorglosigkeit und ihr Gottvertrauen in das Leben.

Ihr Aktivismus, den ich aus dem Augenwinkel registrierte und vor allem hörte, warf mich in die Gegenwart zurück.

Im Gegensatz zu Floris gut gelauntem Geschwätz war ich ein eingefleischter Morgenmuffel. Jedes Wort zu Beginn eines neuen Tages war eins zu viel. Am liebsten saß ich in meiner sonnigen Küche allein, begleitet von meinem Kaffee, einer Tageszeitung oder einem Buch. Kein Radio, keine Geräusche. Niemand, der etwas von mir wollte. Das war heute unmöglich. Im Zimmer der Mädchen war es noch still, aber Flori wartete nur darauf, loszuquatschen.

»Guten Morgen, Romy«, flötete sie. »Ich hab uns schon Kaffee gekocht und bisschen die Küche aufgeräumt. Hier sah es ja aus wie bei Hempels. Soll ich die Waschmaschine anstellen? Hier liegen ja lauter Wäschehaufen rum.«

»Flori, nein. Um Gottes willen, nein! Ich brauch's noch ein bisschen ruhiger. Gönn mir meinen ersten stillen Kaffee, dann kann es losgehen.«

Ich schaute auf mein Handy und hatte unzählige Nachrichten von Markus. Kurznachrichten und Mails. Ich öffnete sie und las.

»Bitte Romy, geh ran. Lass uns reden. Schmeiß jetzt nicht alles weg. Lass uns Nägel mit Köpfen machen und zusammenziehen.«

»Lass uns ehrlicher sein und neu starten.«

»Romyschatz, bitte. Ich komme nachher vorbei.«

»Ich liebe Dich.«

»Gib uns noch eine Chance.«

Ich legte das Handy beiseite, ließ die wunderbare Funktion *lautlos* angestellt und fragte Flori: »Wann genau gehen wir in diese neue *Kleine Bar*?«

»Hey, sprichst du jetzt doch? Heute Abend, wenn du willst. Ich sag schnell noch Berta Bescheid.«

Aufgeregt telefonierte Flori mit Roberta und wir verabredeten uns für den Abend in der Bar. Roberta, kurz Berta, war die Dritte in unserem Bunde. Robertas Eltern waren bei der Namensgebung nicht sehr schöpferisch gewesen. Ihr Zwillingsbruder heißt Robert. Im Gespräch waren noch Paul und Paula oder Max und Maxie.

Der Sonntag schlich pipiwarm dahin. Ich reagierte auf keine von Markus Nachrichten, aber ich suchte seine Sachen zusammen. Am Ende füllte sich eine kleine Tüte. Eine sehr kleine Tüte.

Nelly und Sarah schlurften schwatzend in die Küche und machten sich über den von Flori liebevoll gedeckten Frühstückstisch

her.
»Nelly, wann holt Papa dich denn heute ab?«
»Mama, du bringst mich doch heute zu ihm. Du bist echt vergesslich geworden! Und außerdem, wieso muss ich eigentlich jede Woche die Wohnung wechseln? Ich bleib einfach hier und ihr könnt abwechselnd ein- und ausziehen. Das wäre doch viel besser. Außerdem kann ich jetzt schon alleine wohnen.«
Recht hatte sie. Die wöchentlichen Umzüge wurden immer anstrengender. Inzwischen besaß Nelly neben ihren normalen Sachen ein Keyboard, eine Staffelei und eine Kindergitarre. Alles musste selbstverständlich bei jedem Wechsel mitgenommen werden. Es war fast wie ein kompletter Umzug, obwohl sie schon vieles doppelt in ihrem jeweiligen Kinderzimmer hatte.
»Stimmt, Nellyschatz, wir müssen uns langsam mal etwas Neues überlegen.«

Als ich am späten Nachmittag zurück in meine Wohnung kam, spürte ich sofort, dass Markus da war. Bisher hatte er noch nie seinen Schlüssel benutzt. Normalerweise rief er vorher an oder klingelte, auch wenn er wusste, dass ich zu Hause war. Der Schlüssel war eher symbolisch oder für einen Notfall gedacht. Ich zog die Tür ins Schloss, warf meinen Wohnungsschlüssel in die dafür bereitstehende Holzschale und schaute nach, wo er war.

3

Mit verschränkten Armen stand ich im Türrahmen und sah ihn zusammengekauert, den Oberkörper vor- und zurückschaukelnd, auf meinem Sofa sitzen.

»Was willst du hier?«

»Romy, lass uns reden. Bitte.«

»Nein. Es hat sich aus-ge-romy-t und es ist alles gesagt. Gib mir meinen Schlüssel zurück und geh einfach. Hier sind deine Sachen.« Ich überreichte ihm die sehr kleine Tüte. »Markus. Bitte. Mach jetzt keine Szene. Geh einfach!«

Er stand auf und kam auf mich zu.

»Fass mich bloß nicht an! Ich warne dich.«

Abwehrend hob er die Hände. »Ist ja gut. Ist ja gut. Ich fass dich nicht an.« Genervt drehte er sich um und setzte sich wieder hin. »Romy ... glaub mir. Ich habe dich immer geliebt. Auch wenn andere Frauen ständig dazwischenfunkten. Du warst die, mit der ich leben wollte. Kannst du es wenigstens ein bisschen verstehen?«

»Nein.«

»Kannst du versuchen, es zu verstehen?«

»Nein.«

Ich drehte mich von ihm weg und ging türenknallend in Nellys Zimmer, um zu überlegen, wie ich ihn undramatisch loswerden könnte. Ich drehte Runde um Runde, stolperte in diesem unaufgeräumten Kinderzimmer über Nellys Kram, bis ich eine Idee hatte.

Zurück im Wohnzimmer sah ich, dass Markus wie ein Baby eingerollt dalag und weinte. Er hatte sich eine Decke genommen und sich bis unter das Kinn zugedeckt. Sein Weinen machte mich noch wütender, als ich sowieso schon war.

»Markus, pass auf, ich gehe in einer halben Stunde aus und

wenn ich heute Nacht zurückkomme, bist du gefälligst verschwunden und mein Schlüssel liegt auf dem Tisch. Ich komme mit Freunden zurück, sodass wir dich zur Not raustragen. Wir haben uns beide belogen, was soll das jetzt? Es ist aus, aus, aus! Es passt einfach nicht.«

Angewidert von ihm schloss ich mich im Bad ein und machte mich für den Abend in der Bar zurecht. Ich duschte ausgiebig und zog ein schwarzes Kleid über. Schwarz ging irgendwie immer. Ich fummelte meine bunte afrikanische Kette heraus und fand, die passte zum heutigen Abend. Ein Mitbringsel aus Gambia. Bunte Flip-Flops. Fertig. Dann verschwand ich, so schnell ich konnte, nahm zwei Treppen auf einmal, und horchte in mich hinein.

Da war nur ein einziges Gefühl in mir: Freiheit.

Für das Treffen mit meinen Freundinnen war ich viel zu früh. Ich spazierte zwei träge Runden um die Häuser und verfing mich gedanklich in meiner Angst, nie den passenden Mann zu finden. Immer allein zu bleiben. Vielleicht sollten wir es doch weiter probieren? Markus und ich. Er hatte ja auch gute Seiten. Aus den Tiefen meines Selbst kam ein deutlich gebrülltes NEIN. Okay. Nein.

Die Luft in der Großstadt war auch am Abend noch drückend. Um nicht zu sehr zu schwitzen, lief ich betont langsam und suchte nach der Adresse. *Kleine Bar.* Hier. Eine unscheinbare Tür. Es sah aus, als würde man zu Meiers ins Wohnzimmer kommen. Links ein Optiker, rechts eine Fleischerei.

4

Gut gelaunt öffnete ich die Tür zur Bar und war überrascht. Es war heimelig dunkel, bunte Lichterketten hingen an den Wänden und ich fühlte mich sofort willkommen. Überall standen kleine Tische mit winzigen Sträußen bunter Sommerblumen, umgeben von gemütlichen Sesseln. In einer abgedunkelten Fensternische gab es ein großes Sofa, das natürlich besetzt war. Alles sah einladend aus. Stehlampen, die angenehmes Licht zauberten, und Erdnussschalen, die auf dem Boden lagen, rundeten das Bild ab. Träge Reggae-Musik kam aus den Boxen und erinnerte mich an Jamaika, obwohl ich nie dort gewesen war. Genauso stellte ich es mir jedoch vor. Gechillte, träge Reggae-Klänge, die den Rhythmus eines entspannten Herzschlages übernahmen. Wärme, Cocktails, Erdnüsse und lächelnde Gesichter.

Ich schaute mich um, suchte nach meinen Freundinnen und entdeckte sie gegenüber vom Tresen. Sie winkten mir auffällig zu. Mein Blick streifte den Barmann und mein Herz setzte für einen Augenblick aus.

Wow! Schauspieler. Model. Was für ein Mann! Wieso hatte ich ihn nie vorher gesehen?

Und weiter: So ein schöner Mann, den hat man auf keinen Fall allein. Finger weg!

Ich ließ mich in den bequemen Sessel im Kreise meiner Freundinnen fallen. Auf der Stelle vergaß ich meinen Alltag, den jammernden Markus auf meinem Sofa, meinen neuen Job als Psychologin in einer Klinik und übergab mein Herz dem Takt der Musik. Flori hatte sich aufgehübscht und ihre roten Bäckchen leuchteten wie bei Nelly und Sarah, wenn sie über das Wort *poppen* gackerten.

Berta sah heute aus, als hätte sie sich seit Tagen nicht gewaschen und haute mir kraftvoll auf die rechte Schulter. »Na, altes

Haus, biste zurück von den Afros? Kannst dich hier gleich weiter wie im Urlaub fühlen!«

»Berta, nicht so laut! Sagt man überhaupt Afros oder ist das politisch unkorrekt?«, wagte ich zu entgegnen.

»Ach komm, Rommel, du wieder. Ich hab uns drei Hübschen schon eine Runde Cocktails bestellt und natürlich Erdnüsse. Erzähl, wie geht's dir?«

Ich überlegte kurz, was ich überhaupt erzählen wollte.

»Flori weiß es schon. Mit Markus ist endgültig Schluss. Ich habe es geschafft.«

»Wow. Ungefähr zwei Jahre Vorbereitungszeit, aber immerhin. Besser spät als nie«, grinste Flori zufrieden. Sie hatte ihn nie gemocht.

»Aber in Afrika habe ich mich wie zu Hause gefühlt. Wenn ich die Augen schließe, sehe ich immer wieder die leuchtenden Farben der Erde und die Kleider der Frauen. Stolze, schöne Frauen. Ich konnte mich gar nicht sattsehen. Gambia hat einen Fluss ...«

»Oh nee, Rommel, jetzt keine Landschaftsbeschreibung. Da penn ich sofort ein. Erzähl das deinem Friseur.«

»Nun lass sie doch mal ein bisschen erzählen und sag nicht immer Rommel. Du verschandelst ihren schönen Namen«, kam prompt Floris Einwand. Ich lächelte selig, alles war wie immer. Die ungeduldige, laute Roberta und die vermittelnde Flori.

»Schon gut, Flori ...«, winkte ich ab. »Erzähl du lieber, was macht dein Leben gerade?«

Floris und Bertas Augen wanderten an mir vorbei und schauten nach oben. Ich spürte den Barmann in meinem Rücken, er servierte uns die Getränke. Mein ganzer Körper reagierte auf ihn und ich wagte nicht, mich umzudrehen. Es waren gewiss die Afrikanachwirkungen, redete ich mir ein. Sein Energiefeld und mein Energiefeld kommunizierten wahrscheinlich gerade über Afrika, die Wiege der Menschheit.

Roberta bedankte sich für die Getränke und zeigte auf mich: »Das ist die Dritte in unserer Runde ...», ich betete, dass sie mich nicht als Rommel vorstellte, »... Romy. Sie ist gerade aus Afrika zurück und wir drei Hübschen kommen jetzt öfter in diese schöne Bar. Wir wohnen nämlich nicht weit von hier.«

Berta müffelte ein bisschen und quatschte überraschend viel für ihre Verhältnisse. Ich drehte meinen Kopf, begegnete seinem Blick und brachte kein Wort mehr heraus.

Er lächelte mich an und sagte: »Willkommen zurück, Romy. Möchten Sie noch etwas bestellen?«

Hatte er »Sie« zu mir gesagt? Gott, wie alt sah ich aus?

Berta antwortete für mich, als hätte ich nicht alle Tassen im Schrank. »Ich denke, sie hat genug. Für den Moment.«

Sie grinste süffisant und zwinkerte mir komisch zu. Sicher glaubte sie, es wäre unauffällig. Bei Berta war nichts unauffällig. Weder ihre Stimme noch ihre Erscheinung. Gott, wie peinlich. Ich schaute ihn nur weiter an und schüttelte mit dem Kopf. Wenigstens flogen keine Sabberfetzen hin und her. Dann wendete ich mich meinen Freundinnen zu. Ausatmen. Die Gesichter von Flori und Berta gaben mir Sicherheit. Wärme. Verständnis.

»Sag mal Romy, kannst du nicht mehr sprechen? Ich dachte, das ist nur morgens so? Jetzt auch abends?«

»Geht schon wieder. Er erinnert mich so ... an Afrika.«

Wir schlürften unsere Cocktails und tauschten uns über das gelebte Leben der letzten drei Wochen aus. Flori antwortete zeitverzögert auf die vorhin gestellte Frage, wie es ihr geht.

»Mädels, haltet euch fest. Ich habe eine Annonce aufgegeben.«

»Eine Annonce? In einer Zeitung?«

»Ja. Ich will nicht mehr zu Hause warten bis ein Mister Right auf einem weißen Pferd angeritten kommt. Ich bin jetzt fünfunddreißig Jahre alt und lebe mit meiner Mutter, als wären wir ein Paar für die Ewigkeit. Das ist doch schräg. Ich bin gefestigt und sowas von bereit für einen neuen Anlauf. Ich möchte noch einmal ein Kind und eine richtige Beziehung. Mein letzter Versuch mit einem Mann ist jetzt ein Jahr her und hat nur fünf Monate gedauert. Wie Westernhagen irgendwann schon gesungen hat: *Der Junge auf dem weißen Pferd, der kommt nicht mehr. Irgendwann musst du schon selber gehen. Oder so ähnlich.«*

Wir schauten sie fasziniert an, als sie den Refrain anstimmte.

»Jetzt guckt nicht so. Hat meine Mutter immer gehört, rauf

und runter und die ist jetzt achtundfünfzig, geht sechzig Stunden in der Woche arbeiten, ist dauermüde und in ihrer Freizeit geht sie wie eine Bekloppte ins Fitnesscenter, um sich Jeans in Größe achtundzwanzig kaufen zu können. So will ich nicht enden. Ich werde jetzt mein Leben in die Hand nehmen. Ich will lieben und geliebt werden. Ich möchte für irgendjemanden auf dieser Welt die Nummer eins im Leben sein. Und ich möchte ein Kind!«

Berta plusterte sich auf: »Aber Flori, eine Annonce ist dermaßen *oldschool*, da melden sich doch nur Deppen. Jetzt gibt es das Internet, und dort Plattformen, Foren. Und ich dachte schon, du hast was mit dem neuen Praktikanten auf der Station angefangen. Du hast so geschwärmt von ihm.«

»Nö, der ist viel zu jung und so ... wie nennt man das? Androgyn. Es soll schon ein richtiger Mann sein. Kein Kindergartenkind. Bevor ihr euch weiter aufregt: Nächsten Samstag habe ich hier in der Bar ein blindes Treffen vereinbart. Kann eine von euch hier sein oder habt ihr vielleicht beide Zeit?«

»Du meinst ein *Blind Date*?«, fragte ich nach.

»Ja, so ein Treffen, wo man nicht weiß, wie der andere aussieht. Blind eben.« Ihre roten Wangen glühten noch stärker und sie redete sich in eine aufgeregte Vorfreude. Berta und ich prosteten uns einvernehmlich zu. Flori war zuckersüß, naiv, und wenn es um Männer ging, unberechenbar. Wir würden da sein. Beide.

Die Bar war inzwischen brechend voll, die Schweißperlen liefen ungebremst und sammelten sich in allen möglichen Körperritzen. Ich lehnte mich für einen Moment zurück und beobachtete das Treiben. In der Hitze der Nacht unterhielten sich die Menschen angeregt, flirteten und in der hintersten Ecke tanzten zwei Paare eng umschlungen. Heiß knutschend und umeinander gewickelt.

Ich schaute mir noch einmal den Barmann an. Für das Ausquetschen der Limetten hatte er den Kopf zur Seite geneigt, seine langen Dreadlocks waren zu einem dicken Zopf gebunden. Ich sah seine kräftigen Unterarme; er hatte die Ärmel des weißen Baumwollhemdes bis zum Ellenbogen aufgerollt, und zwang mich, den Blick wieder von ihm abzuwenden.

In einer Ecke des Lokals sah ich erstaunt meine Nachbarin;

bisher waren wir uns nur auf der Treppe begegnet. Abgehetzt, mit vollgepackten Einkaufstüten und froh, die vier Treppen geschafft zu haben. Atemlos hatten wir uns stets freundlich zugenickt, unsere Wohnungstüren aufgeschlossen, und weiter unsere Leben gelebt. Sie sah mich nicht und ich registrierte, dass sie mit einem Mann heftig flirtete. Wenn sie den Typ heute mit nach Hause nahm, war meine Nachtruhe dahin. Ich musste vor ihr oder lange nach ihr nach Hause gehen.

Die Stimmung in der Bar war ausgelassen, in dieser Nacht, an diesem Sonntag im August. Friedlich. Ich träumte vor mich hin und murmelte: »Es ist schön hier, so sonntäglich. So ...«

Flori lächelte selig und Berta meinte: »Wat?«

Ich winkte ab. Wir einigten uns, noch zu bleiben. Da ich den kürzesten Weg zum Tresen hatte, sollte ich zu ihm gehen und Getränke bestellen. Ich konnte nicht.

Ich weigerte mich mit der einzig logischen Begründung, die mir einfiel. »Ich kann nicht.«

Obwohl mich meine Freundinnen irritiert anschauten, drängelte sich Berta wild entschlossen zum Tresen und rettete den Abend. Ich mochte einfach nicht mit dem Barmann sprechen. Er sagte »Sie« zu mir und wenn er mir in die Augen schaute, fühlte ich mich nackt. Schutzlos. Ich konnte einfach nicht.

Stunden später, weit nach Mitternacht, verabschiedeten wir uns und gingen in unsere Wohnungen. Flori in die schicke Maisonettewohnung zu ihrer Mutter Eva, Berta zu ihrem Mann Alex und den Zwillingen Max und Ben, und ich in meine große Altbauwohnung. Nelly war diese Woche bei ihrem Vater und ich hatte morgen noch einen freien Tag vor mir. Mein kleiner dekadenter Luxus, ein freier Montag.

Vor meiner Haustür angekommen wurde mir schlagartig klar, dass ich Markus völlig vergessen hatte. Ich schloss auf und registrierte, dass die Wohnungstür nur zugezogen war. Ich knipste das Licht im Flur an und lief zuerst ins Wohnzimmer. Das Sofa war leer. Ich kontrollierte jedes Zimmer, auch das Bad und sah auf dem Küchentisch einen Brief für mich und den Wohnungsschlüssel liegen. Erleichtert fiel ich ins Bett, das war noch mal gut gegangen. Ich musste schnell einschlafen, bevor meine Nachbarin nach Hause kam, das Objekt ihrer Begierde im Schlepptau. Nach erotischem Bettgeflüster durch die Wand war mir gerade nicht zumute. Gar nicht.

5

Am nächsten Morgen erwachte ich aus einem beunruhigenden Traum und schwamm in Tränen. Normalerweise erinnerte ich mich kaum daran, was ich geträumt hatte.

Vor mir sehe ich endloses Meer. Himmel und Meer, nichts weiter. Ich stehe am Strand und sehe, wie Nelly hinausschwimmt und immer kleiner wird. Ich stehe wie angewurzelt da und kann nichts tun. Irgendwann ist sie nur noch ein kleiner schwarzer Punkt. Dann ist sie weg.

Schlagartig stellte ich die Verbindung her. Heute Nachmittag fand das Gespräch mit Nellys Vater und seiner neuen Frau statt. Wir wollten die große Frage besprechen, wie wir die Pendelei für Nelly weniger anstrengend gestalten könnten. Die beiden hatten vor einem Jahr ein Baby bekommen und lebten das glückliche Familienleben, was ich bisher nie hinbekommen habe.

Ich hatte Angst vor diesem Gespräch, mein Traum sprach eine klare Sprache. Angst, dass Nelly zukünftig ganz bei ihnen leben und nur noch alle zwei Wochen Samstag und Sonntag zu mir kommen würde. Fortan wäre ich eine Wochenendmutter und mit dieser Idee konnte ich mich nicht anfreunden. Ich hätte nichts mehr und sie alles. Sie hatten die besseren Argumente, sie waren zu zweit, nein, zu dritt. Ich war allein. Es gab bei ihnen mehr Regelmäßigkeit. Frühstück, Mittag, Abendbrot. Durch das Baby war immer jemand zuhause. Bestimmt kochten sie auch viel besser als ich und aßen ordentlich am Tisch, wie es sich gehörte. Wie eine richtige Familie.

Bei uns gab es meist nur Nudeln, Kartoffelbrei oder klumpigen Grießbrei. Ich war die mieseste Köchin auf diesem Planeten. Ganz oft aßen Nelly und ich abends, nach einem langen Tag, zusammen auf dem Sofa und schauten dabei unsere Lieblingsserie. Ein-Teller-Abendessen. Pädagogisch nicht wertvoll, aber saugemütlich.

Ich seufzte und fühlte mich wie eine waschechte Versagerin. Einerseits war ich keine gute Partnerin, denn seit der Scheidung von Nellys Vater hatte ich keine funktionierende Beziehung mehr hinbekommen. Andererseits war ich auch keine gute Mutter. Wir drei Erwachsenen mussten mit einem Termin an einem Tisch sitzen, um zu überlegen, wo Nelly zukünftig wohnen würde. Wieso nicht einfach bei ihrer Mutter? Mike und Vanessa hatten doch ein neues Kind. Ich hätte auch kochen gelernt und länger gerührt, damit die Klumpen aus dem Grießbrei verschwanden. Egal, wie ich es drehte und wendete: Ich hatte Angst.

An ein Genießen des freien Montags war nicht mehr zu denken. Je näher die Stunde unseres Treffens rückte, umso mehr zwickte es im Bauch. Ich rief Berta an, sie sollte mir Mut machen. Mailbox. Flori? Mailbox. Markus? Kam nicht mehr in Frage. Mir fiel sein Brief ein, der noch immer ungeöffnet auf dem Küchentisch lag. Ich las seine erneuten Liebesbekenntnisse und fühlte nur, dass es zu spät war. Seine Worte berührten mich nicht mehr. Ich schob Markus beiseite, um mich für das andere Thema zu wappnen.

Wo würde unsere Tochter Nelly in Zukunft leben? Gott, war ich aufgeregt. Ich spürte schon seit Wochen eine unterirdische Kraft, einen unsichtbaren Sog, der mich lähmte und mir meine Kraft nahm. Das elfte Lebensjahr war in der mütterlichen Linie meiner Familie jedes Mal ein einschneidendes Jahr. Die Mütter waren plötzlich nicht mehr präsent. Entweder verstorben oder anders verhindert. Weg. Und wenn ich so weiter machte, war ich auch gleich weg, nur noch ein Hauch meiner selbst.

Es klingelte. Mike stand ohne seine Frau und das Baby vor der Tür.

Meine Beine zitterten, die Magenschmerzen meldeten sich zuverlässig und ich fragte sofort: »Willst du Kaffee? Wo ist Vanessa? Ist was mit dem Kleinen?«

»Nein, alles ist gut. Ich dachte, wir können das allein besprechen. Nelly ist ja unsere Tochter.«

»Ja. Klar.« Ungebremst schossen mir die Tränen in die Augen und ich wendete mich von ihm ab, um laut scheppernd Kaffee zu kochen. Ich wollte auf keinen Fall vor ihm weinen.

»Entspann dich, Romy. Ich kenne ja die Geschichte mit deiner Mutter und ihrer Mutter und wiederum deren Mutter. Ich glaube, es ist für Nelly wichtig, besonders jetzt und in den folgenden Jahren, mehr mit ihrer Mutter zu leben als mit ihrem Vater. Du weißt, ich liebe sie genau wie du. Aber es ist an der Zeit, dass sie einen Hauptwohnort hat. Ein Zentrum, diese Umzüge sind für uns alle anstrengend. Sie kann zu mir kommen, wann immer sie will. Das weißt du hoffentlich, und Nelly auch.«

Ich nickte und bekam keinen einzigen Satz heraus. Nichts. Eine Weile riss ich mich noch zusammen, doch seine vorsichtige Berührung an meiner Schulter reichte, um loszuweinen. Er nahm mich in den Arm und ich verrotzte sein sauberes Hemd.

Allmählich beruhigte ich mich wieder und erzählte ihm von meinem furchtbaren Traum, während ich ein Taschentuch in klitzekleine Schnipsel zerpflückte. Sprach davon, dass Nelly immer kleiner wurde und dann ganz weg war. Er sagte nicht viel, aber ich spürte, dass er verstand.

Schließlich überlegten wir, was wir wie und wann Nelly sagen würden.

»Sag du es ihr, Romy, wenn sie wieder bei dir ist. Sie wird sich freuen, dass wir uns einig sind. Weißt ja, wie loyal sie uns beiden gegenüber ist.«

Später erzählte ich ihm noch die ganze Sache mit Markus. Er sagte nur: »Ich mochte ihn nie wirklich. Ein komischer Typ, immer auf dem Sprung. Sei froh, der war‘s einfach noch nicht.«

Wir schwiegen unser gutes Schweigen und ich traute mich, ihn zu fragen: »Mike, bist du jetzt glücklich?«

Er drehte sich in vertrauter Gelassenheit, eine Zigarette drehend, zu mir um und sagte nach einer Ewigkeit schlicht: »Ja, das bin ich.«

Ich schluckte.

»Ich war auch glücklich mit unserem Leben, mit dir«, schob

er hinterher, »du warst die, die unzufrieden war.«

Stimmt, musste ich mir eingestehen. Ich erinnerte mich an meine Rastlosigkeit. Mein permanentes Gefühl, das ganze Leben zu verpassen. In einer Sackgasse zu hocken wie ein Kaninchen in der Falle. Eine ewig Suchende. Mikes Zufriedenheit war ein Spiegel dessen, was ich nicht hatte, und ich musste es und damit ihn, abwerten.

»Romy, ich muss los. Nelly wartet auf mich, sie ist noch bei Sarah. Ich bring sie dir am Sonntagnachmittag vorbei und dann bleibt sie erst mal bei dir, damit sie sieht, dass wir Wort halten. Sie wird es nicht zeigen, aber sie wird sich freuen.«

Als ich die Tür hinter ihm geschlossen hatte, fiel meine Anspannung ab. Ich überlegte, ob ich doch noch was Nettes aus meinem freien Abend machen könnte. Die Stadt flimmerte in der Hitze des Augusts und in der Wohnung war es inzwischen unerträglich heiß. Ich beschloss, lauwarm zu baden, um mich abzukühlen und einen Gang runterzufahren. Nelly würde bei mir leben. Ich würde weiter ihre Vollzeit-Mutter sein. Alles war gut.

Aus dem Augenwinkel registrierte ich, dass ich endlich Wäsche waschen musste. Die Urlaubs-Häufchen lagen immer noch nach Farben sortiert vor der Waschmaschine.

6

Ich blinzelte und registrierte als Erstes, dass sich der weiße Baumwollvorhang vor der Balkontür lautlos im sanften Wind bewegte. Der kleine Luftzug ließ mich auf ein abkühlendes Gewitter hoffen, denn inzwischen konnte man die Luft in der Wohnung schneiden. Wenn ich die Balkontür sah, musste ich noch auf dem Sofa liegen und war für einen Moment verwirrt. Ich schaute mich um und hörte den Fernseher rauschen, das Badehandtuch diente mir als Zudecke und aus einem Hinterhoffenster drangen Laute von zwei Menschen, die sich gerade geräuschvoll liebten. Angewidert stand ich auf und schloss die Balkontür. Da es bereits dämmerte, musste es morgens sein.

Ich suchte mein Handy, es zeigte mir, dass es sechs Uhr war und es quoll vor ungelesenen Nachrichten über. Von Markus, Berta, Flori und Georg. Georg, mein Freund und Kollege erinnerte mich daran, was heute anstand. Heute war mein erster Arbeitstag nach dem Urlaub.

«Ick freu mir uff die Zeit in der Klapse mit dir!!!!! Dein Kollesche.«

Er war der einzige Mensch in meinem Umfeld, der in Berlin geboren und aufgewachsen war. Ein waschechter Berliner.

Vor Kurzem begann ich in einer psychiatrischen Tagesklinik zu arbeiten, ich war eine der Psychologinnen. Die Neue, die blutige Anfängerin. Oft fühlte ich mich randlos überfordert und hatte keine Ahnung, was ich mit den psychiatrischen Diagnosen der Menschen dort anstellen sollte. Manchmal wollte ich mich einfach zu ihnen setzen, ihre Hand nehmen und nickend in ihr Klagen einstimmen.

Ja, das Leben war anstrengend.

Es war ungerecht.

Es traf immer die Falschen.

Die Netten. Die, die es schon immer schwer hatten.

Ich öffnete die Tür des Klinikanbaus und als Erstes begegnete mir Herr Lehnhard, ein kleiner dünner Mann im Rentenalter. Er verwechselte zuverlässig Psychotherapie mit Physiotherapie. Wie immer begrüßte er mich mit den Worten:

»Guten Morgen, Frau Wagner. Schön, dass Sie wieder da sind.« Verlegen trampelte er von einem Fuß auf den anderen.

»Sie sind doch wieder meine Physiotherapeutin, oder? Darf ich Sie was fragen?«

Und ich antwortete wie immer:

»Guten Morgen Herr Lehnhard. Ja, ich bin wieder ihre PSYCHOtherapeutin, nicht PHYSIOtherapeutin und von elf Uhr bis zwölf Uhr haben wir eine Stunde Zeit für all ihre Fragen. Bis nachher.«

Lächelnd verschwand ich im Dienstzimmer und Georg, meine Chefin und die anderen Kollegen begrüßten mich herzlich. Georg grinste:

»Na, Frau Physiotherapeutin. Bist du im Flur wieder nett empfangen worden?«

»Manchmal wäre ich lieber eine Physiotherapeutin. Heute zum Beispiel. Da muss man weniger zuhören und reden. Arbeitet mit den Händen und sagt einfach zu den Patienten: Psst. Nicht reden. Fühlen.«

Unser Physiotherapeut im Team amüsierte sich königlich.

»Hast du ne Ahnung. Komm, wir tauschen mal einen Tag. Dann klingeln dir die Ohren.«

Nachdem ich mich informiert hatte, was heute anstand, sortierte ich alles in meine drei Lieblingskategorien *SOFORT, BIS FREITAG, HAT ZEIT* ein und startete mit Georg die Gruppentherapiestunde. Die *HAT ZEIT* Kategorie war gefährlich, da ich erst wieder reinschaute, wenn mahnende Mails oder meine mahnende Chefin kamen. Dann rutschte der Brief oder die Mail sofort in *SOFORT*.

Dienstag und Donnerstag stand Gruppentherapie auf dem Plan.

Georg und ich grübelten schon eine Ewigkeit, wie wir die Stunden aufpeppen könnten. Die Patienten sollten mehr Lust auf diese Zeit haben, sich mehr einbringen und voneinander profitieren. Schon die Eröffnungsrunden lähmten uns alle gleichermaßen. Auf die gewohnten Eingangsfragen, wie es gehen würde, was denn so anstehen würde, was sie besprechen wollten, folgte in der Regel:

»Geht so.«

»Muss ja.«

»War schon schlechter.«

»Ich habe heute nichts zu besprechen.«

»Ich war erst letzte Woche dran.«

Ganz selten kam es vor, dass jemand ein klares Anliegen mitbrachte. Neugierig schaute ich in die Gesichter. Eine neue Frau saß aufmerksam in der Runde. Mit klarem Blick schaute sie uns alle an, lächelte und sagte:

»Läuft das hier immer so? Da schlafen mir ja die Füße ein. Sorry. Ich bin hier, weil ich was ändern muss in meinem Leben. Wenn keiner was sagt, das ... das ist ... vertane Zeit. Ich habe ein Anliegen. Ich bin neu hier und ich würde gern eine Rückmeldung von euch haben, wie ich auf euch, auf fremde Menschen wirke. Der erste Eindruck sozusagen. Ich muss wissen, ob es mit dem, was ich selbst über mich denke, übereinstimmt.«

Natürlich griffen wir das sofort auf. Endlich! Ein persönliches Anliegen. Im Raum war es so still, als würden alle die Luft anhalten, und nie wieder ausatmen. Immer wieder hatten die Menschen so viel Angst, sich zu zeigen. Frau Meyerhoff hörte sich die Aussagen der anderen ruhig an. Sie wurde als selbstbewusst, gesund, mutig, freundlich, angsteinflößend und fröhlich beschrieben.

Herr Lehnhard kam wieder nicht zum Punkt und redete wie eine Katze um den heißen Brei. Alle hatten inzwischen vergessen, womit er seinen Monolog begonnen hatte. Meistens waren seine ersten Worte die Klarsten. Als deutlich wurde, dass wir ihm helfen mussten, seinen Satz zu beenden, unterbrach ihn Frau Meyerhoff.

»Ehrlich gesagt, kann ich dir nicht mehr folgen. Das ist totaler

Blödsinn, was du da redest. Das versteht doch kein Mensch. Hat dir das schon mal jemand gesagt?« Stille.

Herr Lehnhard fummelte an seinem weißen Haarkranz herum und senkte beschämt den Kopf. »Ich weiß, ich verliere immer den Faden. Den roten ...«

Alle schauten betreten zur Seite oder nach unten. Plötzlich polterte Herr Werner, der seit seiner Einweisung vor sechs Wochen nur Zwei-Wort-Sätze gesprochen hatte, los:

»Das ist doch unmöglich. Was nehmen Sie sich hier raus, als Neue. Normalerweise guckt man doch erst mal, wie alles so läuft ...«

Er wurde puterrot, seine Halsschlagader pulsierte bedrohlich. Seine großen Hände gestikulierten und seine Stimme wurde immer lauter, so dass wir ihn stoppen mussten. Er stand auf, redete in den Raum hinein, schaute niemanden an und war in einem anderen Film. Kontaktlos. Beziehungslos. Furcht einflößend.

Georg packte ihn fest am Arm, um ihn zurückzuholen. Er beruhigte sich und sackte nach seinem Ausbruch von jetzt auf gleich in sich zusammen.

Frau Meyerhoff weinte erschrocken und Herr Lehnhard rutschte unruhig auf seinem Stuhl hin und her.

Da glitt sie dahin, unsere springlebendige Gruppenstunde. Wir versuchten zu retten, was zu retten war und wussten schon, dass die nächste Stunde wieder eine schweigsam zähe Kaugummi-Runde werden würde.

7

Die Woche plätscherte dahin. Meinen Nachhauseweg legte ich manchmal so, dass ich wie zufällig an der *Kleinen Bar* vorbei kam. Heute, als ich schon vorbei war, hörte ich ihn rufen.

»Romy, möchten Sie vielleicht einen Cappuccino trinken?«

Ich drehte mich um, sah ihn und prüfte in Sekundenschnelle, wie ich aussah. Mist, mein Klinikdress. Hochgeschlossene Kleidung trotz der anhaltenden Sommerhitze, natürlich im sommerlichen Hellschwarz. Egal, ich sah so aus, dass man getrost *Sie* zu mir sagen konnte.

»Warum nicht?«, hörte ich mich antworten. Mein Blick auf das Handy zeigte mir, dass es gleich siebzehn Uhr war. Die Bar war demzufolge noch eine ganze Stunde geschlossen. Nur er und ich.

Er putzte gerade die imposante Kaffeemaschine, bis das Chrom glänzte. Stellte die Sessel um die Tische, füllte die Erdnussschälchen auf und verteilte kleine Vasen mit bunten Sommerblumen in der Bar. Zufrieden schaute er sich um und ich hatte reichlich Zeit ihn anzuschauen. Männermodel. Unterwäschemodel

Er trug heute eine weite khakigrüne Hose, dazu ein hauchdünnes Shirt aus feinster weißer Baumwolle, so dass seine dunkle Haut durchschimmerte. Seine Arme waren frei und mein Blick wanderte gebannt zu seinen Händen und kräftigen Armen. Ich beobachtete fasziniert das Spiel seiner Muskeln. Seine Augen versteckte er heute hinter einer schwarzen Brille und seine langen Dreadlocks hatte er wie einen Dutt nach oben gezwirbelt. Ich betrachtete ihn wie ein Bild. Wie ein Gemälde in einer Galerie, was man immerzu ansehen wollte. Ansehen musste. Da war nichts mehr freiwillig, das war absolut ferngesteuert.

Amüsiert beobachtete er mich und ich betete darum, dass er keine Gedanken lesen konnte. Er senkte seinen Blick und fummelte an der schicken Maschine herum.

»Wo haben Sie heute Ihre bunte Kette aus Afrika?«

»Das hast du dir gemerkt? Du kannst mich gerne duzen. Ich bin Romy. Aber das weißt du ja schon.«

»Ich dachte, dass SIE ist höflicher. Respektvoller.«

»Ich komme mir dabei so ... seriös vor. Alt, irgendwie. Wie heißt du?«

»Marius. Und hey, deine Kette kam eindeutig aus Afrika. Bunt und lebendig. Sie ist mir sofort aufgefallen.«

Ich wollte mich ihm gegenüber an den Tresen setzen und kam nicht umhin auf einen dieser hohen Barhocker zu klettern. Nur wenige Menschen sahen dabei anmutig aus. Ich nahm unauffällig Schwung und landete mit dem Po fast daneben. Wie ein Nilpferd. Die Sitzfläche war wirklich zu klein für einen normal großen Frauenhintern. Gerade so federte ich mich zur anderen Seite ab und balanciere mich aus. Ich nahm mir vor, bei anderen zuzuschauen, wie sie das meisterten. Schwitzend, mit hochrotem Kopf lehnte ich Minuten später gelassen an seinem Tresen.

Tresenschlampe.

Warum auch immer fiel mir dieser Begriff ein und ich erschrak. Ich wollte keine Tresenschlampe sein. Nach kurzem Zögern, meine komplette Erziehung boykottierend, blieb ich sitzen. Genau jetzt erlebte ich Neues. Keiner meiner Gedanken flitzte in die Zukunft. Keine Probleme in Sicht, die mich jetzt schon beschäftigten. Zielsicher setzte ich meine vor Kurzem getroffene Entscheidung Nummer zwei, das Leben mehr zu genießen und glücklicher zu sein, um.

»Marius«, sinnierte ich vor mich hin.

»Klingt nicht afrikanisch.« Er lachte.

»Wir hatten alle zwei Namen, einen afrikanischen und einen amerikanischen oder europäischen. Das hatte mit dem Kolonialismus zu tun. Als ich meinen afrikanischen Namen in der Schule sagte, wurde ich direkt wieder nach Hause geschickt. Ich sollte wiederkommen, wenn ich einen vernünftigen Namen hätte. Nun. Marius. Das ist schon okay.«

Er stellte den Cappuccino vor mich hin und machte für sich

einen Espresso. Die Maschine zischte und pfiff aufgeregt. Wieder hatte ich Gelegenheit, ihn in Ruhe anzuschauen. Dieses Mal von hinten. Sein Körper hatte eine Spannkraft, die den ganzen Raum füllte und mich vergessen ließ, auszuatmen.

Wie die aufgezogene Feder meiner Balkonschere.

Wie ein Tier vor dem Sprung.

Wie kurz vor dem Start beim Hundertmeterlauf.

Ich fand keinen passenden Vergleich und stoppte meine blödsinnigen Bilder im Kopf.

Als er sich umdrehte, rührten wir verlegen in unseren Kaffees und wiederum betete ich, dass er keine Gedanken lesen konnte. Verstohlen schauten wir uns an. Belauerten uns. Prüften uns.

»Am Wochenende hat meine Freundin Flori hier ein Blind Date. Drück die Daumen, dass ein Mister Right für sie hier auftaucht. Roberta und ich werden irgendwo im Hintergrund sitzen. Gott, wieso erzähle ich dir das?«

»Ich finde es schön, wenn du mir was erzählst. Egal was. Und die *Kleine Bar* als Treffpunkt für Liebende ... why not, es gibt Schlimmeres. Ich werde ihr einen abgeschirmten Tisch freihalten.«

»Ich glaube, sie wird sauer sein, wenn sie weiß, dass du weißt ..., dass ich ... «

»Schon gut. Ich mach es diskret.«

»Schön. Dann ziehe ich mal weiter.«

»Dann bis übermorgen, Romy. Eine Frage noch. Mochtest du Afrika?«

»Oh ja. Sehr sogar ... Wir landeten am frühen Abend, die Sonne schien auf die rote Erde, ich rieche sie förmlich, wenn ich jetzt davon rede. Kurz davor hatte es geregnet, die Erde war dunkelrot und dampfte. Und dann sah ich überall diese stolzen Menschen. Am meisten hing mein Blick an den Frauen. Ihre aufrechte Haltung, die schönen Körper in ihren bunten Kleidern. So anmutig, lauter Königinnen.« Er hörte mir aufmerksam zu.

»Du hast auch so etwas Königliches.« Ich biss mir auf die Lippen. Das wollte ich doch nur denken, nicht aussprechen.

»Ich vermisse meine Heimat. Den Geruch, die Farben, meine

Familie.«

»Woher kommst du?«

»Aus Angola.«

Mich würde ja deine ganze Geschichte interessieren, dachte ich und sagte: »Lass uns gern ein anderes Mal weiterreden. Ich muss los.«

»Alles klar. Dann bis Samstag.«

»Tschüss, Marius. Sagst du mir irgendwann deinen afrikanischen Namen?«

Er schaute mich über den Brillenrand hinweg an.

»Ja ... Irgendwann, der ist wirklich privat. Quasi intim.«

»Quasi intim. Na, da bin ich ja gespannt.«

Mein Nachhauseweg zeigte sich über und über mit Federn bedeckt. Ich schwebte leichtfüßig um die Ecke in meine Straße und ließ das Fitnesscenter, in welches ich noch wollte, links liegen. Es war zu heiß und außerdem war ich lässig auf den Barhocker gekommen, also fit genug.

Marius. Marius. Leider fast wie Markus. Markus. Marius.

8

Mein gefederter Weg endete abrupt, als ich in die Gesichter meiner Freundinnen Flori und Roberta schaute.

»Manno Rommel, wir rufen ständig bei dir an. Was ist mit deinem Handy? Wo steckst du denn?«, schimpfte Berta lautstark. Ihre raue Stimme kratzte heute besonders. Als hätte sie gestern durchgesoffen und die ganze Nacht geschrien.

»Mädels, ich hab nur eine Stunde Zeit, dann muss ich zurück. Heute ist eigentlich der Tag, an dem Alex ausgeht. Ich musste hart diskutieren, um hier sein zu können. Also, hopp, hopp.«

Unsere Verabredung hatte ich völlig vergessen. Ich war länger als eine Stunde in der Bar gewesen. Wo war die Zeit geblieben? Wir hatten doch nur drei Sätze gewechselt.

»Kommt, lasst uns in die Bar gehen«, hörte ich Bertas Kommando, »vielleicht ist sie schon geöffnet. Ich schaffe jetzt keine vier Treppen in deine Wohnung, Rommel. Viel zu heiß. Kommt schon. Liegt doch auf dem Weg.«

Flori war ungewöhnlich still und Roberta hatte sich schon auf den Weg gemacht. Noch ehe ich protestieren konnte, stand ich heute ein zweites Mal vor ihm. Unsicher wie ich war, hätte ich ihm am liebsten haarklein erklärt, wieso ich schon wieder in seiner Bar aufkreuzte. Dass ich keine Chance hatte zu widersprechen, dass Roberta hierher wollte und dass sie meistens bestimmte, wo es lang ging. Nenne drei Begriffe, die dir zu Roberta einfallen: Laut, groß und dominant, wenn ich sauer war. Fair, stark und Orientierung gebend, wenn alles gut war.

Das Mindeste was ich in dieser peinlichen Situation tun konnte, war, mich so zu positionieren, dass ich ihn nicht die ganze Zeit anschauen musste. Kurz bevor Flori sich setzte, hielt ich sie am Arm fest.

»Ich sitze hier.«

Konsequent zog ich ihr den Stuhl unterm Hintern weg.

»Bist du bescheuert?«, schimpfte sie, überließ mir aber den Stuhl.

Seufzend ließ ich mich fallen und war in Gedanken viel zu sehr bei ihm. Wahrscheinlich dachte er, dass ich eine Frau war, die klammerte. Eine Frau, die ihn stalkte, ihm auf die Nerven ging. Ich zwang mich, durchzuatmen, und musterte Flori. Sie war wirklich auffällig still und miesgelaunt. Ihr Gesicht war zweigeteilt, ihre vertraute Stirnfalte zwischen den Augen passte nicht zu ihrem unechten Lächeln, das sie sich abrang. Sicher ging irgendetwas nicht nach ihrem Plan. Sie war eine kleine Dirigentin, das Orchester, sprich das Leben, hatte sich gefälligst nach ihr zu richten. Nach Annas Tod begann sie langsam, ihr Leben wieder in den Griff zu bekommen, wollte nichts mehr dem Zufall überlassen.

»Was ist los, Flori?«, fragte ich vorsichtig. »Hast du jetzt auch Zeiten, in denen du nicht sprichst? Was ist mit Samstag? Wen triffst du und worauf sollen wir achten?«

»Und wir brauchen ein Zeichen, falls du erlöst werden willst«, schob Roberta hinterher.

Flori holte seufzend Luft. »Der, mit dem ich mich treffen wollte, schweigt seit drei Tagen. Schade, er war mein Favorit, meine Nummer eins. Er hat mich genauso umworben, wie ich es mag. Mit einer gewissen Romantik. Gedichte und so Zeugs. Jetzt treffe ich mich mit Mirko, der war meine Nummer zwei auf der Liste. Wir schreiben uns seit einer Woche. Er hat nichts mit Gedichten am Hut. Er wirkt ... pragmatischer. Zielorientierter. Er schreibt nicht so viel Beiwerk und freut sich, dass wir uns so schnell treffen.«

»Und wenn der andere sich doch noch meldet?« Berta zog die Augenbrauen hoch.

»Dann muss ich nachdenken. Dass er einfach schweigt, finde ich ziemlich doof.«

»Vielleicht will er dich überraschen. Kennt er den Treffpunkt?«, fragte ich.

»Nein. Wir hatten das Datum verabredet, aber noch nicht den

Ort.«

»Vergiss den Typ. Das ist kein gutes Omen, wenn er jetzt schon so rum eiert«, kam es von Roberta, »nimm den Pragmatischen. Der repariert dir vielleicht auch mal was in der Wohnung. Mit Gedichten und Blumen kommt man auch nicht weit im Leben. Apropos Wohnung. Wann willst du eigentlich ausziehen daheim? Oder willst du den mit zu Mama Eva nehmen, wenn er ein heißer Feger ist?«

»Meine Mutter. Das ist das nächste Thema. Sie fragte gestern, wohin WIR dieses Jahr in den Urlaub fahren wollen. Und ob WIR uns ein Auto kaufen wollen.«

Roberta grinste. »Sag ihr, dass IHR bald einen neuen Freund haben werdet.«

Flori boxte sie auf den Oberarm.

»Und dass ihr dann zu dritt in den Urlaub fahren werdet.«

Noch ein Tritt in die Wade und Roberta war ruhig.

»Okay, über meine Wohnsituation denke ich später nach. Jetzt muss ich erst mal den Samstag schaffen. Wir treffen uns hier um halb acht in der Bar. Da ist noch nicht zu viel los und ich bestelle bei Marius einen guten Tisch. Ihr solltet euch so setzen, dass ihr mich gut seht. Und wenn ihr merkt, dass es läuft, lasst ihr mich gefälligst in Ruhe und zieht auch keine Grimassen oder stolpert zufällig über meine Beine oder so einen Quatsch. Ich warne euch. Wenn ich meine Tasche auf den Schoß nehme und darin krame, könnt ihr mich erlösen und anrufen. Sonst nicht! Alles klar?«

Flori ging zu Marius und reservierte einen Tisch für Samstag. Sie setzte sich in aller Ruhe an den Tresen und erzählte ihm alles. Seinem Nicken und ernsthaftem Gesichtsausdruck nach verriet er mit keiner Miene, dass er bereits im Bilde war.

»Wieso haben die sich eigentlich noch keine Fotos hin und her geschickt?«, fragte mich Roberta.

»Ich weiß es auch nicht. Wir fragen sie noch mal.«

Robertas Blick ging zur Uhr. Sie fluchte. »Bis Samstag, Mädels. Ich bin zu spät. Oh, oh, das gibt Ärger mit Alex.« Und schoss wie ein Pfeil aus der Tür.

Flori kam zurück an den Tisch und ich fragte nach, wieso die beiden nicht voneinander wussten, wie sie aussahen. Sie erklärte, dass sie es so romantischer fand, obwohl es Mirko lieber gewesen wäre, vorab ein Foto von ihr zu sehen.

»Ich habe mich ausführlich beschrieben und ich hoffe, er erkennt mich. Klein, zierlich, kurze dunkelblonde Haare. Dass ich fast keinen Busen habe, habe ich nicht gesagt. Zierlich beinhaltet das«, sagte sie trotzig und verschränkte die Arme. Flori und ihre Brüste. Neidisch schaute sie schon immer auf alle Frauen mit Dekolleté. Wenn sie ihren BH auszog, der ihren nicht vorhandenen Busen ordentlich pushte, sah sie aus wie ein Mädchen in der Vorpubertät. Normalerweise war ihr Busen zwischen uns kein Thema und wenn man sie kannte, war es so unerheblich, wie ihr Busen, ihr Bauch, ihr Hintern oder sonst was aussah. Nur Flori selbst macht ihre Brüste immer wieder zum Thema. Sie glaubte, wenn sie nochmals schwanger würde, wären ihre Brüste wieder größer. Wie damals.

»Und wie hat er sich beschrieben?«

»Mittelgroß, mittelschlank, braune Haare, Programmierer.«

Wir prusteten los und ich hoffte, dass sie sich entdeckten. Hoch lebe die Mittelmäßigkeit.

Die Bar füllte sich und wir beschlossen, noch ein letztes Getränk zu nehmen. Ich konnte Marius während der letzten Stunden nicht in die Augen schauen und war froh, dass Flori heute die Getränke bestellte. Sie kam mit leeren Händen zurück. Zu meinem fragenden Gesicht sagte sie: »Er möchte uns alles an den Tisch bringen.«

Bevor ich ihn sah, fühlte ich ihn. Wie ging das? Ich schluckte. Er stellte unsere Getränke auf dem Tisch ab und suchte meinen Blick. Ich konnte nicht. Weder hochschauen noch danke sagen. Ich schob Dinge sinnlos auf dem Tisch hin und her, zupfte an den Blättern des kleinen Blumenstraußes und fand mich nur peinlich. Endlich hatte ich unsere zwei Gläser optimal auf dem Tisch ausgerichtet. Meine Hände ruhten. Atmen konnte ich erst wieder störungsfrei, als ich die Bartür hinter mir geschlossen hatte. Dieses Mal floh ich regelrecht nach Hause. Es lagen keine Federn auf dem Weg. Es war ein ganz normaler Betonplattenweg.

9

Die Zeit raste.

Noch vor einigen Wochen hatte ich ein anderes Leben, machte halbgare Pläne mit Markus. Ließ diese Beziehung, die schon länger ging als die letzte, vor sich hinplätschern. Parallel gönnte ich mir einen Liebhaber, der zuverlässig für mich da war, wenn Markus mal wieder absagte.

David, mein Partner beim Swingtanzen. Das eine oder andere Mal landeten wir nach unserem Tanzen im Bett. Er war der König des Genießens, liebte das Auskosten der Augenblicke, die das Leben ihm schenkte.

»Romy, Süße. Ich lebe dafür, nichts zu verpassen. Hör auf zu grübeln. Komm schon, tanz mit mir!«

Ich tanzte gern mit ihm, er konnte mich führen wie kein Zweiter und sein Vorname sollte Casanova sein. David trug gern Schiebermützen, liebte weiße Hemden und lässige alte Anzughosen mit passenden oder unpassenden Jacketts. Ganz im Stil des Swings. Es war kein Problem, unsere Liaison zu beenden. Bei David war nie etwas ein Problem. Ich erinnerte mich an mein Vorhaben, keine doppelten Netze mehr zu legen, und setzte Entscheidung Nummer drei zielsicher um. Damit verzichtete ich auf sinnliche Casanova-Stunden, die meine Entscheidung Nummer zwei, mein Leben mehr zu genießen, torpedierte. Das Leben war kompliziert. Meine Rede. Doch an Entscheidung Nummer eins, der Trennung von Markus, gab es nichts auszusetzen.

Am Abend machte ich mich fertig, um Floris Abenteuer in der Bar zu begleiten, und entschied mich für farbige Kleidung. Irgendwann musste ich meine Neujahrsvorsätze angehen. Jeans, ein hellblaues T-Shirt und meine bunte Kette. In der Bar angekommen, sah ich Roberta und Flori direkt bei Marius am Tresen sitzen. Alle drei wirkten aufgeregt. Selbst Marius, der sich meistens gemächlich wie ein satter Löwe bewegte, wirkte einen Hauch aufgeregter als üblich. Ich sah, wie er sich nervös durch die Haare fuhr und die Brille immer wieder auf- und absetzte.

Die ersten Bargäste trudelten ein, aus dem Augenwinkel sah ich, dass meine Nachbarin gelassen auf dem Sofa Platz nahm. Sie bestellte bei Marius divareif ein Glas Wein und las in einer Zeitschrift, deren Titel ich nicht erkennen konnte. Etwas, was ich noch nicht benennen konnte, stieß mir auf, wenn ich sie beobachtete. Wir nickten uns lächelnd zu und ich überlegte, ob ich überhaupt ihren Vornamen kannte. Er fiel mir nicht ein.

Kurz vor halb acht setzte sich Flori an den reservierten Tisch. Roberta und ich positionierten uns so, dass wir sie gut im Blick hatten. Auch Marius Blicken hielt ich diesmal stand. Unsere Augen verfingen sich für einen Wimpernschlag und blieben aneinander hängen. Heute Abend hatte ich eine Aufgabe! Eine Mission! Mein Dasein in der *Kleinen Bar* war berechtigt, denn ich hatte Floris Glück oder Unglück zu beobachten.

Erst jetzt kam ich dazu, meine Freundin genauer zu betrachten. Sie war beim Friseur gewesen und ihre Haare schimmerten jetzt eher mittelblond als mittelaschblond. Ihr T-Shirt lag sehr eng um ihren Oberkörper, sodass der Push-up ordentlich pushte und es fast so aussah, als gäbe es da einen Busen. Floris Wangen leuchteten rot und erste dezente Schweißflecken zeichneten sich unter ihren Achseln ab. Gott, war sie aufgeregt. Am allerliebsten hätte ich sie da weggeholt und erlöst. Wehe dem Typen, wenn er blöd war! Marius Stimme unterbrach meine Gedanken.

»Hier Romy, für dich.« Er stellte mir einen Caipirinha hin. »So, wie du ihn magst. Nicht zu viel Zucker.«

Roberta bekam ein Bier, so, wie sie es mochte. Mit viel Schaum. Sie rammte mir den Ellenbogen in die Seite.

»Rommel, was läuft hier? Ich glaub, mein Schwein tritt mich.«

»Berta, das heißt, mein Schwein pfeift oder mich tritt ein Pferd.«

»Egal, ob Schwein oder Pferd. Hier läuft doch was.«

»Quatsch«, lenkte ich ab und zeigte unauffällig zur Tür. Da kam ein mittelgroßer, mittelschlanker Mittelmann und suchte mit den Augen die Tische ab. Er wirkte aufgeregt und unsicher. Schnurstracks steuerte er zum Tisch meiner Nachbarin. Wir hielten die Luft an. Brauchte der Depp eine Brille? Ihre Haare waren weißblond und ihre Figur eher üppig. Eine Rubensfigur, nicht klein und zierlich, wie Flori sich beschrieben hatte. Was war los? Aufgeregt tastete ich nach Robertas Hand.

»Ruhig, Brauner«, war ihr bescheuerter Kommentar, ohne mich anzuschauen.

Meine Nachbarin, wie auch immer sie mit Vornamen hieß, lächelte ihn erfreut an. Er setzte sich, über ihre Füße stolpernd, neben sie auf das Sofa. Vielleicht war er doch nicht Floris blindes Date. Es gab sehr viele blasse Männer in dieser Stadt. Meine Uhr zeigte zehn Minuten nach halb acht. Die arme Flori. Tapfer nuckelte sie an ihrer Apfelsaftschorle. Sie wollte nüchtern sein, wenn ihr Mister Right kam.

Auf dem Sofa bewegte sich etwas. Der Typ verabschiedete sich hastig und ging vorsichtig, etwas vornübergebeugt, zu Floris Tisch. Also war er es doch!

Roberta war so aufgeregt, dass sie mir kräftig ans Schienbein trat. Es tat mehr als weh. Ich hätte schreien können. »Guck dir das an! Also doch dieser Typ. Praktisch hat er es doch schon versaut, oder? Zur falschen Frau zu gehen. Wie bescheuert ist das denn?«

»Bei mir hätte er keine Chance mehr, definitiv nicht.«

Bei Flori scheinbar schon.

Sie bestellten sich Getränke, diesmal zwei Gläser Wein und unterhielten sich, als hätte es die vorherige Szene nicht gegeben. Floris Schweißflecken reichten nun fast bis zu ihren Brüsten und ihr Wangenrot dehnte sich zu einem gleichmäßigen Kopfrot aus.

Wir beobachteten unauffällig das Geschehen und ich registrierte, dass Marius ebenfalls dezent hinschaute. Unaufgefordert brachte er uns Getränkenachschub.

Wir erinnerten uns daran, dass der Typ Mirko hieß. Er hatte leider ein Gesicht, das man sofort wieder vergaß. Nicht besonders hübsch, aber auch nicht besonders hässlich. Farblos, irgendwie. Beige Stoffhose, beige Hautfarbe, hellbraunes Shirt, Turnschuhe in einer undefinierbaren Farbe. Seine Haarfarbe ähnelte der Floris, bevor sie beim Friseur war. Mittelaschblond. Straßenköterblond. Akkurat im Nacken und an den Seiten kurzgeschnitten. Er sah aus wie ein großer, schlaksiger Junge, der noch wachgeküsst werden musste.

Wir entspannten uns, die beiden unterhielten sich anscheinend gut und es gab keine Anzeichen des Abbruchs. Floris riesige Handtasche stand unangetastet auf dem Boden.

Meine Nachbarin saß nun mit einer Frau auf dem Sofa, auch diese beiden unterhielten sich angeregt. Komisch, dass sie Mirko so einladend angelächelt hatte, als würde sie ihn erwarten. Sie wirkte arrogant. Jetzt wusste ich, was mich nervte. Ihre Arroganz, wie sie Marius zu sich rief. Wie sie da saß. Wie selbstverständlich sie dachte, jeder wollte zu ihr. Ich drehte mich weg. Zufrieden, dass ich es analysiert hatte, widmete ich mich wieder unserer Mission.

»Die ist untervögelt«, war Robertas lapidarer Kommentar, als sie sah, wo ich hingeschaut hatte. Wir nickten einvernehmlich. Analyse beendet. Arrogant und untervögelt.

Wie immer vergaß ich hier augenblicklich meinen Alltag, die Bar entführte mich wahlweise nach Afrika, Jamaika oder Costa rica. Ich entspannte alles an mir, was sich entspannen ließ und schaute mich weiter um.

Roberta telefonierte neben mir und legte genervt auf. »Alex ist sauer. Er hatte heute Abend was vor, aber ich habe mich, nach endlosen Diskussionen, mal wieder durchgesetzt. Wir kämpfen im Moment wie zwei Geistesgestörte um unsere freien Abende. Besonders die Samstagabende sind bei uns sehr beliebt und umstritten. Ich mach drei Kreuze, wenn die Zwillinge aus dem Haus sind.«

»Berta! Sie sind sechs und kommen demnächst erst in die Schule.«

»Wem sagst du das?« Sie stöhnte auf und bestellte sich einen

Sex on the beach. »Apropos Sex ... nächstes Thema. Ein anderes Mal.«

Plötzlich küsste Mirko unsere Flori und warf dabei sein Weinglas um. Rotwein auf Floris schweißgeflecktem Shirt. Er rubbelte hilflos an ihr herum, sie wehrte ihn amüsiert ab. Die Handtasche stand auf dem Boden und wir wussten nicht, ob das alles gute Aktivitäten waren, die der Mirko da fabrizierte. Als sie sich wieder setzten, fiel Floris Glas um, und wir sahen sie wieder aufstehen und an sich rumrubbeln.

»Ist das jetzt das Vorspiel?«, fragte Roberta ernsthaft. »Wenn der auch so ungeschickt im Bett ist, na, dann Prost Mahlzeit.«

Ich grinste vor mich hin. Das hier war besser als jeder Fernsehabend.

Flori ging auf die Toilette und ich folgte ihr unauffällig.

»Alles ist super, Romy. Ihr könnt euch entkrampfen und müsst auch nicht bis zum Ende warten. Er sieht zwar ... na ja ... nicht besonders gut aus, ist aber echt ein netter Typ. So süß tollpatschig«, plauderte sie vor sich hin, während sie versuchte, ihr T-Shirt zu säubern. Eigentlich fehlten nur noch Blut und Sperma, alle anderen Flecken hatte es bereits. »Heute passiert sowieso nichts weiter. Immer schön langsam. Außerdem werde ich meine Mutter darauf einstimmen müssen, dass ich bald wieder Männer mitbringen werde.«

»Männer?«, wagte ich zu fragen.

Aber Flori gluckste selig vor sich hin, überhörte meinen Kommentar und ich entschied, bald nach Hause zu gehen. Flori brauchte uns nicht mehr und die Bar war mir inzwischen zu voll, zu laut und zu heiß.

Roberta saß am Tresen und quatschte mit Marius. Ich bemerkte, dass die beiden viel ungezwungener miteinander reden konnten, als ich mit ihm oder er mit mir.

»Flori ist okay und ich bin müde«, informierte ich kurz.

»Jetzt schon?«, fragte Roberta.

»Jetzt schon?«, fragte Marius.

»Ja, da bin ich ganz eigen. Wenn ich vor zwölf nicht im Bett bin, bin ich am nächsten Tag ein unausstehlicher Zombie.« Theatralisch stützte ich meinen Kopf auf die Hand. Sein Blick war herrlich, auch Roberta schaute perplex, ich lachte. »Guckt nicht so. War Spaß.«

Ich ließ mich breitschlagen, zu bleiben, und bewunderte ganz in Ruhe den schönen Marius, während Roberta mit ihm flirtete. Ich gönnte ihr jeden Flirt dieser Welt. Seit ihrem fünfzehnten Lebensjahr war sie mit Alex zusammen, und wenn sie nicht log, war er ihr erster und bisher einziger Mann. Auch im Bett. Flirten war für Berta die Würze im Leben und weder Männer noch Frauen waren vor ihr sicher. Ich fand ja, dass sie komisch aussah, wenn sie flirtete. Ihr Gesicht wurde zwar weicher, wirkte aber auch ein bisschen frivol. Die Flirt-Roberta war nicht die Roberta, mit der ich normalerweise zu tun hatte. Ihr Flirtgesicht gehörte ins Schlafzimmer.

Marius stellte mir meinen dritten Caipirinha hin und nach dem ersten Zug aus dem Strohhalm war ich sturzbetrunken. Ich lachte über alles und jeden. Wenn ich aufstehen wollte, drehte sich der Raum um mich herum. Krampfhaft versuchte ich, nicht vom Barhocker zu fallen, auf den ich mich so mühsam geschwungen hatte. Wasser. Ich brauchte dringend Wasser und mein Bett.

10

Nelly stürmte die Treppen nach oben und ihr Vater schleppte das dazugehörige Gepäck hinterher. Noch ein paar Monate mehr und wir müssten zwei Mal gehen. Wechselmodell hin oder her. Wir hatten das über all die Jahre gut gemacht, ab heute war Schluss damit!

Oben angekommen, saßen beide verschwitzt am Küchentisch und tranken kaltes Zitronenwasser. Mike nickte mir zu und freute sich schon darauf, unserer Tochter eine Freude zu machen.

Ohne viele Umschweife fing ich an. »Nellyschatz. Papa und ich haben eine Idee und wir finden sie beide gut. Willst du sie hören?«

»Ja«, sagte sie, während sie hin und her hüpfte. Wahrscheinlich in Erwartung, dass sie alleine zum Schulkonzert gehen durfte, worum sie schon eine Weile bettelte.

»Wir haben uns überlegt, dass du nicht mehr so viel umziehen sollst. Papa und ich sind uns einig, dass du ab jetzt hier, bei mir, dein Zimmer haben kannst. Wann immer du Lust hast, kannst du zu Papa gehen. Das weißt du und er freut sich, wenn du noch eine Weile jedes zweite Wochenende zu ihm kommst. Was meinst du?«

»Wenn ihr das so wollt«, sie schaute uns prüfend an, «dann find ich das gut.« Scheu blieben ihre Augen bei ihrem Papa hängen, ob es auch wirklich in Ordnung für ihn war.

Er nickte und lächelte ihr zu. »Nelly ... Das Geschleppe hat nun ein Ende und wir wissen, wie wichtig ein fester Ort für dich ist. Komme her, Nellymaus.« Er öffnete seine Arme und sie rannte zu ihm, setzte sich auf seinen Schoß und kuschelte sich eng an ihn.

Schließlich verabredeten sie sich für das Wochenende in zwei Wochen.

»Aber Papa, wenn du mich vorher sehen willst, sag Bescheid. Du kannst auch gerne mit uns frühstücken oder zu Abend essen, stimmt's, Mama?«

Süße, kleine Nelly. Unbeirrbar versuchte sie immer wieder, uns zusammenzubringen.

»Mach ich auf jeden Fall, Süße«, nahm Mike mir die Antwort ab, »dann räum mal alles schön ein. Dein Keyboard, deine Staffelei, deine Farben und Blöcke. All dein Plunder bleibt jetzt hier.«

»Hab keinen Plunder, hab keinen Plunder!« Sie hopste in ihr Zimmer und macht sich an die Umgestaltung.

»Danke, Mike. Bin ich froh, dass von all den Männern auf der Welt ausgerechnet du ihr Vater bist.«

Als er gegangen war, hing ich dem Gefühl der Dankbarkeit noch eine Weile nach. Nelly fragte, ob sie schnell Sarah anrufen könne, um ihr alles zu erzählen. Durfte sie. Ich hörte mit einem halben Ohr mit, was sie redeten und musste schmunzeln. Berta, Flori und ich waren nichts dagegen. Es ging doch nichts über beste Freundinnen!

Als sie fragte, ob Sarah heute bei uns schlafen dürfe, sagte ich nein und vertröstete sie auf das Wochenende.

Nelly schmollte: »Nie darf ich was!«, und warf die Tür hinter sich zu.

Manchmal schenkte sie mir Einblicke in die bevorstehende Zeit der Pubertät. Mein Nein und ihr Nie mochten sich nicht. Unser neues Zusammenleben hatte demnach einen famosen Start.

Ich schaute in den Kühlschrank und überlegte, was wir heute Abend essen könnten und wusste, dass ich sie anhand meiner Kochkünste nicht aus dem Zimmer locken würde. Wenn ich mal reich wäre, würde ich mir einen Koch leisten. Ich konnte kochen nicht ausstehen. Auch nicht das Einkaufen zum Kochen.

11

Es wurde kühler. Der September zeigte sich spröde und mit weniger Sonnentagen als erhofft und Nelly freute sich über ihre erste Schnapszahl im Leben. Sie wurde elf Jahre alt.

Mike, seine neue Familie und ich zogen mit einer Kinderschar in den gegenüberliegenden Park, um Nellys Geburtstag zu feiern. Sie war glücklich. Alle Menschen, die sie mochte, waren zusammen. Mit Argusaugen beobachtete sie uns Erwachsene, und ich war froh um jede Minute, die sie voller Vertrauen im Spiel versank. Am liebsten hätte ich ihr zugerufen: Nelly, lass los. Wir verstehen uns alle. Darfst spielen. Hier ist alles gut.

Später, als die Picknickkörbe leer waren und wir wieder zu Hause waren, fragte sie: »Magst du das neue Baby?«

»Leon? Aber klar. Er ist süß und ich durfte ihn sogar halten.«

»Und Vanessa?«

»Vanessa auch. Mike hat sich eine sympathische neue Frau gesucht? Wieso fragst du?«

»In meiner Klasse sind die meisten Eltern zerstritten, wenn sie sich trennen. Oder sie sehen sich nicht mehr.«

»Mike und ich wollten es immer anders haben. Ich bin froh, dass er eine Frau gefunden hat, die nichts dagegen hat, dass wir uns auch alle zusammen sehen.«

»Da bin ich auch froh.« Sie wendete sich ab, schaute sich ganz in Ruhe ihre Geburtstagsgeschenke an und signalisierte, dass das Gespräch beendet war. Sie schnappte sich ihre neue Gitarre und zupfte vorsichtig an den Saiten. Ihre Kindergitarre, wie sie die ältere Version nannte, wollte sie für ihren Bruder Leon aufheben.

In der Klinik bewegte ich mich im gewohnten Fahrwasser und arbeitete mit meinen Patienten, bis mir die Ohren klingelten. Die Berichte für die Krankenkassen schrieb ich abends zu Hause, da ich es nicht anders schaffte. Das Gefühl, nie fertig zu sein, schlauchte mich, und der Stapel, der abzuarbeiten war, wurde eher größer als kleiner. Ich sah die Unzufriedenheit meiner Chefin, nichts war ihr recht und schon gar nicht, wenn Berichte zu spät abgeschickt wurden.

Mein Patient, Herr Lehnhard, war zwischenzeitlich entlassen worden, da es ihm deutlich besser ging. Die Besserung hielt jedoch nur kurze Zeit, seit ein paar Tagen war er wieder auf der Station. Er litt erneut unter seinen Depressionen und war nur noch ein Schatten seiner selbst. Seine gebügelten Sachen schlackerten ihm um den ausgemergelten Körper. Wie immer begrüßte er mich freundlich und fragte höflich, ob ich wieder seine Physiotherapeutin sein würde.

»Ja, Herr Lehnhard. Ich werde wieder ihre Psychotherapeutin sein.«

»Romy, hast du etwa aufgegeben, ihn zu verbessern?« Georg ärgerte mich gern und ich wartete auf eine passende Gelegenheit, es ihm heimzuzahlen.

Ich stieg nicht drauf ein, sondern sagte: »Ja. Ich habe es aufgegeben, und eigentlich ist es doch auch wurscht. Das eine oder das andere, es sind doch alles nur Titel. Offenbar will er mich wieder an seiner Seite, egal, was da drauf steht.«

In unserer ersten Einzelstunde fragte ich ihn, ob ich ihn unterbrechen dürfe, sobald ich ihm nicht mehr folgen könne. Er stimmte begeistert zu und erlaubte es mir ausdrücklich. Das war ein Quantensprung in unserer Beziehung. Noch vor Wochen war das sein empfindlichster Punkt. Ein absolutes Tabu. Er begann zu erzählen, und wir ahnten beide nicht, wie oft ich ihn unterbrechen musste.

»Wissen Sie, Frau Wagner, erst ging es mir besser und ich konnte gut schlafen und alles war wieder fröhlicher. Dann kamen meine Tochter und die Enkel zu Besuch und meine Frau, ... wissen Sie meine Frau ging ja dann die letzten Wochen arbeiten und jetzt ist sie auch in Rente und Lutz, was ihr Chef ist, hat sie nicht gut verabschiedet ... und da ich schnarche, hat meine

Frau ... »

»Herr Lehnhard, langsamer bitte. Also, was ich verstanden habe oder mir zusammenreime, ist Folgendes: Erst ging es Ihnen besser und seit Ihre Frau ebenfalls in Rente gegangen ist, ist es schwieriger?«

»Ja. Genau.«

»Was ist schwieriger?« Froh, dass er meiner Verknappung zustimmte, redeten wir weiter.

Mühsam quälten wir uns durch seine Sätze und Worte. Mit vielen Unterbrechungen und Zusammenfassungen meinerseits schaffte ich es, ihm zu folgen. In seinem Kopf war alles verzweigt und verästelt. Ich erkannte kaum noch einen Hauptstrang. Wir einigten uns darauf, seine Frau zum nächsten Gespräch einzuladen. Er nickte erleichtert.

»Physiotherapeut sein, das könnte ich nicht«, sagte er noch anerkennend, bevor bereits die nächste Patientin anklopfte.

In unseren Gruppenstunden gaben wir inzwischen Themen oder provokante Thesen vor, und wie bei einem Speed Dating rückten alle Patienten einen Platz weiter und übten das Miteinanderreden. Auf jedem Platz lag eine andere Hypothese.

Depression ist gedeckelte Wut.

Depression kann nur mit Medikamenten behandelt werden.

Depression ist heilbar.

Depression ist vererbbar.

Bewegung hilft.

Einmal depressiv, immer depressiv.

Das brachte auf jeden Fall mehr Erkenntnis und Einsicht als unsere schweigsamen Wie-geht-es-euch-Runden.

Manchmal, auf dem Nachhauseweg, wenn ich Georg fragte, wie es ihm eigentlich gehe, sagte er mit ernstem Gesicht und tiefem Seufzer: »Muss ja.«

Langes Schweigen.

Dann ich. »Stimmt. Nützt ja nichts.«

Sehr langes Schweigen ...

»Früher war‘s echt besser.«

So konnten wir endlos laufen und wer zuerst lachte, hatte verloren. Meistens verlor ich.

Irgendwann fragte er: »Jetzt mal ernsthaft, Romy. Nach der Sache mit Markus. Wie geht‘s dir wirklich?«

Ich schaute ihn an, bereit, ihm davon zu erzählen, wie es mir wirklich ging. »Normal.«

Wir prusteten los und sahen ein, dass die ernsthafte Unterhaltung heute nicht bei uns verweilen wollte. Unsere Chefin nannte es Psychohygiene und meinte, das wäre gesund und befreiend. Wir müssten alle unsere Sinne von dem Gehörten und Aufgenommenen wieder freipusten, um gesund zu bleiben. Das konnten wir beide vortrefflich.

12

Flori traf sich regelmäßig mit ihrem Mirko und war vor Glück kaum noch ansprechbar. Sie hatte es sich in ihrem neuen Liebeshimmel gemütlich gemacht, alles andere blendete sie aus.

Zu unseren wöchentlichen Lebens-Update-Treffen in der *Kleinen Bar* kam sie angehetzt, als wäre sie gerade unfreiwillig von der wattierten Liebeswolke auf die böse, böse Erde gestürzt. Ihre Wangen glühten, die Haare waren länger und zu einem unordentlichen Knoten gedreht, was ihr gut stand. Sie strahlte mit der Barbeleuchtung um die Wette. Kaum saßen wir, schaute sie auf ihr Handy, ob Mirko ihr schon etwas geschrieben hatte. Nach Annas plötzlichem Tod sah ich Flori das erste Mal wieder so beschwingt und frei, wie ich sie kennengelernt hatte. Dieser unscheinbare Mann schien sie glücklich zu machen. Berta und ich gönnten ihr jeden Zipfel des Vergessens, denn Annas Tod würde sie immer begleiten, mal mehr, mal weniger. Im Moment weniger.

Im Freizeitgerangel von Berta und Alex war es dagegen heiß hergegangen. Berta hatte sich den Freitagabend als ihren Freiraum regelrecht erkämpfen und ihm abpressen müssen. Alex gehörte nun der Samstagabend, und so war die Balance zwischen den gestressten Eltern fürs Erste wieder hergestellt.

Da Marius uns mittlerweile gut kannte, bekamen wir jeden Freitagabend den heiß begehrten Sofaplatz. Meine Nachbarin staunte nicht schlecht, als sie das erste Mal das neue Reserviert-Schild las. Das gefiel mir.

Wir wurden von ihm mit unseren Vornamen angesprochen und so, wie er Romy hauchte, würde ich am liebsten vierundzwanzig von vierundzwanzig Stunden mit ihm verbringen.

Die Treffen in der Bar waren uns heilig geworden. Hier wurde alles besprochen und entschieden. Drei Frauenköpfe, blond, jetzt wieder mittelaschblond-fast-braun und knallrot steckten zusammen. Lachten, grübelten und weinten. Mal einzeln, mal zusammen.

Heute saßen Flori und Roberta schon gemütlich in der Sofaecke und ich kam etwas zu spät, da ich Nelly für das Wochenende zu ihrem Vater gebracht und zu lange mit ihm geschwatzt hatte. Ich sah die beiden, und mir wurde wehmütig klar, dass diese beiden Frauen die vertrautesten Menschen in meinem Leben waren. Meine Ersatzfamilie. Ich setzte mich zwischen sie, denn genau da war mein Platz.

»Mensch, Rommel, da bist du ja endlich. Ich habe extra auf dich gewartet, bevor ich mehr erzähle. Ich hatte einen Riesenkrach mit Alex und weiß nicht mehr, wo hinten und vorn ist. Ich brauche eure Ideen.«

Als Marius mich entdeckte, hielt er kurz inne und kam zu mir. »Romy, wie schön dich zu sehen. Weißwein oder Wasser?«

»Ja.« Ich lächelte ein wenig deppert zurück.

«Weißwein oder Wasser?«, fragte er bezaubernd geduldig noch einmal.

»Alles ... also beides«, antwortete ich fast adäquat.

Roberta rollte die Augen. »Also, wenn ihr nicht seit dem Sommer flirtet, fress ich einen Spaten.«

»Einen Besen«, antworteten Flori und ich gleichzeitig und grinsten.

»Ist doch egal, ob ich einen Besen oder einen Spaten fresse. Ist so oder so ein bescheuerter Spruch. Willst du nicht mal einen Schritt weiter gehen?« Neugierig schaute sie mich an.

»Ist doch alles schön so, wie es ist. Flirten mit dem Barmann, das Highlight meiner Woche. Ich glaube momentan sowieso keinem Mann, was er sagt. Sein Lächeln und seine Aufmerksamkeit reichen mir. Sobald es mehr wird, wird es wieder kompliziert. Lass mal.«

»Dann wenigstens unverbindlichen Sex?« Roberta ließ nicht locker.

»Keine Ahnung. Das kann ich mit ihm nicht. Ich würde mich

sofort verlieben und dann wird es wieder kompliziert. Ich komme hierher und flirte mit ihm. Punkt.«

»Und das willst du machen, bis du achtzig bist?« Sie ließ keine Ruhe.

»Berta, weiß ich doch auch nicht. Jetzt erzähl du mal. Bei mir ist alles im grünen Bereich. Ich bin ein glücklicher flirtender Single ohne irgendwelche Liebhaber. Genau das, was ich vorhatte.«

Flori schaute heimlich auf ihr Handy und tippte schnell eine Nachricht. Mahnend, wie zwei strenge Großmütter, schauten wir sie an, und blitzschnell steckte sie es, errötend, in ihre Riesenhandtasche.

Dann fing Berta an zu erzählen. »Ihr wisst, Alex ist meine Jugendliebe und wir kennen uns in- und auswendig. Seit ein paar Monaten streiten wir allerdings wie zwei Bekloppte um unsere Freiheiten. Jeder fühlt sich im Familienalltag gefangen oder benachteiligt. Wir versuchen, unsere Streitereien vor den Jungs zu verbergen, was die Lage nicht verbessert, da wir vieles runterschlucken. Mit dieser Anspannung im Nacken beenden wir die Tage und im Bett will Alex jeden Tag Sex.« Roberta holte Luft und schaute uns nacheinander an. »Jeden Tag. Seit zwanzig Jahren, außer wenn ich meine Tage habe.«

»Krass. Jeden Tag. Zwanzig Jahre«, wiederholte ich perplex.

»Krass«, wiederholte auch Flori, der scheinbar kein eigenes Wort einfiel.

»Ja. Krass. Das ist es, was zu unserer Situation passt. Für Alex scheint unser Sex hauptsächlich Spannungsabbau zu sein. Vielleicht noch eine Art Versicherung, dass ich da bin. Früher konnte ich das nicht so auseinanderhalten und dachte, er würde mich wie verrückt begehren. Ich war stolz darauf, so einen potenten Mann an meiner Seite zu haben. Alex war genauso stolz auf seine Potenz. Heute würde ich ihn sofort eintauschen, wenn es irgendwo auf der Welt einen Alex mit Potenzproblemen gäbe. Was für ein Segen muss das sein. Ins Bett zu gehen, sich auf die Seite zu drehen und ganz banal einzuschlafen. Morgens aufzuwachen und unbekümmert aufzustehen. Ihr habt keine Vorstellung davon, wie allergisch ich inzwischen auf einen Ständer reagiere.«

Wir schwiegen betreten und wussten nichts darauf zu sagen. Schon die Vorstellung, zwanzig Jahre mit dem gleichen Mann zu verbringen, war undenkbar.

Entschlossen fuhr sie fort. »Inzwischen weiß ich, es geht nicht um mich. Ich bin nur zufällig seine Frau und mühelos zur Stelle. Ich habe rumexperimentiert. Mich nicht gewaschen, bin absichtlich dicker geworden, habe mich wie ein Brett hingelegt und an die Decke gestarrt. Es war alles egal, der Sex war nur schneller vorbei als sonst. Ich kann einfach nicht mehr. Ich dachte auch, durch unsere vielen Streitereien würden wir weniger Sex haben und habe immer neue Krisen angezettelt. Hat auch nicht funktioniert. Vor zwei Tagen habe ich das erste Mal *nein!* gesagt und jetzt steht unsere komplette Beziehung auf der Kippe. Ich ahnte immer, dass es schwierig werden würde, und hatte Respekt vor dem Rattenschwanz, der dann folgen könnte. Haha Rattenschwanz. Passt ja.«

»Trennt ihr euch jetzt?«, fragte Flori.

»Ich weiß gerade nicht weiter. Alex fühlt sich abgewiesen und schmollt. Er ist aus dem Schlafzimmer ausgezogen und redet kein Wort mehr mit mir. Den alltäglichen Kram, den einer von uns zu erledigen hat, schreibt er mit großen Buchstaben und vielen Ausrufezeichen auf riesige Zettel. Damit ich nicht übersehe, wie angefressen er ist. Unser Leben ist gerade sauanstrengend, am liebsten würde ich mal abhauen.«

»Vielleicht ist das ja eine gute Idee? Abhauen! Abstand, Luft holen, um dann neu aufeinander zuzugehen?« Flori war endlich wieder richtig dabei. »Eine gute Freundin meiner Mutter, Marta, lebt in der Toskana und vermietet Zimmer. Da könntest du hinfahren, auftanken und dich sortieren.«

»Hm, ich denke darüber nach. Eigentlich eine gute Idee.« Nachdenklich knickte sie sämtliche Bierdeckel, die auf dem Tisch lagen entzwei. Flori, die es auch bemerkte, sorgte für Nachschub und griff beherzt zum Nachbartisch.

»Oder hier, das ist ein Paartherapeut aus Mitte. Er hat einen guten Ruf. Da könntet ihr zusammen hingehen, um euch zu sortieren.« Ich schob ihr die Visitenkarte eines Therapeuten über den Tisch, die Georg mir kürzlich erst gegeben hatte, da er ihn sehr empfehlen konnte.

Sie lächelte müde und steckte die Karte ein.

Flori hatten wir wieder verloren. Sie fummelte das Handy aus der Tasche, spielte unruhig damit herum und verabschiedete sich bald. Berta trank ein letztes Bier und ging gedankenverloren nach Hause.

Ich rutschte noch einmal galant wie ein Nilpferd auf den Barhocker, näher zu Marius, und genoss unser Spiel mit den Augen, bevor ich in mein freies Wochenende startete.

13

Flori und ihre Mutter Eva wohnten nur zwei Straßen weit von mir entfernt. Mirko hielt sich inzwischen sehr oft bei Flori auf und mich drängte es, ihn endlich besser kennenzulernen. Auf einen Sprung schaute ich bei ihnen vorbei.

Flori und Eva lebten zusammen wie in einer Wohngemeinschaft. Nach Annas Tod stand Flori lange Zeit an einem Abgrund, einen Fuß fest auf der Erde, den anderen Fuß in der Luft schwebend. Bereit für den Absturz. Bereit, alles loszulassen. Hätte sie sich weiter nach vorn gebeugt, wäre sie Anna gefolgt. Aber Flori schwankte vor und zurück. Eva, Roberta und ich hielten sie, so gut wir konnten. Fingen sie auf, so gut wir konnten, und stützten sie, so gut wir konnten. Manches Mal saßen wir alle zusammen in diesem Vorzimmer der Hölle und teilten den Schmerz und das Unglück. Flori hielt endlose Zwiegespräche mit ihrem toten Kind, mal laut und mal leise und wir hatten gehörigen Respekt vor dem lauernden Wahnsinn hinter ihrem Schmerz.

Lange quälende Monate wusste niemand von uns, ob sie die Kraft finden würde, zurück ins Leben zu kommen. In dieser Zeit zog Eva, Floris Mutter, wieder mit ihrer Tochter zusammen. Die eine stützte die andere, denn auch Eva war nur noch ein Schatten ihrer selbst. Sie hatte ihre Enkelin verloren und erlebte hautnah, wie ihre Tochter Höllenqualen litt, ohne etwas tun zu können. Sie wurden ein zweites Mal im Leben eine geschlossene Mutter-Tochter-Einheit, obwohl sich Flori erst wenige Jahre vorher so mühselig von Eva abgelöst hatte.

Ich weiß noch, wie ich die Veränderung nach der langen Trauerphase zuerst in Floris großen Augen sah. Es war, als hätte sie dem Abgrund den Rücken gekehrt. Er war noch da, dicht hinter ihr, aber sie sah nicht mehr hin. Mit beiden Füßen stand sie wieder auf festem Boden und schaute mich glasklar an.

»Romy, ich hab es! Ich möchte Ärztin werden und mehr verstehen. Verstehen, wieso ein Kind so plötzlich stirbt. Menschen retten und ihnen beistehen, wenn keine Rettung mehr möglich ist.«

»Flori ...«, ich zog sie sofort in meine Arme und hüpfte mit ihr im Kreis, »da bist du wieder. Du bist wieder da.«

»Ja, ich bin wieder da. Ich möchte weiterleben. Ich habe meinem Anna-Baby gesagt, dass ich noch eine Weile lebe und dann auch bald zu ihr komme. Ich hatte das Gefühl, dass sie das gut fand.«

»Ein bisschen verrückt bist du aber schon!«

»Ich weiß. Ein bisschen mehr als du denkst.«

Uns allen fielen mehrere Steine von den Schultern. Riesige Gesteinsbrocken, gefolgt von mehreren Ladungen Geröll. Flori würde ihr Leben weiter leben! Keine Untote mehr sein. Die kleine Anna war sowieso in unserer Mitte, sie hatte einen festen Platz und wir waren überzeugt, dass dieser kleine Engel für irgendeinen Menschen nun als Schutzengel fungieren würde.

Ab da ging es mit Flori bergauf. Sie stürzte sich ins Medizinstudium wie eine Besessene. Lernte, zog sich in die Bibliothek zurück, nahm an Lerngruppen teil, und wenn sie davon genug hatte, ging sie tanzen, flirtete auf Teufel komm raus und lebte. Liebte. Soff und vögelte sich durch die Zeit. Sie hatte Affären und kleinere Liebschaften und jedes Mal hatten wir das Gefühl, dass sie den Mann erst gierig auffraß, und wenn sie satt war, wieder ausspuckte.

Jahr für Jahr verpasste Flori die Chance, sich wieder eine eigene Wohnung zu nehmen, um unabhängig von ihrer Mutter zu leben. Sie hatten sich eingespielt. Wenn man Eva und Flori zuhörte, könnte man meinen, sie wären ein altes Ehepaar. Die eine wusste immer, wie der Satz der anderen endete. Sie teilten sich alle anfallenden Kosten, erzählten sich ihren Alltag und besprachen die Zukunft, als würden sie für immer zusammen bleiben. Abends schauten sie gemeinsam Filme, kuschelten sich in das graue Ecksofa und warfen die übergroße Wolldecke über ihre Füße. EINE Wolldecke. Ich fragte mich insgeheim, ob ich neidisch war, dass Eva und ihre erwachsene Tochter diese Nähe lebten oder ob ich das völlig daneben fand.

Eva schien seit Jahrzehnten damit abgeschlossen zu haben, sich noch einmal auf eine Partnerschaft einzulassen. Sie würde bald sechzig Jahre sein und freute sich auf ihre Rente, obwohl sie kein bisschen wie eine Rentnerin aussah. Sie war sehr schlank, hatte dunkle, kurze Haare und das hübsche Gesicht ihrer Tochter, nur älter und trauriger. Wenn sie lächelte, kam jedoch eine verschmitzte Seite zum Vorschein und ihr Gesicht erstrahlte, als hätte man den Lichtschalter gefunden. Nur einmal hatte ich mich getraut, weiter zu fragen, als es zwischen uns erlaubt war.

»Und dann, Eva? Was willst du dann machen, wenn du in Rente bist?«

Verwundert schaute sie mich an. »Dann hab ich endlich Zeit.«

»Und was willst du machen, wenn du viel Zeit hast?«

»Hmm ... Reisen vielleicht? Weiß nicht.«

»Gibt es denn irgendwelche Sehnsüchte, die du dir dann, mit mehr Zeit, erfüllen willst?«

Sie dachte ernsthaft nach und bevor die Pause zu lang wurde, antwortete sie. »Darüber muss ich nachdenken. Erst mal freue ich mich darauf, Zeit zu haben. Und dann wird's mir hoffentlich besser gehen als jetzt.«

Das vermeintliche Glück schien immer in der Zukunft zu liegen. Wenn, dann. Auch bei fast Sechzigjährigen.

Eva öffnete mir die Tür. Sie sah heute noch müder aus als üblich und wir umarmten uns kurz. »Hallo Romy, wie schön dich mal wieder zu sehen. Flori und Mirko sind oben. Ich muss los, bin spät dran.« Ihre Sporttasche hing schräg über ihren schmalen Schultern. Tapfer trainierte sie jedes Wochenende und zweimal in der Woche ihren zierlichen Körper. Um lange gesund zu sein, um gesund alt zu werden, um in Jeans Größe achtundzwanzig zu passen. Für später.

Ich betrat die sonnige Wohnung und ging gleich nach oben in Floris Bereich. Als ich an der Tür klopfen wollte, hörte ich, wie sich Mirko und Flori mit gepressten Stimmen stritten.

»Flori, ich wusste es. Wenn du nichts zu verbergen hast, kannst du mir dein Handy zeigen. Komm schon. Zeig es mir.«

»Du hast überhaupt nichts in meinen Sachen zu suchen. Verstanden!«

Ich hörte, wie ein Stuhl verschoben wurde, als wäre jemand aufgestanden.

»Ach ja, erst heißt es, WIR können uns alles zeigen, alles sagen. WIR vertrauen uns. Wir, wir, wir und dann plötzlich ich, ich, ich. Das sind meine Sachen, das ist mein Leben. Du drehst es mal wieder, wie du es gerade brauchst.«

Er oder vielleicht auch sie haute mit der Hand auf den Tisch oder gegen den Türrahmen. Ich erschrak und ging blitzschnell zurück nach unten, klingelte noch einmal und wartete. Ich hörte Gepolter und erneut gepresste Stimmen. Flori öffnete mir und Mirko huschte an mir vorbei hinaus. Sein genuscheltes »Hallo« war kaum zu hören. Schade, wollte ich ihn doch endlich einmal kennenlernen.

Floris Wimperntusche zog sich über das Gesicht wie eine vierspurige Autobahn. Ihre Augen waren rot und verquollen. Sie wirkte mitgenommen und winkte mich wortlos herein.

In ihrem Zimmer lag ein Handy zertreten auf dem Boden und in der Luft lag alles andere als der Zauberduft von frisch Verliebten.

»Flori, erzähl. Was ist passiert?«

»Weißt du noch, mein damaliger Favorit Nummer eins, der, der sich nicht getraut hat. Der Poet ... jedenfalls ... Was ich meine ist, der hat sich wieder gemeldet. Das hat Mirko irgendwie mitbekommen und seitdem ist er leicht reizbar.«

»Leicht reizbar? Der tickt völlig aus, würde ich sagen. Triffst du dich denn mit Nummer eins?«

»Nein, er schreibt mir wieder Gedichte und hat zugegeben, dass er sich damals nicht getraut hat, mich zu treffen, aber immer noch an mich denken muss. Er hat mir erklärt, was mit ihm los war. Seine Gedichte sind der Hammer, das nur nebenbei. So würde ich auch gern schreiben können.« Sie seufzte und raufte sich die Haare, die wieder völlig zerwühlt aussahen.

Flori war eine der Frauen, die auch, wenn sie weinten, wunderschön aussahen. Man wollte sie sofort in den Arm nehmen, trösten und all die bösen Geister, die sie ärgerten, vertreiben.

»Und was ist mit Mirko. Bist du denn verliebt in ihn?«

»Aber ja, ich will auch keinen anderen. Ich mag diese kleinen Gedichte von Nummer eins und sein Werben um mich ... keine Frage, aber ich habe mich für Mirko entschieden. Manchmal ist er sehr launisch, aber meistens beruhigt er sich schnell wieder.«

Ich schaute auf ihr zertretenes Handy. »Findest du? Mirko sah wie ein wild gewordener Stier aus.«

»Ich weiß. Wenn wir erstmal ein Kind haben, wird er mir glauben, dass ich nur ihn liebe.«

»Ein Kind? Lass dir Zeit, Flori. Vielleicht ist er gar nicht dein Mister Right. Du hast mal wieder einen Plan und der soll sofort umgesetzt werden. Du hast dich total auf ein neues Kind eingeschossen.«

»Ja. Meine Sehnsucht ist groß. Meine Anna habe ich verloren, aber dieses Mal werde ich besser aufpassen. Alle sind Mirko gegenüber skeptisch. Roberta, du, meine Mutter. Glaub mir, er ist okay. Und er mag meinen Körper, auch ohne Busen. Unser Sex ist fantastisch und ich bekomme viel Aufmerksamkeit von ihm. Sein Ausrasten zeigt ja, dass er eifersüchtig ist. Auch nicht so schlecht, oder? Ich bin seine Nummer eins.«

»Weiß nicht, darauf könnte ich verzichten. Er wirkt manchmal wie ein unausgereifter großer Junge. Willst du denn hier wohnen bleiben?«

»Ich kann meine Mutter nicht allein lassen und hier oben habe ich meinen Bereich. Wenn ich schwanger werden sollte, entscheide ich neu. Für Mirko ist das okay. Er hilft uns bei vielen Sachen, hat endlich das Bett repariert und trägt den schweren Einkauf nach oben. Endlich mal wieder ein Mann im Haus. Er behält zum Rückzug seine kleine Wohnung in Kreuzberg. Wir sind nur selten dort.«

»Wieso kannst du eigentlich deine Mutter nicht allein lassen? Alle Mütter schaffen das irgendwann.«

»Sie ist einsam und ich fürchte, sie wird depressiv, wenn ich nicht mehr da bin. Sie braucht mich ... und ... sie war auch für mich da ...«

»Vielleicht redest du dir das aber auch nur ein. Vielleicht aktiviert sie ungeahnte neue Kräfte.«

»Guten Tag, Frau Psychologin.«

»Sorry, ich wollte dich nicht belehren.«

»Schon gut. Ich weiß es ja, kann trotzdem nicht aus meiner Haut. Gib mir auch mal eine Visitenkarte von dem Therapeuten, man weiß ja nie. Kennst du ihn?«

»Mein Kollege, Georg, hat ihn empfohlen. Ist ein älterer Mann.«

»Älterer Mann? Kann ja nicht verkehrt sein. Ich habe viel zu viel mit Frauen zu tun. Aber den Namen hätte ich geändert. Johannes Fleischmann.« Flori grinste vor sich hin. »Klingt nach Fleischerei und schlachten. Irgendwie derb.«

Wir rafften uns auf und spazierten in unser Lieblingscafé mit dem selbst gebackenen Pflaumenkuchen, natürlich mit Sahne. Floris Gesicht hellte sich bei dieser Aussicht sofort wieder auf. Ich liebte es, sie glücklich zu sehen.

14

Ich hatte mir angewöhnt, an manchen Tagen einen kleinen Cappuccino-Stop in meiner Lieblings-Bar bei meinem Lieblings-Barmann einzulegen. Mittlerweile kannte ich die Tage, an denen Marius arbeitete, und richtete es so ein, dass ich bei ihm reinschaute. Oft war es der Tag, an dem Nelly Gitarrenunterricht hatte, und manchmal schlief sie danach bei Sarah, sodass ich diese Stunde ohne ein schlechtes Gewissen nach hinten ausdehnen konnte. So wie heute. Sarahs Mutter und ich hatten die Wochenendregelung sausen lassen. Sie konnten beieinander schlafen, so oft sie wollten. Was sollte schlimm daran sein? Wir hatten keine Argumente mehr, die dagegen sprachen und konnten uns selbst nicht mehr hören.

Nach dem Öffnen der Bartür musste ich, wie jedes mal, unvermittelt lächeln. Mein Gesicht war nicht mehr unter meiner Kontrolle, es machte, was es wollte. Ich hörte die lasziven Klänge der Musik, fühlte die wohlige Wärme im Raum und schon kam sein freudiges: »Hi Romy, da bist du ja endlich.«

Mit einem wohldosierten Schwung hüpfte ich, deutlich eleganter als noch im Sommer, auf den Barhocker. Alles eine Frage der Übung. Er ging zur Kaffeemaschine und stellte mir ohne weitere Worte meinen Cappuccino mit einem Herz auf dem Schaum hin.

Wenn ich ehrlich zu mir war, war diese Stunde bislang immer noch der Höhepunkt meiner Woche. Aufregenderes passierte gerade nicht in meinem Leben und ich kam oft mit ihm darüber ins Gespräch, ob DAS das Leben, der Sinn des Lebens sei? Sein Leben zu leben, wie es ist. Nicht nur zu leben, sondern auch zu lieben. Auch den Alltag, auch die Routine.

Spätestens dann waren wir beim Thema Liebe. Wen suchten wir eigentlich? Suchten wir überhaupt? Was wäre dann anders und was wäre, wenn wir niemanden finden würden? Wir klopften uns ab und umkreisten uns, liebten beide den Ist-Zustand unseres Lebens. Alles war unverfänglich und völlig offen. Wir wussten, dass es nicht so bleiben würde. Nichts, was lebte, blieb länger in einem gleichbleibenden Zustand. Die Veränderung lauerte hinter der vermeintlichen Stabilität.

Wir machten einfach weiter, als wäre das die beste Zeit unseres Lebens.

Zum ersten Mal fragte er mich nach meinem letzten Freund.

»Was ist mit dem Mann passiert, mit dem du im Sommer in Afrika warst?«

Woher wusste er, dass ich da mit einem Mann war?

»Deine Freundinnen ...«, las er meine Gedanken.

»Den habe ich den afrikanischen Kannibalen dagelassen, und ich hoffe, er hat ihnen geschmeckt.«

Er lachte und warf den Kopf zurück, sodass sich ein Teil seiner Dreadlocksträhnen aus dem dicken Zopf löste. Zwei Reihen schneeweißer Zähne zeigten sich und jeder Zahnarzt hätte ihn sicher gern auf seinem Werbeplakat gesehen.

»Im Ernst, den gibt es nicht mehr. Wir hatten uns in diesem Urlaub getrennt. Haben meine Freundinnen die Geschichte nicht zu Ende erzählt? Der erste Abend hier in deiner Bar war, nach drei Jahren, mein erster Abend ohne ihn.«

»Oh, ich erinnere mich. Du warst so braun gebrannt, hattest ein schwarzes Kleid mit dieser langen bunten Kette an. Deine hellen Haare leuchteten mit der Sonne um die Wette. So schön.«

»Das weißt du noch?«

»Aber ja, du kamst rein und das Licht ging an. Du hattest ein Strahlen, wie kann ich das vergessen. Ich erinnere mich auch, was für Schuhe du anhattest. Willst du es hören?«

Ich nickte sprachlos.

»Bunte Flip-Flops, passend zu deiner bunten Kette.«

»Wow, ich bin platt. Du hast mich ja richtig angeschaut.«

»Ja, und du hast dich sehr bemüht, mich nicht anzuschauen.«

»Das stimmt. Ich hab dich gesehen und dachte als Erstes, wow, so ein schöner und sympathischer Mann, aber sofort danach, den hat man nie allein. Da wird es viele Lügen geben. Finger weg.«

»Schade, dass du so denkst.«

»Ich bin in den letzten Jahren zu oft angelogen worden. Ich bin ab jetzt misstrauisch. Per se ... und ich habe auch gelogen, muss ich ehrlicherweise gestehen.«

»Du hast auch gelogen?«

»Ja, ich hatte ständig Liebhaber. Einem Mann allein vertraue ich nicht. Ich denke immer, sobald er mich wirklich kennenlernt, ist er weg.«

»Bist du so ein schlechter Mensch?«

»Ja. Ich habe bereits mit der Muttermilch aufgesogen, dass ich nichts wert bin. Nicht liebenswert. Irgendwann habe ich es geglaubt.«

»Verstehe. Deshalb holst du dir ein bisschen Liebe von dem und von dem ...«

»... und manchmal auch von der ...«

»Heißt es nicht *die dreckigen Dreißiger*?«, unterbrach Marius.

Ich stutzte. Grinste. »Was du alles weißt, ist ja fast ein Zungenbrecher, die dreckigen Dreißiger. Gefällt mir.«

»Naja, man probiert sich auf allen möglichen Ebenen aus, und es ist einfach viel los in dieser Zeit. Einen guten Job finden, Karriere ja oder nein, Kinder ja oder nein. Wer bin ich, wer will ich sein. Wie will ich leben? Tausend Baustellen. Tausend Entscheidungen sind zu treffen und jede könnte falsch sein.«

»Ich möchte gerade ein glücklicher Single sein, möchte nur mein Leben genießen und keine Lügen mehr haben.« Ich wischte den Cappuccino-Schaum von den Lippen.

Wir schauten uns an und ich fragte mich insgeheim, ob zu meinem neuen Singleleben dieser Mann gehören könnte. Der Magnetismus zwischen uns hatte seit unserer ersten Begegnung nie nachgelassen. Inzwischen glaubte ich nicht mehr daran, dass es meine Afrikanachwirkungen waren, die bei ihm andockten. Wie ein Kühlschrankmagnet, kurz vor seiner Anhaftung an die vorgesehene Kühlschranktür, zog es mich zu ihm. Immer wieder.

Ich war froh, dass der Tresen, der verlässlich zwischen uns stand, die Spannung abfederte. Wenn er mir näher gekommen wäre, hätte ich für nichts garantieren können. Seltsam, dass mir immer wieder Tresenschlampe einfiel, sobald ich auf diesem Barhocker saß.

Dabei sehnte ich mich nach seiner Berührung. Diese Hände sollten mich durchdrehen lassen. Ich wollte in einem Kuss mit ihm versinken und danach mit ihm abhauen. Ich wollte mich auf ihn legen und gehalten werden oder unter ihm liegen und sein Gewicht spüren. Er sollte sich mit mir verbinden, sodass kein Blatt Papier mehr zwischen uns passen würde. Ich wollte seine Erektion. Ich wollte sein Stöhnen, sein Verrückt-nach-mir-sein.

»Ich muss noch ein paar Kleinigkeiten vorbereiten. Wartest du oder musst du schnell weg?« Er riss mich mit seinen Banalitäten aus meinen erotischen Träumen. Ich nickte.

»Das waren zwei Fragen. Da kann man nicht nicken.«

»Äh, stimmt. Ich warte.«

»Willst du ein Glas Weißwein?«

Ich nickte wieder.

»Ist Nelly heute bei ihrer Freundin?«

Nicken.

Er lächelte und verschwand im Keller, um Getränke aufzufüllen. Wir kannten die Namen unserer Kinder und ich mochte es, wie selbstverständlich er Nellys Namen aussprach und sich oft nach ihr erkundigte. Seine Tochter Mara lebte bei ihrer Mutter und war ein paar Jahre älter als Nelly. An manchen Tagen hatte er Vaterzeit, auf die er sich immer sehr freute. Ich glaubte daran, dass er ein liebevoller Vater war.

Er kam wieder nach oben und ich sah, dass die ersten Gäste eintrudelten. Ich mochte ihn heute nicht teilen und verabschiedete mich schnell.

»Romy, warte. Wieso gehst du schon? Bleib noch, ich mag deine Gesellschaft.«

»Jetzt wird es gleich wieder voll und du hast zu tun. Und die Frauen werden nicht begeistert sein, wenn ich hier den ganzen Abend rumhocke und dich belagere. Sie alle wollen hier sitzen, glaub mir.«

»Du übertreibst. Magst du mir deine Handynummer geben?«

»Wofür? Ich bin doch Freitag wieder hier, mit den Mädels.« Gott, war ich cool. Gott, war ich ängstlich.

»Wenn es hier leerer wird, könnte ich dich anrufen und vielleicht hast du dann noch Lust, ein letztes Getränk mit mir zu trinken?«

»Da bin ich im Tiefschlaf.«

»Heute ist Mittwoch, in der Woche wird es meistens nicht so spät. Wenn es vor zwölf ist, rufe ich an. Sonst nicht. Okay?«

Ich nickte wieder und schrieb ihm meine Nummer auf.

Scheiß auf die Coolness. Scheiß auf die Angst.

Ich schloss die Bartür hinter mir und wickelte mich in meinen Mantel. Es war nun definitiv Herbst geworden. Scharfer Wind pfiff mir um die Ohren und die Bäume warfen kräftig ihr Laub ab. Genauso kräftig schlug mein Herz. Ich pumpte mehr Luft in meinen Brustraum, damit mein Herz richtig viel Platz hatte. Platz zum Ausdehnen.

Ich verbrachte den Abend auf meinem Sofa, vertrieb mir die Zeit, indem ich mein Handy beobachtete und auf die Nachricht von Marius wartete. Er meldete sich nicht.

Gegen ein Uhr nachts wechselte ich schlecht gelaunt in mein Bett und fiel in einen unruhigen Schlaf. Am Morgen wanderte mein Blick als Erstes auf mein Handy.

Nichts.

15

Freitagabend. Es war einer der Novembertage, die hellgrau begannen und dunkelgrau endeten. Um schnell in die Bar zu flitzen, packte ich mich in meine wärmsten Sachen. Als ich mich im Spiegel anschaute, sah ich grau. Mein dickster Wollpullover war grau, immerhin hellgrau. Ich suchte nach einem Farbtupfer und entschied mich für einen roten Schal und rote Handschuhe mit integrierten Pulswärmern, die ich auch im Raum anbehalten konnte. Zufrieden marschierte ich los.

Schon nach der ersten Getränkerunde sah ich, dass es Roberta nicht besonders gut ging.

»Alles stagniert. Wir kommen nicht voran und nicht zurück.« Sie seufzte tief und trank gierig ihren *Sex on the Beach.*

»Was haltet ihr davon, wenn wir über den Jahreswechsel alle zusammen in die Toskana fahren?«, fragte Flori gutgelaunt und schaute zuerst mich an.

»Ich bin dabei. Ich finde jeden Tag um Weihnachten herum nur furchtbar. Lasst uns abhauen!« Unsere Blicke wanderten zu Roberta.

»Ich weiß nicht.«

»Ich verstehe ein Ja!«, ließ Flori nicht locker. »Du auch, Romy?«

»Eindeutiges Ja!«, ich nickte zur Bekräftigung.

»Wir alle?«,fragte sie ungläubig nach.

»Aber ja. Wir drei, Alex, die Zwillinge, Mirko, Nelly und Eva.« Flori zählte sicherheitshalber alle Beteiligten auf.

»Oh, kann sein, dass Sarah auch mitkommt. Nelly und Sarah fahren immer zusammen weg.«

»Kein Problem.« Sie zückte ihr Handy und rief sofort Eva an, um den Plan zu besiegeln.

Keine zwanzig Minuten später rief Eva zurück und alles war geregelt.

Das toskanische Gästehaus hatte zwölf Betten, da war ausreichend Platz für uns alle, es gab einen großen Wohnzimmerbereich mit Kamin und mehrere Bäder. Marta, Evas italienische Freundin aus Studienzeiten, und ihr Mann Massimo stimmten unserem Plan freudig zu. Massimo ließ uns ausrichten, dass genug Holz geschlagen sei und der Weinkeller aus allen Nähten platzen würde. Die Kosten, geteilt durch uns Erwachsene, waren erschwinglich, und wir freuten uns über diesen ausgefuchsten Plan, den emotional aufgeladenen Weihnachtstagen zu entfliehen.

Da Roberta es nicht schaffte, allein zu verreisen, verreisten wir eben alle. Fast wie eine Familie.

Und wir drei waren das Kernstück dieser Familie. So viele Jahre schon ...

Flori und ich kannten uns aus einem Dorf in der Nähe von Hameln. Wir waren schon länger ein eingeschweißtes Team und ich bewunderte Flori an allen Ecken. Sie lachte viel, hatte nur Schabernack im Sinn und war für mich das selbstbewussteste Mädchen in der Klasse. Alle wollten mit ihr zu tun haben. Alle scharten sich um sie, aber ich war die Auserwählte, die in ihrer Nähe sein durfte.

Ich war ein stilles, unscheinbares Kind und bekam in ihrer Nähe die Chance, wahrgenommen zu werden. Selten schaffte ich es, jemandem in die Augen zu schauen. Inzwischen glaubte ich daran, ein schlechter Mensch zu sein, da ich es zu Hause ständig hörte. Meine Angst, dass man das Schlechte in mir erkennen könnte, war groß.

Flori aber gab mir das Gefühl, in Ordnung zu sein. In ihrem Dunstkreis erlaubte ich mir, aufzuschauen und durchzuatmen.

Ich beneidete sie schon damals um ihre Art, sich zu nehmen, wonach ihr der Kopf stand. Sie wickelte alle um den Finger, ihre Mutter sowieso, aber auch die Lehrer und Mitschüler. Sie war die Meisterin des charmanten Frechseins.

»Aber, Herr Rosenhold, so meinte ich das nicht. Ihr Unterricht ist einer der besten an dieser Schule. Mir war kotzübel und ich musste einfach aus dem Klassenraum. Bekommen Sie mal ihre Tage, das ist kein Zuckerschlecken.«

Dabei schaute sie ihn direkt an, wickelte Haarsträhnen um ihre Finger und entging wieder einmal einem Eintrag ins Klassenbuch, weil sie wiederholt den Unterricht verlassen hatte.

»Und danke, dass Romy mitkommen durfte. Wenn das Blut einschießt, falle ich nur noch in Ohnmacht.«

Sie hatte auch damals weder einen Busen noch ihre Tage, aber es war ein heißer Junitag und sie wollte mit mir an den See. Sie ging mit mir an den See. *Wenn das Blut einschießt.*

Als Roberta neu in unsere Klasse kam, hatte sie es nicht leicht. Sie lebte im benachbarten Kinderheim, war sehr groß und entsprach nicht dem typischen Bild eines Mädchens, wie es an unserer Schule modisch und schick war. Sie fand keinen Anschluss an die Flori-Clique und schloss sich mit den Außenseitern der Klasse zusammen. Egal, wie viel Mobbing sie erlebte, sie weinte nie. Roberta hielt alles aus und tat, als hörte sie nicht, was geredet wurde.

An dem Tag, an dem Flori tatsächlich ihre Tage bekam und *das Blut einschoss*, änderte sich alles. Sie saß wimmernd in der Toilette, da sie sich alle Klamotten mit Blut versaut hatte und wusste nicht, was sie tun sollte. Ich bekam davon nichts mit, da ich in Kai verliebt war und wie ferngesteuert durchs Leben lief. Roberta besorgte in aller Diskretion neue Sachen, Binden, und brachte Flori nach Hause. Floris eingeschossenes Blut hatte uns zusammen gebracht. Roberta gehörte nun dazu. Blutsschwestern.

»Immerhin haben wir für Anfang Dezember erste Gespräche bei dem Therapeut vereinbart«, schob Roberta erschöpft ein. «Der, den Rommel empfohlen hat. Vielleicht ist es bis Weihnachten wieder entspannter zwischen uns.«

»Schlaft ihr denn wieder in einem Zimmer?«, fragte Flori

»Nein. Alex fühlt sich von mir weggestoßen und weiß gerade nicht, wie er mit mir umgehen soll. Und ich bin nach wie vor nicht an Sex interessiert. Es fühlt sich an, als hätte ich mich nach einer opulenten Mahlzeit zu voll gefressen. Da will man nichts mehr kosten. Es war ein Zuviel an Sex über die Jahre. Ich faste.« Genüsslich schlürfte Roberta an ihrem zweiten Cocktail, natürlich *Sex on the beach*. Entweder Bier mit viel Schaum oder dieser Drink, da war sie nicht wählerisch.

Sie roch inzwischen wieder deutlich besser und schien weniger zu essen, seit sie die Nächte allein verbrachte. Ihre Klamotten lagen wieder luftiger um ihren Körper und Roberta liebte es, die Farben des Regenbogens zu tragen. Heute war es eine schlabbrige schwarze Jeans, ein flaschengrün-schwarz geringeltes Shirt und schwarze Schnürstiefel. Ein knallgelber Schal lag lose um ihren Hals und betonte ihre roten Haare, die nun auch wieder gewaschen waren und mit der roten Stehlampe am Tisch um die Wette leuchteten. Sie liebte alle Farben außer Pastelltöne. Pastelltöne waren etwas für Omas, war eine ihrer Überzeugungen, und wir ließen ihr diesen Glauben.

Flori dagegen liebte Pastelltöne und kombinierte gern altrosa mit hellgrau oder zarte Minztöne mit beige und sie sah bezaubernd aus. Optisch passte sie zu Mirkos beige-braunem Look, der durch diese Unscheinbarkeit ihre Pastellfarben unbewusst akzentuierte.

Wenn ich Roberta so anschaute, dachte ich, was ich immer dachte, wenn ich sie ansah: Ich sollte einen Hauch mehr Farbe tragen! Das ewige Schwarz und seine besten Kumpel braun, ganz dunkles Blau und gedecktes Grün brauchten neue Freunde. Ich schaute an mir herunter und war stolz, wenigstens den roten Schal und die Pulswärmer hervorgekramt zu haben. Langweiliger ging es kaum.

Marius lächelte mich schon den ganzen Abend herzerwärmend an und suchte meinen Blick. Keiner von uns beiden hatte ein Wort über unser Nichttreffen verloren. Ich versuchte, dem Ganzen weniger Bedeutung zu geben, was mir völlig misslang. Ich dachte morgens an ihn, mittags und abends. Dazwischen auch. Allerdings hätte er irgendetwas sagen, wenigstens etwas Bedauern über unser Nichttreffen ausdrücken können. Ich bestrafte ihn mit schlecht gespieltem Desinteresse und hatte vor, auf keinen Fall länger in seiner Bar zu bleiben als die anderen.

Flori verabschiedete sich bereits. Mirko war wohl schon bei ihr zu Hause. Sie schaute auf ihr Handy und ihr Blick wurde unruhig. »Er vermisst mich«, sagte sie beim Aufstehen.

»Na und! Lass ihn dich vermissen, daran stirbt man nicht. Dann ist das Wiedersehen umso schöner«, verkündete Berta, als hätte sie Ahnung vom Vermissen und vom Wiedersehen. Seit gefühlten hundert Jahren war sie jeden Tag und jede Nacht mit Alex zusammen.

Wenn ich Flori so anschaute, schien sie mir als Singlefrau entspannter gewesen, ihre gesamte Aufmerksamkeit wanderte in ihre neue Beziehung. Sie war plötzlich so ernsthaft. Wo war ihre Lust auf Schabernack? Ihre Albernheit?

Auch Roberta war müde und ich schloss mich der allgemeinen Aufbruchsstimmung an. Marius wirkte einen Hauch enttäuscht, hatte allerdings auch alle Hände voll zu tun und kaum Zeit für einen Plausch am Bartresen.

Kaum zu Hause angekommen, klingelte mein Handy.

»Romy. Du warst so schnell weg?«

»Ich bin müde und die Bar ist Freitag lange sehr voll. Das hätte ewig gedauert, bis wir ein paar Worte hätten wechseln können.«

»Das stimmt. Meistens geht es bis sechs Uhr morgens.«

»Das klingt schon eher nach einem ersten Kaffee.«

»Willst du?

»Was?«

»Morgen früh zu mir kommen? Für einen ersten Kaffee?«

»Ja«, hörte ich mich sagen und ich fühlte, wie sich mein Herz wieder ausdehnte. Bei Aufregung brauchte es definitiv mehr Platz.

»Dann schlaf jetzt, Romy. Ich weck dich morgen früh.«

Wieder einmal ging ich mit meinem Handy in der Hand ins Bett. Wenn er Romy sagte, nein WIE er Romy sagte, ließ mich schaudern. Als würde sich langsam handwarmes Öl um meinen Körper legen.

16

Mein Handy klingelte und ich war sofort wach. Fünf Uhr dreißig. »Guten Morgen. Willst du immer noch zu mir rüberkommen oder willst du weiterschlafen? Dann leg ich schnell auf.«

»Ich komme zu dir.«

In Windeseile sprang ich in meine Klamotten und eilte in die *Kleine Bar*. Meine Nachbarin kam mir im Arm eines Mannes, den ich noch nie bei ihr gesehen hatte, entgegen. Wir nickten uns verständnisvoll zu. Die dreckigen Dreißiger, ich schmunzelte vor mich hin. Vielleicht ist er der Richtige oder der von gestern? Oder die Frau von letzter Woche?

Die Stadt schlief noch und atmete gleichmäßig. Es war stockdunkel und beim Ausatmen sah ich meinen Atemhauch vor mir. Die Kälte spürte ich nicht, meine innere Flamme heizte mir bereits gehörig ein.

Ich öffnete die Bartür, und als ob wir den schlafenden Menschen in der Stadt unseren Respekt zollen wollten, flüsterten wir nur.

»Romy.«

»Ja ... Romy ... hier bin ich.«

Sein Blick verfing sich in meinem und wir ließen nicht voneinander ab. Er öffnete die Arme und ich verschwand mit dem Kopf an seiner Brust, hörte sein wild klopfendes Herz und kämpfte mit meinen auflodernden Gefühlen. Ich gab mich seiner Umarmung hin und fühlte mich gehalten wie lange nicht. Geborgen. Liebenswert. So nah waren wir uns noch nie. Endlich ... endlich.

Ich schmiegte das Gesicht in seine Halsbeuge und saugte den animalischen Geruch ein, den männlichsten Duft dieser Erde. Seine langen Haare kitzelten mich an der Wange. Meinen Willen hatte ich vor der Tür abgelegt. Ich war willenlos, weich, geschmeidig. Seine Hände umfassten mein Gesicht, seine Lippen suchten meine und unsere Zungen fanden sich mühelos. Wir sanken auf das Sofa, meine Hände fummelten nach meiner Jacke, die ich unter uns ausbreiten wollte.

»Warte«, flüsterte er, verschwand hinter dem Tresen und kam mit einem großen Laken oder einem Tischtuch zurück. Vielleicht war es auch eine Gardine? Ich verbot mir den Gedanken, dass er alles vorbereitet hatte. Dafür zitterten seine Hände zu sehr, dafür suchte er zu lange nach einem Tuch.

Lass los, Romy, schimpfte etwas in mir. Ich schloss meine Augen, zog mich vollständig aus und sah zu, wie er sich ebenfalls langsam entkleidete. Sein Hemd verfing sich in seinen Haaren und er musste den Haargummi lösen. Für einen Moment sah ich, wie lang sie waren, und das Wort ›Gott‹ schoss mir in den Sinn. Er war anders als alle Männer, mit denen ich bisher zu tun hatte. Er konnte nur ein afrikanischer Gott sein. Ein Gott, der mich verzaubert hatte.

In der Bar war es warm. Nackt, wie wir nun waren, suchten wir die Nähe des anderen. Langsam und erkundend, wild und leidenschaftlich. Hungrig.

Als sich der Morgen mit seinem hellgrauen Himmel anschlich, bekam ich einen Cappuccino mit einem Herzen aus Kakaopulver auf dem Schaum. Seit Stunden hatten wir, außer unserer geflüsterten Namen, nichts gesprochen. Still, gesättigt und einvernehmlich beendeten wir diese Nacht.

Wieder war mein Nachhauseweg weder betoniert noch geteert. Die ganze Straße war in Watte versenkt. Zu Hause fiel ich in mein noch aufgeschlagenes Bett und ließ die Welt ausgeschaltet.

Den Sonntagvormittag verschlief ich und wachte erst gegen Mittag auf. Gut gelaunt kochte ich mir meinen Kaffee und fühlte mich ... sexy, fühlte mich mehr denn je als Frau. Eine begehrenswerte Frau. Ich war diesem Mann-Frau-Ding begegnet. Dem, wo alles zerfloss. Dem, wo nicht mehr klar war, wo der eine aufhörte und der andere begann. Dem, wo nicht nur die Körper harmonierten, sondern auch die Seelen. Diesen Zustand kannte ich bisher nur aus Filmen und Büchern. Nun gab es ihn in meinem echten Leben, um die Ecke, in der *Kleinen Bar.*

In meinem sonst so geordneten, vorhersagbaren Leben war diese Nacht das Impulsivste und Verrückteste, was ich je getan hatte. Meine Mutter würde sich im Grab umdrehen, wenn sie wüsste, was aus ihrem angepassten Kind geworden war. *Romy, das macht man nicht. Was sollen die Leute sagen?*

Alles gut Mama und auf *die Leute* war gepfiffen! Deiner Tochter ging es nie besser.

Ich verharrte das ganze Wochenende in dieser trägen Jamaica-Reggae-slowly-slowly-Stimmung. Obwohl mein Kalender Ende November anzeigte und der Himmel seit dem Morgen nicht heller geworden war, war es mir glühend heiß. Meine Haut und meine Augen leuchteten, als käme ich aus dem Sommerurlaub.

Mein Nellykind erschien Sonntagabend trällernd und schnatternd von ihrem Vaterwochenende und half mir dabei, mich aus meinen Tagträumen zurück in unsere Realität zu beamen.

Ich schaffte es, Abendbrot für uns beide zu zaubern. Ein-Teller-Abendessen. Erinnerte sie, dass sie ihre Schultasche packte, schmierte ihre Brote für den nächsten Schultag und ließ mich dann mit ihr auf dem Wohnzimmersofa nieder. Essen, kuscheln und die Lieblingsserie schauen stand auf unserem Sonntagabendplan. Ich hätte gern einen Koch, war mein letzter Gedanke, bevor ich ähnlich früh wie meine Tochter ins Bett ging.

17

In der Klinik waren alle Plätze belegt. Die dunkle Jahreszeit ließ Depressionen, Ängste und Zwänge aufblühen. Ich bekam eine neue Patientin, die mich sehr forderte und an meine Grenzen brachte. Meistens konnten wir uns nur beim Spazieren gehen, Seite an Seite, den Blick geradeaus gerichtet, unterhalten. Waren wir in meinem Zimmer, wurde sie unruhig, rutschte auf dem Stuhl hin und her und war im Fluchtmodus. Also zogen wir uns an, gingen raus in das Grau und die Kälte der Stadt, kamen frierend und mit roten Wangen zurück. Nach diesem Lauf konnte sie mir ein Stück freier in die Augen schauen. Wie ein junges Reh, das langsam Vertrauen schöpfte. Karoline Markdorf, sechsundzwanzig Jahre jung. Ich hatte bisher keinen blassen Schimmer, was ihr widerfahren war und noch weniger eine Ahnung, was ihr helfen könnte, besser in ihrem Leben klar zu kommen.

Wie jedes Jahr am Ende eines Jahres war ich erschöpft und müde. Der Stapel meiner Berichte, die ich noch zu schreiben hatte, lähmte mich, wenn ich nur hinschaute. Fluchend packte ich die Ordner in meine Tasche und wusste, dass die nächsten Abende Schreibabende werden würden. Ich sehnte mich nach unserem Urlaub und zählte die Tage.

Nur noch zwei Wochen, zwei Freitagstreffen in der Bar, dann ging es los. Mit Marius verhielt ich mich zurückhaltend, fast scheu. Unsere Nacht war zu schön und ich wollte nichts durch meine Forderungen oder Erwartungen zerstören. Einmal ist kein Mal, hieß es doch. Meine Unsicherheit zog in meine Gedanken ein und breitete sich wohlig aus. Bald würde ich ihm bestimmt zu langweilig sein, nicht schön genug, nicht klug genug, zu weiß, zu deutsch, zu viel wollend. Nicht liebenswert. Ich hätte mir gewünscht, dass er anrief, nach Wiederholungen dürstete, nicht mehr ohne mich leben wollte, mir vor lauter Sehnsucht schwülstige Nachrichten schickte. Nichts davon geschah. Seine Stille verunsicherte mich und ich mied die Bar.

Und dann saßen wir drei wieder, wie jeden Freitag, auf dem Bar-Sofa und meine Erinnerungen an unser nächtliches Zusammensein überfluteten mich. Ich erzählte meinen Freundinnen nichts davon, ohne genau zu verstehen, was mich zurückhielt. Vielleicht, weil ich dieses süße Geheimnis für mich behalten wollte. Es sollte durch keine Logik oder Analyse kaputt geredet werden. Kein hätte, sollte, müsste. Marius nahm sicher an, dass sie sowieso alles wussten. Ich beobachtete ihn heute nur aus dem Augenwinkel. Sein Schweigen irritierte mich immer noch. Einmal war kein Mal.

Roberta erzählte von ihrer ersten Therapiestunde und ich war ganz Ohr.

»Er ist Mitte fünfzig und ich finde, ziemlich attraktiv. Typ Fels in der Brandung. Für mich einen Tick zu langsam, aber Alex mag ihn sehr. Ich glaube, der passt zu uns. Wir hatten beide keine Väter oder Großväter. Er ist so ein Vatertyp.«

»Was war seine erste Frage?«, wollte mein junges Therapeuten-Ich wissen.

»Wir sollten, jeder für sich selbst, eine Zahl auf einen Zettel schreiben. Die Frage war, zu wie viel Prozent von hundert Prozent wir noch in unserer Beziehung sind.«

»Und?«

»Ich habe erst überlegt, was Alex wohl schreiben wird und wollte so etwas Ähnliches aufschreiben. Aber dann dachte ich, dass ich dann schon wieder dasselbe wie immer mache. Mich nach ihm richten.«

»Und?«

»Dann habe ich meine ganz eigene Zahl geschrieben: Vierzig Prozent.«

»Oh, das ist nicht viel.«

»Richtig.«

»Und Alex?«

»Ich hatte etwas Angst, seine Zahl zu sehen. Aber deswegen

sind wir ja in dieser Beratung, um endlich mal ehrlich zueinander zu sein.« Sie schaute uns nacheinander an. »Alex hatte eine Hundert.«

»Oh wie süß. Der steht einfach immer zu dir. Ist doch gut, oder?«

Flori und ich mit unserer ewigen Sehnsucht, jemandes hundert Prozent zu sein, waren ganz hibbelig.

»Seine hundert Prozent haben mich erstaunt und gleichzeitig auch wütend gemacht. Wieso klebt er so an mir, obwohl ich dermaßen abweisend zu ihm war ... und bin. Ich hätte mich über eine Neunzig gefreut. Und darüber haben wir dann geredet. Seine Hundert, meine Vierzig. Der Typ hat gute Fragen gestellt. Wir sind sehr nachdenklich nach Hause gegangen.«

Mein Therapeutenhirn wollte mehr. »Was für Fragen?«

Sie überlegte und holte sich die Stunde noch mal vor Augen. »Eine Frage, an mich gerichtet, war, was passieren müsste, dass ich mich wieder auf fünfundvierzig oder fünfzig Prozent Beziehung bewegen würde, und ob ich das überhaupt will. Und ich habe gesagt, dass ich das will, aber dafür müsste Alex meine Grenzen respektieren, besonders beim Sex. Und dass mein NEIN ein JA für mich ist. Mein Nein ist nie gegen ihn.«

»Boah, ist das kompliziert. Hat Alex das verstanden?«, fragte Flori.

»Nein. Für ihn bedeutet ein NEIN immer, dass man gegen ihn ist. Darüber reden wir das nächste Mal. Eine Stunde haben wir noch vor unserem Urlaub. Kommt Mädels, Themenwechsel.«

Beide schauten mich an und ich wurde puterrot.

»Nee, oder?«

Berta schlug mir mit voller Wucht auf die Schulter, so dass der kleine Tisch am Sofa wackelte und Flori sich erneut bekleckerte. Zum Glück war ihr Mirko nicht anwesend, um ungeschickt an ihr herumzufummeln.

»Ich glaub, mein Pferd wiehert.«

»Menno, Berta, mein Schwein pfeift.«

»Als ob Schweine pfeifen können, aber Pferde können wiehern. Mein Spruch ist viel besser.«

Ich erzählte von meinem kleinen Rendezvous und die Augen meiner Freundinnen leuchteten. Keine wagte, weiter zu fragen, da ich alle Fragen und Kommentare von vornherein abgebügelt hatte.

»Es war ein Moment, der einfach passte, und fragt mich nicht, wie es weitergeht. Keine Ahnung.«

Unsere Augen wanderten zu Marius, verharrten eine Weile bei ihm und wanderten wieder zurück zu unserem Tisch. Ich könnte schwören, dass er alles mitbekam, auch wenn er am anderen Ende der Stadt gewesen wäre.

Wir nuckelten aufgeregt an unseren Drinks und schauten nun Flori an, die sofort abwinkte.

»Bei mir gibt's nichts Neues. Ich bin jetzt fast fünf Monate mit Mirko zusammen. Wenn wir dieses Jahr schaffen sollten, wird das länger sein als alle meine Beziehungen zuvor. Da wir gerade so viel von Sex reden. Wir haben auch dauernd Sex, leider auch viel Versöhnungssex. Da ich wirklich wieder ein Kind möchte, ist mir jede Art von Sex recht.«

»Versöhnungssex ... Das heißt, davor habt ihr euch jedes Mal gezofft?«

»Leider ja. Manchmal denke ich, er braucht das regelrecht. Meistens ist er eifersüchtig auf irgendwas und irgendwen, dann diskutieren und streiten wir. Später haut er ab, bereut den Streit und ist anschließend zuckersüß zu mir. Mir würde der letzte Teil reichen, aber er braucht immer das ganze Programm. Nörv!« Sie lachte und verdrehte die Augen nach oben. »Ich glaube aber auch, dass ich ihm manchmal auf den Keks gehe. Dauernd nörgle ich an ihm herum, wie er sein soll. Manchmal denke ich, mich kann man nicht zufrieden stellen. Ich bin eine unzufriedene Frau.« Wieder lachte sie etwas überdreht, »mein altes Thema. Es gibt nur zu viel Nähe oder zu wenig. Richtige Nähe kenne ich nicht. Ich brauche die Extreme.«

Auf Robertas Stirn zeigte sich eine Nachdenkfalte. »Richtige Nähe. Stimmige Nähe. Weiß ich auch nicht, wie das geht. Seit ich von zu Hause weg bin, ist Alex an meiner Seite. Immer. Wir waren nie getrennt. Ich kenne nur seine Nähe.« Fragend wanderten ihre Blicke zu mir.

»Mich braucht ihr gar nicht erst fragen. Ich halte alle Menschen auf Distanz und suche mir zielsicher Männer, die sich auf keinen Fall auf mich einlassen. Das kann ich wirklich gut. Prost. Auf eine stimmige Nähe, was immer das ist.«

18

Das Jahr neigte sich dem Ende entgegen, der Kalender zeigte den dreiundzwanzigsten Dezember und ich schnaufte mit vollgepackten Taschen die Treppen hoch. Meine Nachbarin öffnete gerade die Tür, einen kleinen Rollkoffer in der Hand, und blieb das erste Mal, seit wir hier wohnen, kurz stehen.

»Hallo, Romy. Ich wünsche dir schöne Feiertage. Ich besuche meine Eltern in München. Bis bald.« Sie winkte mir zu und verschwand beschwingt im Treppenhaus.

»Ich wusste gar nicht, dass du meinen Namen kennst«, rief ich ihr hinterher, aber das hörte sie schon nicht mehr.

Nelly war bei ihrem Vater und vor mir lagen endlose Stunden mit der Überschrift: Überstehen! Weihnachten überstehen!

Jedes Jahr haute es mich an den Weihnachtsfeiertagen um. Egal, was ich mir ausdachte, um mich abzulenken. Meine Mutter war bereits seit vielen Jahren tot. Sie starb an Lungenkrebs, mein Vater verschwand aus meinem Leben, als ich siebzehn wurde. Inzwischen war auch er verstorben. Meine Mutter sagte ihm nach, dass er an seiner Schlechtigkeit gestorben wäre. Schon als Kind redete sie mir ein, dass man das Schlechte an einem Menschen immer sehen konnte. Wenn ich Pickel hatte, konnte ich darauf warten, dass sie es kommentierte: »Das ist das Schlechte in dir. Das zeigt sich jetzt.«

Viele Jahre konnte ich kaum jemandem in die Augen schauen. Ständig saß mir die Angst im Nacken, dass ich entweder das Schlechte im anderen sehen würde oder der andere sah es in mir. Was für ein Albtraum. Mütter konnten so scheußlich sein.

An Weihnachten wurde mir jedes Jahr bewusst, dass es keine Elterngeneration mehr für mich gab. Keinen, der hinter mir stand, mir den Rücken stärkte.

Ich war allein.

So allein wie sonst nie im Jahr.

Klar, ich konnte auch bei Roberta oder Flori unterschlüpfen, aber das Grundgefühl blieb seit Jahren dasselbe: Das kleine Alleinsein und seine große Schwester Einsamkeit zogen Weihnachten bei mir ein.

Meine Sehnsucht, sicher zu einem Menschen zu gehören, nahm Ausmaße an, die ich nicht mehr kontrollieren konnte.

Es hieß immer, man sollte sich selbst glücklich machen, sich selbst genug sein, man gehörte doch schon zu jemandem, zum großen Universum. Ich hörte das, verstand allerdings nur Bahnhof. Auch wenn ich zum großen Universum gehörte, fühlte ich mich allein.

Viele meiner Patienten aus der Klinik hatten ähnliche Ängste um die Weihnachtszeit und ich hörte mich zu ihnen sagen: »Machen Sie es sich schön. Lassen Sie sich ein Bad ein, schauen Sie einen Film. Alles, wie sonst auch. Auch dieser Tag hat nur vierundzwanzig Stunden und Sie werden einschlafen und wieder aufwachen. So wie immer. Entziehen Sie dem Ganzen die emotionale Bedeutung.«

Da hatte die andere Stimme in mir gut reden und ich fand, sie schwatzte daher, als hätte sie Ahnung. Ich sah jedes Jahr selbst, wie schwer das war, wie allein ich mich fühlte, und wie lang die Stunden werden konnten. Auch vierundzwanzig Stunden.

Aber gut, ich versuchte, es mir schön zu machen. Der dreiundzwanzigste Dezember verging relativ zügig. Ich stopfte den Tag voll mit Erledigungen, telefonierte, schrieb Mails und schaffte sogar noch zwei Patientenberichte. Schwieriger war der vierundzwanzigste Dezember ab sechzehn Uhr. Jetzt hieß es: Durchhalten!

Ich ließ mir ein überaus exzellentes Schaumbad ein, zündete Duftkerzen an, nicht die mit dem Zimt-Apfel-Weihnachtsduft. Nein, die gelben mit dem Duft der Sommerfrische, stellte mir ein Weißweinglas an den Wannenrand und bugsierte die kleine Ministereoanlage aus dem Schlafzimmer ins Bad. Ich hörte Marius‘ Barmusik und träumte mich woanders hin.

Trotzig machte ich es mir schön, egal, was für ein Friede-

Freude-Eierkuchen-Tag der Heilige Abend war. Ich brauchte niemanden! Noch bockiger tauchte ich in mein Schaumbad ein, dass es nur so zischte, und widerborstig hoch zehn tauchte ich wieder auf. Ich zog das Baden in die Länge, um nach dem Abtrocknen übergangslos auf mein Sofa zu wechseln. Zehn Videos warteten dort auf den Start.

Mein Handy zeigte mehrere neue Nachrichten an. Neugierig, wer heute an mich dachte, lechzte ich nach jedem Kontakt. Markus.

Ich musste zweimal hinschauen. Markus. Nicht Marius. Ein Stich durchzuckte mich. Ich hatte kaum noch an ihn gedacht.

Liebe Romy.

Ich weiß, wie sehr du dich an den Weihnachtstagen quälst. Ich will dir nur sagen, dass ich an dich denke und du weißt: Im Grunde ist es ein Tag wie jeder andere und er hat auch nur vierundzwanzig Stunden!

Ich würde mich über ein kleines Zeichen von dir freuen, auch ein wütendes oder trotziges. Romy, du fehlst mir sehr. In Gedanken nahe bei dir.

Dein Markus.

Unvermittelt musste ich weinen und weinte mich in einen videofreien, traumlosen Schlaf.

Ein lautes Klingeln ließ mich Stunden später hochschrecken. Meine verweinten und verquollenen Augen erkannten kaum die Ziffern auf der Uhr. Vier Uhr morgens.

»Romy? Bist du wach? Wenn du Lust auf einen ersten Kaffee mit mir hast, ich bin in der Bar. Alle sind weg. Sag nein, wenn du weiterschlafen willst. Ich lege sofort auf.«

»Marius ... du?«

Zum Glück sagte ich den richtigen Namen. Marius, nicht Markus!

»Ja ... ich.«

»Gib mir fünf Minuten.«

Obwohl ich ihn nicht sehen konnte, wusste ich, dass er lächelte. Ich sah ihn vor mir, sah, wie sein ganzes Gesicht strahlte. Seine Wärme erreichte mich über die paar Straßen Entfernung und lockte mich in seine Arme.

Genau wie das letzte Mal flog ich mit wehendem Mantel durch die Dezemberkälte zu ihm. Wieder fielen wir uns ohne Umwege in die Arme, er umfing mich wie eine schützende Decke und ich musste schon wieder weinen. Er küsste meine Tränen weg und ich war mir sicher, nichts erklären zu müssen. Alles war, wie es eben war. Nur die Lichterketten, die überall in der Bar verteilt waren, gaben Licht. Marius hatte bereits alles blitzblank aufgeräumt, die Spuren der anderen Gäste waren hinausgefegt. An der Hand führte er mich zum Sofa. Kein Blatt, kein Atemzug passte zwischen uns. Im Hintergrund lief Gilberto Gil, der die alten Bob Marley Songs sang. Ich horchte auf, als *Turn your lights down low* lief.

Ja, dachte ich kurz, bevor ich auch das Denken aufgab. Die Lichter waren runtergedimmt, der Mond schien herein und wir schenkten uns ein kleines bisschen Liebe. *Good, good loving,* wie es im Songtext hieß.

Unsere Körper hatten ein Eigenleben, sie kommunizierten miteinander, während wir noch still auf dem Sofa saßen. Mein Herz stolperte, ich hörte und fühlte zugleich seinen kräftigen Schlag. Unser Atmen war synchron, flatterig, aufgewühlt. Alle Härchen an meinem Körper stellten sich auf. Da, wo seine Hände hinkamen, fühlte ich mich berührt. Deutlicher hatte ich den Unterschied zwischen anfassen und berühren nie erlebt.

Wenn ich den Zustand meiner Romy-Seele beschreiben müsste: Sie lag in einer Hängematte. Schaukelnd, alles loslassend. Sich hingebend, wohlig ausgestreckt, wie eine Katze, die sich gerade auf den Rücken drehte und ihren empfindlichen Bauch zeigte. Voller Vertrauen.

Beim Küssen ließen wir uns nach hinten fallen, zogen uns ungeduldig aus, verfranzten uns in unseren Winterklamotten und mussten lachen. Mit einem Mal standen wir uns nackt gegenüber und wurden wieder still, fast ehrfürchtig. Zwei vollkommene Körper, die nichts sehnlicher als eine Verschmelzung wollten. Alles löste sich auf. Es gab kein Ich und kein Du mehr. Er war ich, ich war er.

Im Morgengrauen schaute ich in sein glückliches Gesicht. Seine Augen spiegelten mich und ich schien ähnlich zu strahlen wie er.

Sein »Danke, Romy«, nahm ich wie ein kostbares Geschenk zu mir. Der Heilige Abend war geschafft.

Heute war mein Nachhauseweg voller Rosenblätter und Schneeflocken.

Bestens gelaunt und völlig aufgedreht, schrieb ich sogar Markus ein paar nette Zeilen, meine Wut auf ihn war längst verraucht. Im Grunde war ich nicht besser als er. Das Leben war schön.

In der Toskana angekommen, bezogen wir alle aufgeregt und wild durcheinander schnatternd unsere Zimmer in dem großen Gästehaus. Nelly, Sarah und ich teilten uns ein Appartement. Die Mädels schliefen im großen Ehebett und ich machte es mir auf dem schmalen Sofa im angrenzenden Wohnbereich gemütlich. Auf einem Sofa zu schlafen, schien eine neue Gewohnheit in meinem Leben zu werden.

Rechts neben mir wohnten Flori und Mirko. Floris Mutter Eva schlief erfreulicherweise nicht mit im Zimmer ihrer Tochter. Sie zog ins Haupthaus zu ihrer Freundin Marta und deren Mann Massimo.

Links von mir wohnten Berta, Alex und die sechsjährigen Zwillinge Max und Ben, eigentlich Maximilian und Benjamin.

Ich hatte die beiden Jungs lange nicht gesehen und stellte fest, dass sie im Aussehen immer mehr ihrem dunkelhaarigen Vater glichen. Braune Schokoladenaugen, lockige, fast schwarze Haare und selbst im Winter leicht gebräunte Haut. Alex war fast zwei Meter groß, seit Jahren Teil einer Handballmannschaft und ein echter Hingucker. Durch ihr südländisches Aussehen waren die drei für den Italienaufenthalt geradezu prädestiniert. Jeder, wirklich jeder, hielt sie für Italiener.

Roberta kannte ich nur mit knallrot gefärbten Haaren, keiner von uns erinnerte sich an ihre Naturhaarfarbe. Auch Roberta war groß gewachsen, fast eins achtzig, und eine begnadete Volleyballspielerin. Eine große, fast derbe Frau, mit bunt gemixten Klamotten. Auch ein Hingucker.

Der sichtbarste Unterschied, um die Zwillinge auseinanderzuhalten, war die Tatsache, dass Max sich gern femininer anzog als Ben. Er freute sich über T-Shirts und Socken in den Farben hellblau, rosa, gelb, pink. Berta stöhnte jedes Mal, wenn Max unbedingt passende Socken zu seinen Shirts tragen und vorher nicht aus dem Haus gehen wollte. Ein rosa Shirt erforderte rosa Socken. Logisch.

Ben dagegen war sein Aussehen völlig egal. Er zog an, was gerade herumlag, das konnte auch ein grün-gelbes Ringelshirt seiner Mutter sein. An einem Strand, beide in der gleichen Badehose, hätte ich keine Chance, sie zu unterscheiden.

Abends saßen wir gern stundenlang vor dem großen, offenen Kamin, den Massimo stolz mit selbstgesägten Olivenholzstücken befeuerte. Die italienischen Nächte um die Jahreswende waren in diesem Winter eiskalt. Bevor wir auf den Sesseln herumlümmelten, setzten wir uns an den reichlich gedeckten riesigen Holztisch. Vier Kinder und acht Erwachsene. Jeder bemühte sich, in der Küche zu helfen, bis Marta uns entnervt verscheuchte. Sie ließ es sich nicht nehmen, für uns alle zu kochen.

Dabei lehrte sie uns, die typisch italienische Reihenfolge der Speisen einzuhalten. Zuerst tranken wir einen Aperitif (*Aperitivo*), dann gab es die Vorspeise (*Antipasto*), gefolgt vom ersten Gang (*Primo*), das waren meistens Nudeln, und alle stöhnten schon, dass sie satt waren. Aber danach kam erst das Hauptgericht(*Secondo*)mit Fisch oder Fleisch und diversen Beilagen. Nach diesem Gang wurden alle stiller, so als ob unsere Körper nur in der absoluten Ruhe verdauen könnten. Nichts ging mehr, bis Marta mit dem Kaffee und dem Süßen kam (*il dolce é caffé*).

Ein letztes Mal kam Bewegung am Tisch auf. Die Kinder mit ihren Rufen nach Eis oder Tiramisu wurden kurz lebendig, bevor sie die Erwachsenen ihren *Grappa* oder *Lemoncello* trinken ließen und todmüde in ihren Zimmer verschwanden. Man konnte Kinder also auch müde essen, das musste ich mir merken. Das Abendessen zog sich über mehrere Stunden hin und Nelly, die unsere Ein-Teller-Abendessen auf dem Sofa kannte, staunte nicht schlecht, wie Abendessen in Italien ging.

Die gute Stimmung und das herrliche Essen ließen unsere Augen leuchten, und ich hatte das Gefühl zu träumen. Ich kniff mich in den Arm und war glücklich. Wir sahen nicht nur aus wie eine große zufriedene Familie, an diesem Abend waren wir es. Das Schönste war, dass ich mich das erste Mal als Teilnehmerin dieses Lebens fühlte, nicht mehr als Zuschauerin wie sonst. Ich gehörte dazu, ich hatte meinen Platz. Ich war Romy, die genau hierher gehörte.

Selbst die erhabene Mädchenfraktion, Nelly und Sarah, arrangierten sich mit den deutlich jüngeren Jungs, Max und Ben. Mit einem Ohr hörte ich, wie Max Sarah fragte, woher sie das schöne Glitzershirt habe. Er fasste es ehrfürchtig an und ich hörte Sarah sagen: »Ich hab noch eins. Du kannst es haben, aber du musst es morgen anziehen. Das ist ein Geschenk.«

Max strahlte übers ganze Gesicht und ich ahnte, dass die Sockenfarbe mit seiner Mutter zu endlosen Diskussionen führen würde. Gab es überhaupt Glitzersocken?

Max erschien am Morgen in seinem Glitzershirt, die Mädchen hatten ihm eine Spange in die Haare geklemmt und ich hatte dieses Kind nie glücklicher gesehen. Wenn ich nicht wüsste, dass es Max war, würde ich denken, was für ein hübsches Mädchen.

Roberta und Alex Gesichter wandelten sich von Unglaube zu Freude und wieder zurück. Sie schienen unsicher, ob sie darüber schmunzeln oder schimpfen sollten.

Die Tage vergingen friedlich, nur an den Abenden, nach dem Essen, änderte sich allmählich die Stimmung. Ich hörte die Paare mit gepressten Stimmen streiten, wobei es bei Mirko und Flori meistens spät in der Nacht eine sexuelle Versöhnung gab. An einem Abend stritten sie heftiger. Mirko ging türenknallend weg, und ich war mir sicher, dass er erst morgens zurückkommen würde.

Bei Alex und Berta blieb es nachts still. Wahrscheinlich schliefen sie immer noch in getrennten Betten. Tagsüber bemühten sie sich, ihre Angespanntheit zu verbergen. Manchmal vergaßen sie es aus Versehen. Dann wirkten sie unbekümmert und scherzten miteinander, bis einer sich erinnerte, dass sie Beziehungsstress hatten. Meistens war es Roberta, die mitten in einer Bewegung innehielt und sich dann mit düsterer Miene wegdrehte.

Die Frage, warum ich im Moment keine ernst gemeinte Beziehung wollte, erübrigte sich immer mehr, bei dem, was ich hier erlebte.

Im Morgengrauen hörte ich Türenklappern und ein Flüstern in Floris Zimmer. Mirko war zurück und ich hörte versöhnliche Geräusche. Flüstern, Schweigen, Flüstern, Schluchzen. Da die Beteiligten darüber schwiegen, schwieg ich auch.

Ben hielt sich in diesen Tagen eher an seinen Vater und Opa Massimo, wie er ihn nannte. Er konnte mit dem ganzen Mädchenkram nicht viel anfangen. Mirko kam mit den Kindern erstaunlich gut klar, was ich nicht vermutet hätte. Wenn er mit ihnen herumtollte, sah er selbst wie ein glücklicher Junge aus.

Heute teilte sich unsere Gruppe auf. Ich blieb mit den Kindern zu Hause. Sie konnten draußen spielen, der Himmel zeigte sich wie jeden Tag um die Mittagszeit blau und wolkenlos. Es wäre eine Schande, nicht auf diesem schönen Stück Land zu bleiben.

Mirko und Berta fuhren in die nächstgrößere Stadt, um Silvesterknaller und Leuchtraketen zu besorgen, was besonders die Kinder begeisterte.

Flori und Alex wollten eine größere Runde joggen.

Die vor uns liegenden toskanischen Hügel luden geradewegs dazu ein, und dass die zwei Lauffanatiker zusammen liefen, wunderte niemanden.

Marta und Eva erledigten letzte Einkäufe und kochten für das Silvesteressen vor.

Massimo verschwand in seinem Olivenhain und ehe wir bis drei zählen konnten, hatte sich Ben Opa Massimo angeschlossen. Eine große Unterhaltung schien sich da offenkundig nicht zu entspinnen, denn Massimos zehn Worte deutsch und Bens drei Worte italienisch ergaben höchstens einen Satz. Immer wieder, egal wie sie die Worte drehten und wendeten.

Mich wunderte eher, dass Roberta und Mirko eine gemeinsame Basis gefunden hatten. Einen Stadtbummel mit diesem langweiligen Choleriker, na, ich weiß nicht, dachte ich. Ich wusste, wir beide würden auch in Zukunft keine Freunde werden. Launische Menschen waren mir ein Gräuel. Flori liebte ihren Mirko, also respektierte ich ihn. Mehr war momentan nicht möglich.

Floris Mutter Eva blühte während unserer Urlaubswoche regelrecht auf. Sie hatte durch die gute italienische Küche etwas zugenommen, was ihr gut stand und Massimos Komplimente und Neckereien ließen sie erröten. Marta verwöhnte das Trio mit leckeren Speisen und amüsierte sich über ihren Mann.

»Massimo, du alter Gauner. Ich brauche auch mal wieder ein Kompliment von dir, sonst kannst du dir bald dein Essen alleine kochen«, schimpfte sie gutmütig und lächelte Eva an. Die drei wären eine gut funktionierende Alters-Wohngemeinschaft. Keine Besitzansprüche mehr, kein Neid. Was das Leben einem schenkte, wurde geteilt. Das war so viel mehr als Jeansgröße achtundzwanzig.

Um Mitternacht versammelten wir uns auf dem Hügel, der das Grundstück begrenzte. Wir konnten weit übers Land schauen, bis zu den kleinen Ortschaften *Orciana Pisano* und *Lorenzana* hin.

Alex und Mirko zündeten das Feuerwerk und die Wunderkerzen an, alle Kinder sprangen begeistert um sie herum und erschraken, sobald etwas zischte und funkte. Ausgelassen wünschten wir einander ein gesundes, gutes neues Jahr. Ich sah die zärtliche Umarmung zwischen Massimo und Marta. Verlegen tätschelte er ihre Wange, um die lange Umarmung zu beenden, und ich sehnte mich so sehr nach Marius.

Roberta und Alex waren scheu, als würden sie sich gerade erst kennengelernt haben. Alex sammelte sich als Erster und nahm seine Roberta in den Arm, ob sie wollte oder nicht. Es dauerte auch einen Moment, ehe sie sich in die Umarmung fallen ließ. Ihre Kinder zerrten sofort an ihnen, sodass es keine Chance auf mehr Intimität gab.

Flori und Mirko lagen sich in den Armen und ich sah, dass sie wieder mit den Tränen kämpfte. Ich hoffte, dass sie einfach nur gerührt war.

Ich blieb abseits und wartete, dass ich an der Reihe war. Nelly und Sarah fuchtelten mit den Wunderkerzen vor mir herum.

»Gesundes neues Jahr, Mama!«

»Gesundes neues Jahr, Romy«

»Oh, ich danke euch beiden! Nelly, Sarah! Ich wünsche euch auch ein wundervolles neues Jahr!« Ich zog die beiden an mich, aber sie waren zu hibbelig.

Marta wartete schon mit einer selbstgemachten Bowle, von der die beiden Mädchen kosten wollten.

»Bitte, Mama, dürfen wir nur ein ganz klein bisschen Alkohol in die Bowle machen. Bitte!«

Ich schaute Marta an, die mir zunickte. Sie schenkte den Kindern Bowle ein. Später sagte sie mir, dass sie nur so getan hätte, als würde sie einen Minischnaps dazugeben. In Wirklichkeit war es Wasser im Schnapsglas gewesen.

Eva kam zu mir und wir setzten uns auf die alte Holzbank.

»Romy, mach nicht den gleichen Fehler wie ich. Allein alt zu werden ist kein Zuckerschlecken. Du bist jung, du bist hübsch. Du bist ein gutes Mädchen. Such dir jemanden, mit dem du lachen und reden kannst. Das ist die halbe Miete.«

»Lachen, reden ... und Sex?«

»Sex wird überbewertet, der stellt sich ein, wenn ihr euch nah seid.«

»Woher weißt du das?«

»Jede Frau hat ihr Geheimnis.«

»Eva, du wieder!«

»Eine kleine Weile hatte ich ein Verhältnis mit meinem Chef. Ich fand ihn nie attraktiv. Er war optisch gar nicht mein Typ. Null Sexappeal, wenn du weißt, was ich meine. Aber wir verstanden und gut und ich mochte seinen Humor. Auch, wie er über sich selbst lachen konnte. Das fand ich attraktiv. Das machte ihn sexy. Leider hat er sich nicht für mich entschieden. Er ist bei seiner Frau geblieben.«

»Ich kenne den Beginn einer Beziehung nur anders herum. Erst Sex und dann schauen, ob man auch reden und lachen kann.« Meine Gedanken schweiften zu Marius. Das war purer Sex.

»Ich finde, das ist falsch herum. Ein Partner sollte der beste Freund sein, dann kann man miteinander schlafen.«

Sie drückte meine Hand und nach einer Weile der Stille nahm sie mich wortlos in den Arm. Beides hatte sie noch nie getan und es fühlte sich absolut stimmig an.

Ich bin ein gutes Mädchen. Evas Satz hing mir noch nach. Ich ein gutes Mädchen.

19

Am Neujahrsmorgen wachte ich ausgeschlafen und bestens gelaunt auf. Ich war freiwillig mit den Kindern nach dem Feuerwerk ins Bett gegangen. Die zwei Paare hatten sich noch ins benachbarte *Lorenzana* aufgemacht, um einen Absacker zu trinken und zu tanzen. Ich konnte mich an vereinzeltes Türenklappen und diverse Nachhausekommgeräusche erinnern.

Mein Kopf war klar und ich freute mich auf dieses neue Jahr, das wie eine unbetretene weiße Schneedecke vor mir lag. Ich durfte es füllen und alles war möglich.

Ich werde mehr Farbe tragen!

Ich werde italienisch kochen!

Ich werde meine Affäre genießen!

Ich werde über Evas Worte nachdenken!

Weiter kam ich nicht.

Ich werde mich im Großdenken üben!

Ja, das gefiel mir. Weg von klein, klein, hin zu: Think big. Doch zuerst brauchte ich einen Kaffee.

Ganz leise kochte ich die erste Ladung Kaffee, da die Kinder auch noch schliefen, und ich so die Ruhe genießen konnte. Ich ging mit der dampfenden Tasse in der Hand zu meinen Lieblingssessel und zuckte zurück. Besetzt. Flori schien darin schon länger zu liegen, sie hatte sich wie eine Katze zusammengerollt.

»Moin, Romy. Ich muss wohl eingeschlafen sein.«

»Hier auf dem Sessel? Wo ist denn Mirko?«

»Weiß nicht, jedenfalls nicht hier.«

»Hattet ihr wieder Streit?«

»Ach, Romy, ich weiß, dass du ihn nicht magst. Aber ich schätze es, dass du dir wenigstens Mühe gibst, es nicht so raushängen zu lassen.«

»Stimmt. Ich werde nicht warm mit ihm und weiß jetzt, wie es dir mit Markus ging, den du auch nie besonders mochtest. Es ist ganz schön anstrengend, jemanden, den man nicht so mag, der besten Freundin zuliebe zu akzeptieren.«

»Danke trotzdem«, sagte sie still.

Ich holte ihr einen Kaffee. »Flori. Ihr seid erst seit fünf Monaten zusammen. Laut Statistik müsstest du glücklicher sein. Ihr befindet euch noch in der Anfangsphase eurer Liebe.«

Sie schwieg, hielt die heiße Kaffeetasse fest umklammert und starrte aus dem Fenster.

»Florence?«

Ich versuchte es sächsisch. »Flöhränze?«

Sie schob einen Mundwinkel für ein schiefes Lächeln nach oben und eine einzelne Träne kullerte über ihre Wange.

»Ich habe Mist gebaut. Ich habe mit Alex geschlafen und ich glaube, ich habe mich in ihn verliebt.«

»Alex? Bertas Alex?!«

»Ja.«

»Bist du wahnsinnig?«

»Ich glaube, ja. Ich mach immer alles kaputt!« Nun weinte sie hemmungslos und erzählte, unterbrochen von Schluchzern. »Wir sind losgelaufen, so wie immer. Oben auf dem Hügel hat Alex sich den Fuß verstaucht und wir mussten eine Pause einlegen. Wir saßen nebeneinander und haben über diese endlose Weite der Hügel geschaut. Es war ganz friedlich um uns herum und auch mit uns beiden. Plötzlich sprach Alex davon, wie sehr er Berta liebt und wie unglücklich er im Moment ist. Es war das intensivste Gespräch, das ich mit diesem ruhigen Mann je hatte. Er war mir sehr nahe und dann habe ich ihm von mir und Mirko erzählt. Von unseren Streitereien, meiner Unzufriedenheit mit meinem Körper, meinen kleinen Brüsten. Meinen Sehnsüchten. Dann hat er mich angeschaut wie noch nie und sagte, dass ich wunderschön sei, und meine Brüste völlig in Ordnung wären. Ob ich das denn nicht wüsste. Er drehte sich zu mir um, damit er mich sehen konnte. Wirklich sehen. Dann streichelte er zuerst mein Gesicht, da mir schon einzelne Tränen herunterliefen. Er wischte sie ab. Dann streichelte er meine Brüste. Jede einzeln, als wären sie ganz kostbar. Ganz zärtlich und ganz bewusst. Das war so erregend, dass sich meine Brustwarzen sofort aufrichteten. Noch nie hat sie jemand auf diese Art berührt. So liebevoll. Die meisten beachten sie gar nicht oder streichen mal kurz darüber. Ich hab dann seine Hände genommen, ihn geküsst und mich auf ihn gelegt. Er hatte sofort eine Erektion und dann ergab eins das andere.« Sie schniefte. »Romy, verstehst du die Situation ein ganz kleines bisschen? Es war so nah zwischen uns. So intim. Roberta darf das nie erfahren und Mirko schon mal gar nicht. Es war ein absoluter Ausrutscher. Es darf sich auf keinen Fall wiederholen und ich werde mich schleunigst wieder entlieben. Das kann ich.«

»Wieso erzählst du es mir überhaupt? Dann behalt es doch auch für dich. Verdammt! Wie soll ich jetzt allen anderen in die Augen schauen? Wissen verändert alles. Immer!«

Ich fluchte »Scheiße, scheiße« vor mich hin und knallte die Tasse auf den Tisch.

»Du bist neben Roberta meine beste Freundin. Wir sind fast wie Schwestern. Wem sonst kann ich es erzählen, wenn nicht dir?«

»Ich bleibe dabei. Manche Dinge im Leben muss man mit sich selbst ausmachen. Ich bin nicht froh darüber, diesen Mist zu wissen. Das kannst du mir glauben.«

Flori weinte nun herzzerreißend, hielt ihr Shirt vors Gesicht und rotzte ausgiebig hinein. Wir hingen eine Weile unseren Gedanken nach und ich wartete, bis sie sich beruhigt hatte.

»Mirko kommt nie auf den Gedanken, dass mit Alex etwas gewesen sein könnte.« Sie knüllte die feuchte Stelle ihres Oberteils zusammen. »Er ist die ganze Zeit auf meinen Poeten, meinen damaligen Favoriten Nummer eins, eifersüchtig. Der schickt mir ungefähr jeden Monat einmal ein Gedicht, sonst nichts.«

»Vielleicht passt der Schreiberling überhaupt viel besser zu dir?«

»Ach, Romy, Mirko hat auch seine guten Seiten.«

»Dann hör auf, auf tausend Hochzeiten zu tanzen, und gib auch dem Poeten endlich den Laufpass.«

»Das sagt die Richtige«, erwiderte sie trotzig.

Ich lenkte ein, recht hatte sie, ich verfügte zwar über kluge Tipps, hatte es aber selbst nie geschafft, klar und eindeutig zu sein.

»So oder so. Seit ihr zusammen seid, sehe ich dich weniger lachen. Nur in den ersten drei, vielleicht vier Wochen schwebtest du auf Wolke sieben. Ich vermisse meine lachende Freundin Flöränze.«

Sie gab mir einen kleinen Schubs und dann lagen wir uns versöhnlich in den Armen.

»Ich vermisse sie auch, die glückliche Flöränze«, flüsterte sie, »wenn ich nur endlich schwanger wäre. Dann wäre alles so viel klarer.«

»Flori, ich weiß nicht, ob das die Lösung ist. Aber ich weiß, wie sehr du dir wieder ein Kind wünschst. Und ...«, fest drückte ich ihre Hände, »ich kann den besonderen Moment zwischen dir und Alex verstehen.«

»Danke, Romy, das bedeutet mir viel. Es wird nie wieder passieren, und ich werde mit diesem Geheimnis wohl ins Grab gehen. Du und Berta, ihr seid das Wichtigste, was ich habe. Sie darf es nie erfahren.« Sie tat, als würde sie mit einem Schlüssel ihren Mund verschließen, und schmiss ihn bühnenreif in eine Ecke.

Wir hörten die Tür aufgehen und Mirko stand verschlafen im Raum. Wortlos nahm er die aufgelöste Flori in seine Arme.

»Auf ein glückliches neues Jahr, Liebes«, hörte ich ihn sagen und war versucht, ihm mit dem neuen Jahr eine neue Chance zu geben. Als sie sich lösten, ging ich auf ihn zu und wünschte ihm ein zweites Mal ein frohes neues Jahr.

Als alle anderen nach und nach aufwachten, hatte ich Mühe, Berta in die Augen zu schauen. Wie schaffte Flori das nur?

»Moin, Rommel, hast nichts verpasst gestern Nacht ... ohh, Kaffee«, sie schielte auf meine Tasse.

Sofort stürzte ich in die Küche, um ihr einen Becher einzugießen. Dort traf ich auf Alex, der mir sofort anmerkte, dass ich genau das wusste, was niemand wissen sollte. Ich sah es, weil er beschämt den Blick senkte und schnell die Küche verließ. Ich verfluchte Flori erneut. Dieses Wissen wollte ich nicht.

Am nächsten Tag reisten wir mit dem Versprechen ab, in den Osterferien wiederzukommen.

Eva, Floris Mutter, glühte aus allen Poren, und auf der Rückfahrt sagte sie zu mir: »Romy, ich weiß jetzt, was ich in meiner Rente mache. Ich ziehe nach Italien! Miete mir ein kleines Appartement oder Häuschen in Martas Nähe und helfe den beiden bei der Bewirtschaftung des Hofes und der Zimmervermietung.« Sie strahlte mich an, und ich ahnte, wenn man so strahlte, sprach das Herz seinen Herzenswunsch gerade laut aus. »Vielleicht mach ich das auch schon eher, immer dieses Warten? Mirko und Flori könnten dann die Wohnung haben.«

Ich war baff und drückte Eva spontan an mich.

»Du siehst toll aus«, war alles, was ich sagen konnte. Vielleicht ein bisschen am Thema vorbei.

Im Flugzeug lächelte ich, weil Max Sarah, die hinter mir saß, bewundernd anschaute und zu ihr sagte: »Ich wäre auch gern ein schönes Mädchen, so wie du.«

»Aber, du bist ein Junge. Das geht nicht«, antwortete die stets logisch denkende Sarah.

»Ich hab ja gesagt WÄRE.«

Max betonte WÄRE so, wie es nur Kinder können. Langgezogen, die Hände mit den Innenflächen nach oben zeigend, die Augen nach oben gedreht. WÄRE!

20

In den nächsten Monaten nahmen wir alle unseren gewohnten Alltag wieder auf.

Nelly und Sarah motzten, weil ihre Mutter und ich einen neuen Versuch unternahmen, die beiden während der Schulwoche zu trennen. Sie waren wie siamesische Zwillinge und manchmal wünschte ich mir, dass sie eine Dritte im Bunde zulassen könnten. Eine Dreierkombination würde sie mehr darin schulen, mal dazuzugehören und mal ausgeschlossen zu sein. Vor ihrem ersten großen Krach hatte ich jetzt schon Manschetten. Knöpfe, würde Berta wahrscheinlich sagen. Weil kein Mensch mehr Manschetten trug. Also, vor ihrem ersten Krach hatte ich jetzt schön Knöpfe. Schmunzelnd ließ ich den Satz wirken.

Georg, mein Kollege und ich kämpften uns durch den Klinikwahnsinn und versuchten, nicht durchzudrehen. Meine junge Patientin, Karoline Markdorf, war weiterhin meine größte Herausforderung. Zu gern würde ich einen Weg oder wenigstens einen kleinen Trampelpfad zu ihr finden. All mein therapeutisches und intuitives Wissen versagte. Zu Zeiten hatte ich sogar das Gefühl, dass es ihr schlechter ging als je zuvor. Alle Tipps meiner erfahrenen Kollegen blieben erfolglos. Sie saß nach wie vor wie ein verschrecktes Kaninchen vor der Schlange und schaute mich mit großen Augen an. Ich konnte ihr nur meinen ewigen Optimismus schenken, dass das Leben im eigentlichen Sinne schön sei.

Ich fragte unseren Chefarzt, was ich noch probieren könne.

»Schieben Sie alle Diagnosen beiseite und schauen Sie sich den Mensch an. Die junge Frau und ihre Beziehungen. Da stecken die Antworten.«

Im Stillen dachte ich: Habe ich schon, da war nicht viel zu holen. Sie erinnert sich kaum.

Als würde er mich hören, redete er weiter: »Oder andersherum, sagen Sie mir, was Frau Markdorf in Ihnen auslöst.«

»Hilflosigkeit und Ohnmacht.«

»Dann können Sie davon ausgehen, dass sie genau das erlebt hat. Hilflosigkeit und Ohnmacht. Wann auch immer, vielleicht sehr früh in ihrem Leben, und genau da scheint sie festzustecken. Geben Sie ihr Wahlmöglichkeiten an die Hand. Heute ist sie erwachsen und kann wählen ...« Nach einer Pause ergänzte er, »... und manchmal geht es auch nur um die Annahme dessen, dass es gerade ist, wie es ist. Das ist das Schwerste.«

Ich nahm mir seinen Rat zu Herzen und hörte auf, nach Lösungen zu suchen.

»Frau Markdorf, wir haben jetzt so viel probiert und nichts hat wirklich geholfen. Vielleicht sollten Sie oder wir das einfach mal akzeptieren?«

Ich sah ihr Aufatmen.

»Wenn wir die Stunden trotzdem zusammen genießen wollen, was wäre Ihr Wunsch? Wovon soll es mehr geben, wovon weniger?«

Wie aus der Pistole geschossen, kam ihre Antwort: »Ich würde gern wieder mehr rausgehen und rumlaufen. Und mal erzählen Sie etwas von sich und mal ich von mir.«

»Okay, machen wir.«

Ich hörte den Stein, der von ihrem Herzen plumpste. Ich hatte zwar noch keinen Plan, was das sein sollte, was ich ihr von mir erzählen würde. Es würde sich zeigen.

Neben dem Klinikalltag und dem Leben mit Nelly traf ich mich weiter in aller Stille mit Marius. Ich versuchte, das zu genießen, was wir beide hatten, ohne mehr zu wollen, ohne ständig alles zu hinterfragen. Es fiel mir zuweilen unheimlich schwer. Plötzlich interessierte mich, was er in den anderen Nächten machte, wenn wir uns nicht sahen. Und überhaupt, was dachte und fühlte er? Wie stand er zu mir? Wieso war alles so heimlich? Wenn ich in meinen eng machenden Gedanken verknotet war, hörte ich kein

Wort von ihm. Da konnte ich darauf wetten.

Sobald ich mir meinen Selbstberuhigungstext vorbetete, dass wir es doch gut hatten und unsere kleine Geschichte ins rechte Licht rückte, konnte ich sicher sein, von ihm zu hören. Gespenstisch. Er sagte oft, dass er mich fühlen würde, auch wenn wir nicht zusammen waren. Auch gespenstisch.

Die Tage wurden langsam wieder länger und auch eine Nuance heller. Wärmer leider noch nicht. Der Februar, dieser kalte und dunkle Monat war geschafft.

Kaum saßen wir, wie üblich freitags, in der Bar auf unseren Plätzen, legte Flori los: »Mädels, festhalten! Ich bin schwanger.« Sie machte eine kurze Pause, ließ die Nachricht auf uns wirken, und rückte ihre Brüste demonstrativ und breit grinsend zurecht. »Die beiden werden jetzt hoffentlich mal einen Zahn zulegen«, schimpfte sie zufrieden. »Mirko ist völlig aus dem Häuschen und wie umgewandelt. Seitdem wir es wissen, streiten wir weniger. Ich hab doch gesagt, dass sich mit einem Kind alles regelt. Jeder weiß nun endlich, wohin er gehört«, sie schaute mich an. »Romy, ich habe mir das mit der Klarheit zu Herzen genommen und dem Poeten gesagt, dass ich seine Gedichte nicht mehr lesen werde. Mirko habe ich gebeten, komplett bei mir einzuziehen. Ich will endlich kristallklare Verhältnisse.«

Berta und ich waren baff und wir erlebten das erste Mal seit letztem Herbst eine Flori, die vor guter Laune nur so sprudelte. Die Alex-Ausrutsch-Nummer schien sie nach dem Motto: »Einmal ist kein Mal!« ins Nirwana verbannt zu haben.

»Meine Mutter ist fast nur noch in der Toskana«, setzte sie fort. »Sie hat ihre Arbeitszeit reduziert und will zum Ende des Jahres, allerspätestens, ganz zu Marta und Massimo ziehen. Eine Nachbarin, Giuseppa, mit der sie sich gut versteht und die ihre Hilfe braucht, spielt da wohl auch eine Rolle. Ihr werdet sie kaum wieder erkennen, sie ist richtig gut drauf. Dann haben Mirko und ich die Wohnung für uns und Platz für ein Baby wäre auch, obwohl ich Maisonette-Wohnungen nicht so toll finde. Ich hätte gern alles auf einer Etage. Aber egal, was sagt ihr?«

»Boah, du legst ein Mords-Tempo vor, aber warum nicht? Alex und ich waren damals auch nicht besser. Alles sollte sofort sein.«

»Darauf hole ich uns Getränke.« Für eine kleine Atempause flüchtete ich an die Bar und schwang mich auf den Barhocker. Gekonnt war gekonnt. Das Wort Tresenschlampe schockte mich auch nicht mehr. Es war nur ein Wort.

»Hey, Romy, du bist heute so in Gedanken. Was wollt ihr trinken? Lass mich raten: Du einen Weißwein, Flori einen Rotwein und Roberta einen *Sex on the Beach?«*

»Fast. Für Flori die nächste Zeit nur Wasser, sie ist schwanger.«

»Oh, Glückwunsch, von wem? Ihrem Blind Date von letztem Sommer? Sorry, geht mich nichts an. Aber das Schwangersein steht ihr gut.« Verschmitzt lächelte er sein Zauberlächeln und ich schaute versonnen in sein Gesicht. Schaute, wo ich mich einhaken konnte. Schaute, wie er unsere Getränke zubereitete, und blieb an seinen Augen hängen. Heute trug er keine Brille.

»Wieso trägst du nur an manchen Tagen eine Brille?«

»Manchmal sind mir die Blicke der Menschen zu viel und hier in der Bar sind sie mir auch zu nah. Die Brille schützt mich. Ich brauche eigentlich keine.« Er nahm sie für mich ab. »Ich fühle schon beim Aufstehen, ob es ein Brillentag wird oder nicht.«

»Gute Idee. Muss ich auch mal probieren.«

Zurück am Tisch hörte ich die beiden über Babynamen reden und schnappte auf, dass es ein italienischer Name sein solle. Ich stellte die Getränke ab und Berta seufzte schon tief, da sie an der Reihe war, das Neueste zu erzählen.

»Die Kurzfassung oder die Langfassung?«, fragte sie.

»Kurz«, antworteten Flori und ich blitzschnell aus einem Mund. Wenn Berta die lange Version erzählen würde, käme sie von Hölzchen auf Stöckchen und käme nicht auf den Punkt. Sie grinste.

»Habt ihr Angst? Wegen der Sache mit den Stöcken? Irgend so einen blöden Spruch habt ihr ständig im Lager, wenn ich mal was ausführlicher erzählen will.«

Ich hatte es zeitweise aufgegeben, Bertas Sprücheverdreher zu verbessern. Sie sagte es sowieso immer wieder falsch wie eine kaputte Schallplatte, die immer an der gleichen Stelle knarzte.

Flori gab nicht so schnell auf. Ernsthaft sagte sie zu Roberta: »Wir haben einen Spruch auf Lager.«

»Schieß los!«

»Manno, Berta, so heißt das richtig ... AUF Lager.«

»Das klingt doch wieder voll bescheuert. Auf Lager. Kein Mensch spricht so. Irgendwas ist IM Lager, nicht AUF.«

»Egal, Berta, erzähl schon. Wie geht's dir? Euch? Wie war die letzte Therapiestunde«, unterbrach ich, bevor es Mitternacht wurde.

»Zuerst muss ich euch von Max erzählen. Jeden Tag fragt er mich, warum er sich nicht wie ein Mädchen anziehen kann. Er wäre so gern mal ein Mädchen. Wie Sarah und Nelly, von denen er immer noch schwer begeistert erzählt. Es wird mit jedem Tag schlimmer. Es bricht mir das Herz, ihn so unglücklich zu sehen, wenn er seine Jungsklamotten für die Schule anziehen muss. Alex und ich können das nicht mehr ignorieren. Wir werden dem wohl zustimmen müssen und es fällt uns schwer, unseren Jungen loszulassen und zuzuschauen, wie er mehr und mehr zu einem Mädchen wird. In den Osterferien, wenn wir wieder in die Toskana fahren, darf er Tag und Nacht wie ein Mädchen sein. Das haben wir ihm versprochen. Bis dahin haben wir vielleicht mehr Gelassenheit entwickelt, mal schauen. Alex schweigt zu dem ganzen Thema und hält sich an seinen anderen Sohn, Ben. Er weiß nicht, wie er mit Max umgehen soll. Das belastet unsere sowieso schon schwierige Beziehung aktuell zusätzlich. Das ist auch gerade Thema in der Therapie. Mit diesem Therapeut spricht Alex wenigstens portionsweise.« Mit einem großen Zug aus dem Strohhalm war ihr Cocktail leer.

»Berta! Du hast das eben auf Ex ausgetrunken.«, sagte Flori.

»Ja, hing irgendwie alles an einem Faden«, sie lachte und gab Marius ein Zeichen für einen weiteren Drink. »Alex und ich. Ich weiß auch nicht. Seit dem Toskana-Urlaub ist er ... wie soll ich sagen? Zugänglicher. Zärtlicher.«

»Schlaft ihr wieder miteinander?« Die Frage kam ganz natürlich über Floris Lippen, ohne ein Wimpernzucken. Mein Hals regierte sofort mit roten Flecken und ich war kurz vor der Schnappatmung. Wie konnte sie dermaßen relaxt sein?

»Ja. Anders ... Meistens nur, wenn ich total klar bin. Auch so ein Ergebnis aus der Therapie. Wir hatten für zwei Wochen eine schöne Aufgabe. Ich sollte mich darin üben, Alex klare Zeichen von Ja oder Nein zu geben. Das hieß, vorher musste ich mich selbst wahrnehmen, hatte ich überhaupt Lust oder nicht? Wollte ich ihm nahe sein oder nicht? Alex sollte nicht darauf reagieren, sondern mir abends nur erzählen, was er beobachtet hat. Das hat uns überraschenderweise Spaß gemacht, und er lag immer richtig. Die erste Zeit hatte ich nie Lust, aber als ich merkte, dass er mich wirklich in Ruhe ließ, mich aber trotzdem wahrnahm, vermisste ich ihn plötzlich schrecklich.«

»Das freut mich für euch beide.« Ich sah und hörte, dass Flori ehrlichen Herzens meinte, was sie sagte. Sie gähnte. Inzwischen war es nach Mitternacht, sodass Flori, die Neu-Schwangere, sich bald verabschiedete.

»Romyschatz«, flüsterte sie beim Abschied in mein Ohr, »ich sehe dich und deinen Marius, ihr könnt kaum die Blicke voneinander lassen. Nächsten Freitag will ich alles darüber wissen.« Sie schaute mich an und ohne Worte fühlte ich ihre Dankbarkeit, dieses Mal für meine Loyalität.

Mit einem inneren Seufzer versuchte ich, den Flori-Alex-Ausrutscher endgültig ad acta zu legen.

21

Im Frühjahr fuhren wir alle zusammen erneut in die Toskana und erlebten eine Eva, die eine Entscheidung getroffen hatte. Wie eine Blume, die einst kurz vor dem Verdursten stand, auf dem letzten Pfiff Wasser bekommen hatte, war sie nun dankbar aufgeblüht und zeigte sich in voller Pracht.

Sie half Marta und Massimo auf den Weinfeldern, bei der Olivenernte und der Gästebetreuung. Sie aktualisierte die Webseite des Hofes, stellte brandneue Bilder ein, schrieb Texte in drei Sprachen: Deutsch, Italienisch, Englisch und lockte damit Urlauber auf den italienischen Hof. Das Gästehaus war bis in den Herbst hinein ausgebucht. Nur zu Ostern und in den Weihnachtsferien blieb es für unsere kleine Gruppe reserviert.

Marta war dankbar und gerührt. »Das hatten wir zuletzt vor zehn Jahren. Eva, du bist ein Gottesgeschenk!«

Eva winkte bescheiden ab, mit weniger Anerkennung vermochte sie deutlich besser umzugehen. Trotzdem strahlte hinter ihrer Bescheidenheit ein Hauch Stolz hervor. Sie strich sich durch die kurzen schwarzen Haare, holte sich einen Krug Wasser und in einer ruhigen Minute erzählte sie mir: »Romy, deine Frage damals, was ich denn machen will, wenn ich in Rente bin und Zeit habe, hat mich lange beschäftigt. Mein Leben lang spare ich, halte meinen Körper fit und freue mich auf die Zeit, wenn ich Zeit haben werde. Und dann hab ich keine Idee, wie ich leben würde, wenn es so weit ist. Das mit der Liebe habe ich mir abgeschminkt. Aber in einem wärmeren Klima leben und mehr in der Natur sein, darauf habe ich doch Einfluss und stell dir vor, ich habe eine Idee, wie es gehen könnte.« Übersprudelnd, wie ein junges Mädchen erzählte sie mir von dem Gespräch mit ihrem Chef und der Lösung. »Ich reduziere meine Arbeitszeit, keine Sechzig-Stundenwoche mehr. Große Teile meiner Arbeit als Architektin kann ich von zu Hause aus erledigen. Dafür werde ich mit sechzig Jahren ganz aus dem Büro aussteigen. Das ist für uns beide ein guter Deal.«

»Wow. Du bist ja schon dabei, alles in die Wege zu leiten.«

»Ja. Ich bin ja nicht mehr die Jüngste und jetzt, wenn ich sehe, wie meine Flori wieder ihr Leben lebt, traue ich mich, auch mein Leben wieder zu leben. Wir hängen viel zu dicht aufeinander. Ich muss Platz machen für das junge Glück. Wer will schon immer seine Mutter oder Schwiegermutter nebenan haben?« Verschmitzt lächelte sie. »Außerdem habe ich letzte Woche ein Zitat gelesen, das mich beschäftigt hat. So ungefähr: Was ich heute denke, werde ich morgen sein.«

»Was ich heute denke, werde ich morgen sein«, wiederholte ich.

»Ich kann damit was anfangen. Schau, ich kann es dir anhand meines Berufes erklären. Ich bin Architektin. Was ich mir heute ausdenke, mir in meiner Phantasie vorstelle, könnte morgen, also in Zukunft, genauso entstehen.«

»Ah, und du meinst, so geht es auch mit anderen Dingen?«

»Ich glaube schon. Wenn ich mir heute vorstelle, im Süden leben zu wollen, richte ich meinen Focus dahin und beginne mit ersten Schritten.«

»So, wie du es gerade machst.«

»Ja.« Zufrieden nuckelte sie an ihrem Zitronenwasser und machte sich wieder an die Arbeit.

An Martas und Massimos Hof schloss sich das weitläufige Grundstück von Alessandro und Giuseppa an. Die beiden Männer halfen sich gegenseitig bei den Ernten und teilten sich manch schweres Gerät, um ihre Felder zu bearbeiten. Nachbar Alessandro vermietete ebenfalls zwei Gästezimmer, die seit der Krankheit seiner Frau brachlagen. Allen war klar, dass Giuseppa den Krebs dieses Mal nicht überleben würde. Sie saß meistens in Decken eingewickelt unter einem alten Olivenbaum, ihr schmales Gesicht der Sonne zugewandt. Die beiden Frauen, Eva und Giuseppa, verband etwas sehr Zartes und Leises. Sie saßen stundenlang zusammen und ich sah, dass eher Eva diejenige war, die redete. Giuseppa hörte zu. Beide hatten die Hände ineinander gelegt. Wenn Eva still wurde, schwiegen sie und schauten sich an.

Der kleine Max durfte in der Toskana ganz und gar ein Mädchen sein und strahlte vor lauter Glück vom Aufstehen bis zum Schlafengehen. Ich sah ihn nur noch in schwingenden Kleidern und Röcken in seinen Lieblingsfarben rosa, hellblau und gelb. Wir erklärten den Kindern, so gut es ging, dass es das manchmal einfach gab. Ein Junge, der sich wohler als Mädchen fühlte und ein Mädchen, das viel lieber ein Junge wäre. Alex und Berta ließen sich seit einiger Zeit beraten, wie sie Max in seinem Wandel unterstützen könnten. Für Ben, Nelly und Sarah war es mit unserer Erklärung getan. Max war Max, egal, welche Etiketten drauf standen.

Nelly fragte ihn: »Willst du lieber einen Mädchennamen haben?«

Max nickte begeistert, und sie überlegten alle zusammen, machten Listen, alphabetisch geordnet, und verteilten Beliebtheitspunkte. Einen ganzen Nachmittag dauerte die Namenssuche. Am Abend verkündete Max mit glänzenden Augen und quietschender Stimme, dass er ab jetzt Maxi heißen wolle.

Anders als in unserem letzten Weihnachtsurlaub waren die Paarbeziehungen von stiller Harmonie getragen, was mir unheimlicher war, als ihre Streitigkeiten.

Mirko und seine schwangere Flori waren neu verliebt. Sie erinnerten mich an die ersten Wochen ihres Zusammenseins. Er ließ sie nicht aus den Augen und erfüllte ihre Wünsche, bevor sie sie aussprechen konnte. Täglich bekam sie ihren Pflaumenkuchen mit Sahne. Floris Brüste schwollen an und stolz trug sie sie vor sich her.

Ich beobachtete, wie Flori und Alex miteinander umgingen, fand aber kein verräterisches Zeichen. Nichts deutete darauf hin, dass die beiden vor vier Monaten im Bett oder besser gesagt, im toskanischen Feld zugange gewesen waren. Das einzig Auffällige war die betonte Distanz zwischen ihnen, die ich glaubte wahrzunehmen. Durch Floris Schwangerschaft fiel das gemeinsame Joggen aus und Alex drehte seine Runden allein.

Berta war immer noch mit ihrer therapeutischen Aufgabe der Selbstbeobachtung beschäftigt und hatte in diesen Wochen kaum Antennen für anderes. »Rommel, du bist doch auch Psychologin. Wenn ich mich so selbst beobachte, habe ich ständig das Gefühl, zwei zu sein. Die, die ich bin und die, die mich beobachtet. Wer bin ich denn nun?«

»Ich glaube, das passiert nicht gleichzeitig. Das Beobachten ist ein kleines Bisschen später.«

»Hmm.«

»Wir beide zum Beispiel. Ich rede mit dir und kann unser Gespräch gleichzeitig beobachten, aber das Beobachten ist nicht punktgenau mit dem, was ich jetzt zu dir sage.«

»Verstehe.«

»Alles okay, Berta. Du tickst völlig normal, glaub's mir.«

Die gemeinsame Auseinandersetzung in der Therapie und die Gedanken um Max schienen Berta und Alex einander wieder näher gebracht zu haben.

»Stell dir vor«, erzählte mir Berta eines weinseligen Abends, »Alex hat in der letzten Therapiestunde geweint. Mein Alex. Nie, wirklich nie zuvor habe ich ihn weinen sehen. Nicht mal bei der Geburt der Zwillinge.«

»Na, an dem Punkt seid ihr euch ja ähnlich. Ich hab dich auch noch nie weinen sehen. Nicht mal in der Schule früher, als alle so fies zu dir waren.«

»Das stimmt. Wir sind beide Aushalter. Aushalten können wir richtig gut. Aber pass auf. Wenn Alex sehr berührt ist, verzieht er seinen rechten Mundwinkel nach oben und sein kleiner Leberfleck über der Lippe rutscht dann fast auf die Höhe der Nase. Das ist das greifbarste Zeichen seiner Rührung, das ich kenne.«

»Was hat ihn denn zum Weinen gebracht?«

»Alex hat von seinen Eltern erzählt, besser von seiner Mutter. Sein Vater war ja schon weg. Von den Gefühlsausbrüchen seiner Mutter, ihrer Unberechenbarkeit, seiner Angst, dass sie, genau wie sein Vater, einfach weggeht und all der alte Scheiß. In einer Pause, als Alex schon eine Weile versuchte, das Zucken am rechten Mundwinkel zu beherrschen, schaute der Therapeut Alex in die Augen und sagte schlicht: *Alex, es klingt so, als ob du ein sehr einsamer kleiner Junge warst, der versucht hat, alles richtig zu machen* ... Da zuckte sein ganzes Gesicht längst unkontrolliert, seine Lippe zitterte, und ich presste meine Hände bereits zu Fäusten. Normalerweise hätte ich Alex spätestens jetzt von dem Thema abgelenkt, damit es nicht so schmerzlich für ihn ist. Damit er bloß nicht weint. Aber der Therapeut hat einfach weiter geredet. *... und alles war viel zu viel für diesen kleinen Jungen. Viel zu viel.* Und in dem Moment brach es aus Alex heraus. Er konnte sich nicht mehr beherrschen und schluchzte, wie der kleine Alex wahrscheinlich in seiner Kindheit nie geschluchzt hat. Aber ich hörte den Therapeut immer noch weiter reden ... *und obwohl der kleine Alex alles gegeben hat, hat es nicht gereicht* ... Ich habe jetzt noch Gänsehaut, wenn ich daran denke. Alex schluchzte steineerweichend und sagte immer ... *ja, genau, ja, es hat nicht gereicht ... egal, was ich gemacht habe, es hat nicht gereicht ... ich war immer allein.* Guck, schon wieder habe ich Gänsehaut.«

»Ich auch.«

»Aber es war gut. Alex ist seitdem ruhiger. Und als der Therapeut sagte, dass er sich ab jetzt selbst um den kleinen Alex in sich kümmern kann, keimte ein Hoffnungsschimmer bei ihm auf, dass er von seiner inneren Spannung befreit werden könnte. Wenn auch noch unklar ist, wie das gehen soll.«

»Mensch Berta, das klingt sehr ... bewegend ... berührend, und ich glaube auch, bei euch bewegt sich wirklich viel.«

»Ja, uns Hilfe zu holen, war ein guter Tipp von dir. Er sagte noch, dass wir eine kompensatorische Beziehung führen, was immer das ist, und sie lange funktioniert hat, weil wir beide uns dadurch im Gleichgewicht gehalten haben.«

»Mein Therapeuten-Ich kann es erklären. Willst du?«

»Schieß los, aber kurz.«

»Kurz: Ersatzbedürfnisse werden über ursprüngliche Bedürfnisse gestülpt. Kurz genug?«

»Warte. Langsam. Bei Alex versteh ich es allmählich. Sein Ursprungsbedürfnis ist, angenommen zu sein, sich mit jemandem verbunden zu fühlen. Nicht so allein zu sein wie in seiner Kindheit. Deshalb der viele Sex. Er sagt, dadurch hat er sich mit mir verbunden gefühlt, egal, wie überfordernd der Tag war. Das war seine Sicherheit, dass alles gut ist. Der Sex war das Übergestülpte ... im wahrsten Sinne des Wortes.« Roberta wirkte nachdenklich und wir hingen unseren Gedanken nach.

»Meinen Part verstehe ich auch immer besser. Ich fühle mich immer für andere verantwortlich. Will, dass es allen gut geht. Meine Antennen sind immer bei Alex, bei den Kindern, bei meinen Freundinnen ... überall, nur nicht bei mir«, schob sie hinterher und raufte sich die Haare.

»Ich muss richtig neu lernen, wie das ist, den Spot mal auf mich selbst zu richten. Unheimlich, irgendwie. Als würde ich etwas Verbotenes tun. Als ob ich das nicht dürfte.«

22

Ende Juni, Wochen nach unserem zweiten Toskana-Aufenthalt, klingelte es am frühen Abend und Flori stand mit rundem Bauch, in einem bunten Umstands-Sommerkleidchen und einer XXL-Sonnenbrille vor meiner Tür. Als sie die Brille abnahm, sah ich ihre verweinten Augen und nahm sie in die Arme, obwohl sie nach wie vor abwehrte. Ich bugsierte sie auf das Sofa, holte ihr ein Wasser, ließ sie weinen und reden.

Sie erzählte, dass es mit Mirko wieder so sei wie vor der Schwangerschaft. Sie erlebten oft gute, harmonische Zeiten, doch spätestens nach zwei, manchmal drei Wochen des Gleichklangs reiche der geringste Anlass, um ihn zum Ausrasten zu bringen.

»Weißt du, Romy. Ich erkenne seine Angespanntheit inzwischen lange vorher daran, dass er mit seinen Kaumuskeln spielt und seine Hände zu Fäusten geballt sind. Wie ein Raubtier im Käfig läuft er dann in der Wohnung umher und sagt monoton, dass ich ihn in Ruhe lassen soll. Heute Morgen dachte ich, ihn stoppen zu können. Ich wollte nicht, dass alles wieder so anstrengend wird wie in der Zeit vor Weihnachten. Ich habe auf ihn eingeredet, dass er sich mal wie ein erwachsener Mann verhalten soll und nicht wie ein Teenager, der seine Gefühle nicht im Griff hat. Ich weiß, es war bescheuert, ihn zu provozieren.« Sie wechselte minütlich ihren Gesichtsausdruck. Zwischen einem wütend zusammengekniffenen Mund, weinerlich zitternden Lippen und trotzig hochgezogenen Augenbrauen sah ich auch noch ihre Enttäuschung darüber, wieder an diesem Punkt gelandet zu sein. »Meine Wut hat seine potenziert und irgendwann hat er mich weggeschubst ...« Schon schluchzte sie los. Der weinerlich zitternde Mund hatte sich durchgesetzt. »Er hat mich einfach weggeschubst. Einfach weggeschubst ... wie eine lästige Fliege.«

»Flori ...«

»Warte«, sie schniefte, »ich bin gegen den blöden Küchentisch gestoßen. Leider mit dem Bauch zuerst.«

Ich wagte nicht, sie zu unterbrechen.

»Jetzt habe ich leichte Blutungen ... und so viel Angst ...«

Weiter kam sie nicht. Ich nahm sie wieder in den Arm und hörte noch ihr geschluchztes » ... zum Arzt gehen.«

Ich nickte und versprach, während ich ihren Rücken streichelte, dass wir zu ihrer Ärztin gehen. Allmählich beruhigte sich Flori, und ich telefonierte mit der Frauenärztin, die sie noch in der nächsten Stunde dazwischenschieben würde.

In der Praxis mussten wir nur kurz warten, dann wurde sie untersucht. Aufatmen. Dem kleinen Mädchen in Floris Bauch ging es gut.

Sie kam, ohne dass wir es besprechen mussten, mit zu mir und schlief sofort auf dem Sofa ein. Es erinnerte mich an den letzten Sommer, als sie ähnlich quer, mit verrutschter Frisur, auf meinem Sofa lag und ich so dankbar war, sie an meiner Seite zu haben.

Nelly, ohne jegliche Berührungsängste, kuschelte sich zur schlafenden Flori und fragte mich leise, warum sie geweint habe.

»Mirko und Flori hatten Streit. Deswegen ist sie traurig.«

»So wie Sarah und ich gestern?«

»Ich glaube, noch ein bisschen mehr.«

»Hmm, blöd.«

Sie legte ihre Hand vorsichtig auf Floris Bauch und flüstert zu der Kleinen da drin: »Alles wird gut.« Und zu mir: »Ich will später kein Kind haben und immer mit Sarah zusammenbleiben.«

Seit wir sie darüber aufgeklärt hatten, dass Babys im Bauch der Mutter schon viel mitbekamen, redete sie direkt mit dem Babybauch.

Während Flori eine Runde schlief, kochte ich Spaghetti mit Tomatensoße, was mir immer gelang, und rief Marius an. Wir waren für den Abend lose verabredet und schweren Herzens musste ich absagen. Nie wusste ich, wann wir uns wiedersehen würden.

Es gab so viele Dinge zu beachten. Schlief Nelly bei mir, ging ich nicht weg. Hatte er seine Tochter bei sich, trafen wir uns ebenfalls nicht. Arbeitete er in der Bar, kam es darauf an, wie lange die Gäste blieben, und wie müde er morgens war. Mir fiel auf, dass ich ihm noch nie abgesagt hatte. Er ging nicht an sein Telefon, sodass ich ihm nur eine Nachricht hinterlassen konnte. Ich bat ihn, mich zurückzurufen. Ich wollte wenigstens seine Stimme hören.

Nelly zeigte mir eine Zeichnung, auf der ich ihre und Sarahs zukünftige Wohnung erkennen sollte. Bis ins Detail hatten sie aufgezeichnet, wie später alles aussehen würde. Es gab zwei Schlafzimmer, ein Wohnzimmer und eine große Küche, die an die Toskana-Küche erinnerte. Immerhin gab es zwei Schlafzimmer. Bedeutete das, sie würden nicht als Paar zusammenleben oder bedeutete es, sie wären ein modernes Paar, wobei jede ihren Raum hätte?

Ich fragte lieber nicht nach. Ich sah schon ihr genervtes Augenrollen, begleitet von einem *Mensch, Mama!*, und einem demonstrativen Abgang. Also schaute ich mir die Zeichnung in Ruhe an und versuchte durch die Blume an Informationen zu kommen. Ich musste kurz lächeln, Berta sagte ständig *hinter der Blume. Dann frag sie doch hinter der Blume durch.*

»Schönes Bild und alles ist wirklich präzise gezeichnet! Die Küche, das Bad und das Wohnzimmer werdet ihr also gemeinsam benutzen?«

»Ja, und genau hier kommt meine Staffelei hin.«

Ich wartete kurz, schaute auf die Zeichnung und fragte wie nebenbei, *hinter der Blume durch:* »Und das Schlafzimmer teilt ihr nicht?«

Nelly rollte die Augen, verschwand bühnenreif in ihrem Zimmer und schob ihr genervtes »Mensch, Mama!« hinterher. Was war jetzt schon wieder falsch?

Ich telefonierte mit Roberta, schimpfte auf Mirko und erzählte ihr die ganze Geschichte, wie Flori sie mir erzählt hatte.

»Oh nein. Nicht schon wieder so ein Drama wie vor sieben Jahren. Das übersteht sie nicht.«

»Entwarnung. Der Kleinen geht's gut. Flori muss ein paar Tage liegen, dann sollte die Blutung aufhören. Sie kann bei mir bleiben, falls sie nicht nach Hause will.«

»Ah, gut. Sollten wir Eva informieren?«

»Nein, lass sie mal in Italien. Sie wird nur unruhig, wir beide sind doch da«, erinnerte ich an unser Versprechen, füreinander da zu sein.

»Aber, Rommel. Den Mirko knöpfe ich mir mal vor. Ich mag den eigentlich. Ich versteh gar nicht, was da immer passiert.«

»Mach das, ich kann ihn nicht ausstehen.«

Marius Rückruf war spät und kurz. Der Barbetrieb war schon im vollen Gange und ich war enttäuscht, dass er nicht vor dem Öffnen angerufen hatte.

»Romy, was ist los?«

»Wir können uns heute nicht sehen, das ist echt schade. Flori schläft bei ...«

»Oh, warte kurz. Ich leg dich mal kurz ab.«

Ich hörte Stimmen, Bestellungen und konnte die anderen Tresenschlampen vor mir sehen. Allen voran meine Nachbarin, die fast immer direkt vor ihm saß und ihren Rubenskörper demonstrierte. Genervt legte ich auf.

In der Wohnung war es still. Nelly und Flori schliefen. Ich ärgerte mich über mein Auflegen. Er rief nicht zurück und meine Laune sackte in den Keller.

Flori erholte sich schnell und ihre Blutung stoppte schon am nächsten Tag. Sie wollte weder, dass wir Eva anriefen noch, dass Roberta mit Mirko redete.

»Haltet euch da raus. Er hat nichts falsch gemacht. Ich hätte ihn einfach in Ruhe lassen sollen.«

»Flori, es fällt mir schwer, zuzuschauen, dass es dir so beschissen geht. Ich weiß doch noch, wie du gestern vor der Tür gestanden hast. Wie ein Häufchen Elend.«

»Mir ging's auch nicht gut. Aber es war nicht seine Schuld.«

Es klingelte zehn Minuten später und Mirko stand vor der Tür, um Flori abzuholen. Ich öffnete, strafte ihn mit meinem eisigsten Blick der Verachtung und konnte nicht fassen, was ich sah. Flori rannte, ihren Bauch haltend, in den Flur und fiel ihm um den Hals. Sie umarmten sich, weinten beide und gingen nach Hause, als wäre nichts geschehen. War sie abhängig von ihm? Hatten sie eine Gewaltbeziehung? Was lief hier?

Ich schaffte es nicht, alles zu Ende zu analysieren. Zu sehr beschäftigten mich meine eigenen Baustellen, meine Eifersucht und meine Sehnsucht. Marius.

23

Mein Handy zeigte eine neue Nachricht von Marius an und mein Herz machte direkt einen kleinen Hüpfer. Sein geschriebenes: *Ich vermisse Dich,* reichte aus, mich zu euphorisieren, denn Zwischendurchnachrichten waren neu. Ganz neu. Bisher gab es bloß zweckgebundene Verabredungsnachrichten, zwar garniert mit zartem Zuckerguss, aber sie dienten nur dem Zweck, sich zu verabreden.

Seit zehn Monaten trafen wir uns unregelmäßig in seiner Bar. Für Sex. Für sinnliche Stunden. Für Zweisamkeit. Nachts, heimlich und fast ohne Worte. Wenn ich die Bar und ihn morgens verließ, kam ich mir verrucht vor. Geheimnisvoll. Durchtrieben. Selbst meine Freundinnen wussten nur einen Bruchteil dessen, was wirklich ablief.

Alles, was im Leben mehrmals hintereinander stattfindet, wird zum Ritual, wie ich wusste, und so freute ich mich seit Monaten auf das Marius-Romy-Ritual. Ich war vertraut mit dem Schönen, was mich jedes Mal in seiner Bar erwartete. Die Zeit, die dann stillstand. Unsere wissenden Hände und Münder. Das wachsame Miteinander. Zwei Körper und zwei Seelen, die in diesen Stunden nur das Verbindende fühlten. Alles andere, das Trennende, blieb vor der Bartür. Stunden der Symbiose, um danach wieder frei davon zu sein. Manchmal sahen wir uns mehrere Tage hintereinander, manchmal gab es viele Wochen der Abstinenz. Wir hatten uns eingerichtet und versuchten den teuflischen Balanceakt, nicht zu viel voneinander zu erwarten und nur den Moment zu genießen, zu leben.

Kurz nach dem Eingang seiner Nachricht klingelte mein Handy.

»Romy?«

»Ja.«

»Soll ich für dich kochen?«

»Äh ... ja. Wo denn? In der Bar?«

»Nein. Bei mir zu Hause.«

»Äh ... ja.«

»Willst du noch mal darüber nachdenken?«

»Nein. Sag, wo ich wann sein soll.«

Er gab mir seine Adresse und nun wusste ich nichts mehr. Er verlor kein Wort über mein albernes Auflegen, stattdessen wollte er für uns kochen. Er verließ unsere intuitiv klug ausgetüftelte Bühne der Balance. Mir war nicht klar, was es bedeutete. Wusste nicht, ob wir jetzt eine andere Art von Beziehung eingingen und schon gar nicht, was ich morgen anziehen sollte.

Den ganzen Tag hüpfte ich, ähnlich wie mein Herz, durch die Klinikgänge. Georg fragte, ob ich neu verliebt sei oder im Lotto gewonnen habe. Er tippte auf den Lottogewinn, denn auch er wusste nur einen Bruchteil dessen, was war. Ein gewisser Marius, den ich ab und zu traf. Nichts Richtiges, nur so für zwischendurch, bevor ich wieder eine echte Beziehung einging. Das Richtige. Der Richtige.

Selbst meine Patienten in der Klinik steckte ich mit meiner: *Hey, das Leben ist doch schön - Stimmung* an, und sie lächelten grundlos zurück.

Als ich meine Bürotür öffnete, den Klinikmief durch die geöffneten Fenster schickte und meine Post durchging, sah ich einen dicken handgeschriebener Brief obenauf liegen. Er war an mich persönlich adressiert und als Absender las ich *Karoline Markdorf,* meine junge Patientin aus den Wintermonaten.

Liebe Frau Wagner,

ich wollte Ihnen schon lange schreiben, habe das leider immer wieder verschieben müssen, da es mir psychisch und körperlich sehr, sehr schlecht ging.

Nach dem Klinikaufenthalt im Winter ging es mir zwar ein paar Wochen besser, aber dann kamen all meine Dämonen zurück. Meine Angst, die Panik, meine Enge, das Nichtwissen, was mit mir los ist. Nun bin ich wieder in einer Klinik, aber dieses Mal stationär. Rund um die Uhr. Ich habe eine neue Therapeutin, schon die Dritte in der Zeit, in der ich hier bin, und sehr viel Zeit. Zu viel Zeit.

Ich wollte Ihnen schon immer sagen, dass Sie mir von all meinen Therapeuten (und es waren wirklich viele über die Jahre) die liebste waren. Ich sehe Ihre gerunzelte Stirn und weiß, dass Sie jetzt fragen würden: »Aber wieso? Es ging Ihnen doch nicht wirklich besser? Nichts, was ich probiert habe, hat geholfen.«

Ich will es Ihnen beantworten. Sie sind die ganze Zeit an meiner Seite geblieben, auch wenn Sie keine Ahnung hatten und nicht weiter wussten. Sie haben dann schlicht zu mir gesagt, dass Sie gerade auch nicht wissen, was klug wäre. Sie haben mich wahrgenommen und was ich sehr mochte: Sie haben nie mitgeschrieben, wenn ich was erzählt habe!! Mein aktueller Therapeut sitzt mir immer mit einem Schreibblock gegenüber, schaut kaum hoch und ich finde das demütigend. Als wäre ich nicht ganz dicht. (Bin ich auch nicht, ich weiß.) Ich kenne auch Ihre Antwort: »Sagen Sie es ihm!« Aber das kann ich nicht, er mag sich selbst so sehr, wie er ist. Ich kann ihn nicht enttäuschen.

Sie haben mir richtig zugehört und ich habe Ihren Optimismus und Ihre Lust am Leben gespürt. Das hat mich manchmal, ganz unvermutet, sogar angesteckt. Für kleine Momente habe ich mit Ihnen die Sonne gesehen.

Manchmal denke ich, mein Leben auf dieser Erde wird kurz sein. Ich weiß nicht, was ich auf der Ebene der Karmareinigung in diesem Lebenszyklus abarbeiten muss. Viele Ärzte und Therapeuten verstehen dieses Denken und diesen Glauben nicht. Bei Ihnen wusste ich immer, dass ich auch solche Sätze sagen konnte. Sie haben es nie bewertet oder als verrückt abgetan. Das hat Sie auch nie erschreckt.

Liebe Frau Wagner, ich möchte danke sagen. Ich denke gern an Sie und bin immer noch beeindruckt, dass Sie sich auf meinen Deal eingelassen haben und auch Dinge aus Ihrem Leben erzählt haben. Ich habe gesehen, wie Sie mit sich gerungen haben, da man das eigentlich nicht macht (so haben Sie mir das hilflos erklärt). Und dann haben wir darüber geredet, wieso man das eigentlich nicht macht, und es gab keine zufriedenstellende Erklärung. Weder für Sie, noch für mich. Solche Diskussionen waren mir heilig. Da habe ich mich für kurze Zeit normal und gesund gefühlt. Danke dafür.

Ich hoffe, Sie schenken Ihren Optimismus und die kleinen Geschichten aus Ihrem Leben auch anderen Patienten.

Herzliche Grüße,

Ihre Karoline Markdorf

Ich ließ den Brief sinken, erinnerte mich an die schmale junge Frau mit den traurigen Hundewelpenaugen, der bisher niemand weiterhelfen konnte, und war berührt.

In der Mittagspause zeigte ich Georg den Brief und er sagte, dass ihre Zeilen nach Abschied klängen. So, als ob ihre Kraft zu Ende ging. »Ehrlich Georg, ich kann verstehen, dass sie nicht mehr kann.«

»Ich auch«, sagte er leise, als wäre es verboten.

Nach dem Mittagessen leiteten wir wieder die Gruppentherapiestunde. Die Zusammensetzung der aktuellen Gruppe war fast optimal. Die Patienten waren von Mitte dreißig bis Anfang sechzig und die Diagnose *depressive Episode* hatten nur zwei von acht Teilnehmern. Das bedeutete, es war viel mehr Lebensenergie als üblicherweise im Raum, und unsere Gruppentherapie wies infolge dessen bereits leichte Züge von Manie auf. Georg wurde übermütig und schlug plötzlich vor, dass wir alle mal aufstehen und den Körper lockern sollten. Ich schaute ihn erschrocken an, machte aber alles mit, als wäre das schon immer unser Plan gewesen.

Georg grinste mich an, klatschte wie ein Kindergärtner in die Hände und sagte in die Runde: »Wir bestehen ja nicht nur aus unseren Gedanken und Emotionen. Nein, wir haben auch einen Körper, und der will auch beachtet ... und bewegt werden.«

Am späten Nachmittag packte ich den Brief von Karoline Markdorf in meine Tasche, um ihn mit nach Hause zu nehmen.

»Ich lebe ein bisschen für dich mit, Karoline«, flüsterte ich dem Brief in meiner Tasche zu.

Georg sah, dass ich mit meiner Tasche sprach.

»Romy, alles klar?«

Ich holte tief Luft. »Muss ja. Nützt ja nix.« Ich seufzte, und er boxte mich mal wieder auf den Arm.

»Übrigens«, er klang euphorisch, »ab jetzt bewegen wir uns immer in der Gruppentherapie. Das wird ein unumstößliches Ritual, wirst sehen. Wir müssen das jetzt mit dieser Gruppe installieren, damit es auch später funktioniert.« Er war Feuer und Flamme und bot mir mit seinem neuen Schwung eine Steilvorlage, um stellvertretend zu motzen.

»Echt? Was sind das denn für neue Methoden? Ich bleib sitzen. So wie immer.«

»Romy, du bist unmöglich. Aber gut, wenn jemand sitzen bleiben möchte, bleibt er halt sitzen. Ich werde sie schon alle anstecken.« Sein Händereiben schürte meine Angst.

24

Seit Stunden war ich damit beschäftigt, mich immer wieder umzuziehen. Ein Date in seiner Wohnung. Wie lebte er? Würde ich seine Wohnung mögen? War er auch aufgeregt? Würden wir doch ein *richtiges* Paar werden? Ich drehte gleich durch und musste los, wenn ich nicht total zu spät kommen wollte. Helle Farben mussten es her. Ein weißes Shirt und eine weiße Jeans. War das eigentlich eine Farbe? Beides lag eng am Körper an und betonte meine Figur. Meine bunte Afrikakette peppt das Outfit auf. Der Blick in den Spiegel zeigte mir eine aufgeregte junge Frau in weißen Klamotten. Ich sah aus wie eine Ärztin! Sofort zog ich mich um. Jeans in hellem Blau, Shirt blau-weiß geringelt. Was war ich doch für eine begnadete Mode-Koryphäe!

Als ich fast zur Tür raus war, klingelte das Telefon. Vielleicht ist ja irgendwas mit Nelly? Oder vielleicht sagte Marius doch noch ab?

»Ja? Romy«, hauchte ich vorsichtig in den Hörer. Ich wollte keine Absage und keine schlimmen Nachrichten.

»Romy. Hier ist Alex.«

»Alex. Ist was passiert?«

»Nein. Nein. Nichts ist passiert. Ich weiß, wir haben noch nie telefoniert oder uns jemals allein getroffen. Ich würde gern mit dir reden, Romy. Geht das?«

Stimmte. Entweder trafen wir Frauen uns und redeten über alles, was unsere Leben betraf oder es gab einen unumstößlichen Anlass, weshalb Kind und Kegel dabei waren. Nur in der Toskana gab es die Abweichung von unseren unausgesprochenen Regeln. Alex und Flori im toskanischen Hügel.

»Ich bin gerade auf dem Sprung. Weiß denn Roberta, dass du mit mir reden willst?«

»Nein.«

»Hat es Zeit bis morgen?«

»Ja, auf jeden Fall.«

»Dann bis morgen, Alex. Ich muss jetzt los.«

»Gut. Ich ruf dich an.«

Alex. Was wollte er? Ich hatte weder Lust über seine Paarung mit Flori zu reden, noch mich heimlich mit ihm zu treffen. Vielleicht ging es um die Kinder? Um Max, besser Maxi? Ich schob das Telefonat beiseite. Morgen. Morgen war auch noch ein Tag daran zu denken.

Hektisch rannte ich zur U-Bahn, stieg in die S-Bahn um, irrte in der angegebenen Straße umher und suchte die richtige Hausnummer, ohne das undurchsichtige Nummern-System zu verstehen. Ich war zu spät, drückte den Klingelknopf an der Haustür und ahnte, dass seine Wohnung, wie meine auch, ganz oben lag. Kein Aufzug. Meine Atmung ließ sich nicht beruhigen. Obwohl wir uns nun fast ein Jahr kannten, fühlte ich mich wie bei einem ersten Date. Alles ist gut. Alles ist gut. Ich wiederholte mein Mantra, bis ich mir glaubte.

Er öffnete mir und nun waren wir beide so scheu, als hätten wir uns erst gestern kennengelernt. Er hatte ein großes Geschirrtuch um seine Hüften gewickelt, in einer Hand eine Gabel, in der anderen Hand die Türklinke. Seine schwarzen Haare waren zusammen gedreht und gaben einen beachtlichen Dutt am Hinterkopf ab. Einzelne kleine Locken kringelten sich an seinem Hals entlang. Am liebsten wäre ich direkt mit meinem Mund an diese vertraute Stelle geflüchtet und hätte meine Lippen dort niedergelassen. Sein Körper war mir vertraut, alles andere nicht. Marius zog mich in den Flur und direkt in seine Arme. Erleichtert, die Vertrautheit unserer Körper zu fühlen, beruhigten wir uns.

»Schau dich um. Ich muss zurück in die Küche.«

Seine Wohnung war ins Abendlicht getaucht. Alles war klein und gemütlich. Eine gemütliche Männer-Single-Wohnung hatte ich bisher selten zu Gesicht bekommen. Die meisten waren funktional und praktisch. Er liebte Details, was ich bereits anhand der kleinen Blumensträußchen auf den Tischen in seiner Bar registriert hatte. Ich warf einen Blick in sein Zimmer. Ein großes buntes Tuch lag über dem Bett, eine Gitarre auf dem Schreibtisch, als hätte er eben noch gespielt. Viele Ordner und Bücher standen im Regal neben dem Tisch, dazwischen unzählige Bilder seiner Tochter in allen Altersstufen. Ich schaute sie mir an und sah ein bildhübsches Kind mit einem wilden Afro und hellen Augen wie ihre Mutter, die ebenfalls auf vielen Bildern abgelichtet war. Eine große, schlanke dunkelhaarige Frau. Ein etwas strenger Blick. Schlagartig wurde mir erneut klar, dass ich nichts über sein Leben wissen wollte. Die Bilder in meinen Kopf sollten wieder verschwinden und bloß keine neuen dazukommen. Ich wollte mir keine Gedanken darüber machen, was er außerhalb unserer Begegnungen trieb. Unsere nächtlichen Treffen reichten mir aus. Hierherzukommen war ein Fehler.

In der Küche brutzelte es und er hatte den winzigen Tisch liebevoll für uns beide gedeckt. Die zwei Küchenstühle standen eng gegenüber. Wir waren immer noch schüchtern. Anscheinend war es uns nur möglich, im Dunkeln miteinander vertraut zu sein. Diese ziemlich normale Küchensituation überforderte uns.

»Ich glaube, wir brauchen Alkohol.«

Marius entkorkte einen kühlen Weißwein und ich wusste nicht, wo ich hinschauen sollte.

»Oder was Härteres. Drogen?«, entfuhr es mir. Das Lachen entspannte uns. Er füllte unsere Teller und es rührte mich, wie viel Mühe er sich gegeben hatte.

Flori würde sagen: »Romy, dich rührt schon die Fliege an der Wand. Was ist schon dabei, wenn ein Typ dir mal ein Essen kocht. Nimm es einfach mal an, dass jemand etwas für dich macht. Einfach so, weil er dich mag.« Sie meinte immer, ich würde Dingen, die ganz normal waren, viel zu viel Bedeutung beimessen.

»Wieso sind wir so angespannt?«, fragte er, »wir kennen uns nun seit Monaten, sind verrückt nacheinander und dann sitzen wir hier wie zwei Deppen.«

Ich musste herzhaft lachen. »Dieses deutsche Wort kennst

du?«

»Vergiss nicht, ich war fast zehn Jahre mit einer deutschsprachigen Frau zusammen. Alle Schimpfwörter gehen auf ihr Konto.«

»Okay, du Deppi eins. Das ist die Verniedlichung von Depp. Habe ich mir gerade ausgedacht ...«

Er lachte sein Marius-Lachen, wobei er den Kopf in den Nacken warf und alles an ihm mit lachte. Seine Haare lösten sich mal wieder aus allen Gummis.

»Du bist Deppi eins und ich bin Deppi zwei. Wenn ich ehrlich bin, hab ich Angst vor der Veränderung, obwohl ich mich danach sehne. Und dann wieder nicht. Alles soll bleiben, wie es jetzt ist. Dann wieder nicht.«

Er schaute mich still an. »So geht's mir auch.«

»Wieso jetzt dieses Essen? In deiner Wohnung? Zu einer konventionellen Uhrzeit? Das sind gleich drei Veränderungen. Mein liebster Deppi eins.«

»Du weißt, ich denke nicht stundenlang nach und analysiere alles bis ins Detail. Ich hatte Lust, dir etwas Schönes zu kochen und dir mein kleines Reich zu zeigen.«

»Ich mag alles hier in deinem kleinen Reich. Ich könnte mich sofort zu dir in dein großes Bett legen und für immer hierbleiben. Keine Angst, ich sehe auch sofort deine Panik. Musst nicht deine Brille aufsetzen.«

Er setzte sie wieder ab.

»Aber du kannst mir nicht ein Stück deines Lebens dazugeben und es mir dann wieder wegnehmen.«

»Ja, weil du ein ewiger Nimmersatt bist und immer mehr willst. Meine kleine Deppi zwei.«

»Nimmersatt kennst du also auch.«

»Romy. Jetzt mal im Ernst. Ich bin wahnsinnig gern mit dir zusammen. Von mir aus auch noch ausgedehnter als bisher und viel öfter. Aber ... ich kann dir nichts versprechen. Meine größte Sehnsucht ist, wieder nach Afrika zu gehen. Ich möchte meine Mutter wiedersehen, mich mit ihr aussöhnen und ihr beweisen, dass aus mir, ihrem einzigen Sohn, doch noch etwas geworden ist.

Sie hat nie daran geglaubt, dass ich es zu irgendetwas im Ausland bringen würde. Ich habe noch in der DDR Jura studiert. Nach dem Studium hatte ich eine sichere Anstellung und gutes Geld verdient. Nach zwei Jahren vermeintlicher Sicherheit kam der Mauerfall und ich hätte mit dem ganzen Studium von vorne anfangen müssen. Karina, Maras Mutter ist diesen Schritt gegangen und ich weiß, dass sie mich dafür verachtet, dass ich so wenig ehrgeizig war. Das war dann auch das Ende unserer Beziehung. Ich hatte keine Kraft mehr. Sie hat mir die Pistole auf die Brust gesetzt: Diese Bar, die mir schon länger im Kopf herumschwirrte oder die Trennung. Die Vorstellung, dass ich viele Nächte weg sein würde und in ihrer Vorstellung die Frauen reihenweise abschleppen würde, hatte sie schon im Vorfeld verrückt gemacht. Es ging viel um sie und ihre Vorstellungen von mir. Wie ich bin, wie ich sein soll, was ich sagen soll, was nicht. Es passte alles nicht mehr, so leid es mir für unsere Tochter tut. Ich bin fast erstickt.« Er setzte seine Brille wieder auf und sprach weiter. »Nach unserer Trennung ging es mir nach der ersten Freiheits-Euphorie beschissen. Ich hing ein gutes Jahr in den Seilen und hab genau das gemacht, was Karina in ihren schlimmsten Vorstellungen prophezeite: Ich habe mich hängen lassen, habe mich in Frauengeschichten gestürzt, habe gesoffen und gekifft. Ich hatte keine Ziele mehr, keine Pläne und fühlte mich wie der volle Versager. Genauso, wie meine Mutter mir es immer prophezeit hatte. Karina war klug genug, mich in dieser Zeit in Ruhe zu lassen. Ich musste mir selbst aufs Brot gehen. Nein, das heißt anders. Keks. Ich musste mir selbst auf den Zünder gehen. Zünder, Keks, Brot. Ich rede schon so verdreht wie Roberta mit ihren Sprüchen.«

Wir lächelten kurz, an Robertas Verdrehungen denkend. Er fuhr sich mit beiden Händen durch sein Gesicht, strich seine Haare nach hinten und stopfte sie zum Feststecken in den dicken Zopfgummi.

Mit fester Stimme fuhr er fort. »Jetzt will ich mit den Einnahmen aus der Bar genug Geld zusammen sparen, um als Sohn, der es zu etwas gebracht hat, zu meiner Familie zurückzugehen. Das ist dieses Mal mein ureigenster Wunsch. Niemand hat mir zugeredet oder mich unterstützt. Diese kleine Bar ist ganz allein mein Werk. Und ...«, er stockte in seinem Erzählfluss. Er setzte die Brille wieder ab, und nahm meine Hände in seine. »Romy. Weiter geht mein Plan nicht. Ich kann dir keine Zukunft bieten. Ich sehe mich nicht in Deutschland und ich sehe dich nicht in Afrika.«

»Was ... was heißt das?« Ich war kaum in der Lage zu stottern und spürte meinen kneifenden Bauch.

»Du redest oft von deiner Sehnsucht, eine *richtige* Beziehung zu haben, was immer das ist. Ich kann dir keine richtige Beziehung geben. Ich kann dir das geben, was jetzt ist. So wie ich jetzt hier sitze, dich anschaue, dich liebe. Ich kann dir nur JETZT geben.«

Seine warmen Hände hielten meine ganz fest.

»Aber, du weißt doch gar nicht sicher, wie alles weiter geht. Mit dir, mit mir, mit uns. Das ganze beschissene Leben. Es weiß doch keiner.«

»Ich sage es dir jetzt schon, weil ich dich nicht enttäuschen möchte. Aber irgendwie habe ich es schon getan. Das kann ich bestens. Frauen enttäuschen.« Er seufzte, stand auf und quetschte sich um den kleinen Küchentisch, um auf meine Seite zu kommen. »Romy, lass uns das Jetzt leben und genießen.«

»Ja. Nein. Ich weiß nicht. Ich weiß gerade gar nichts.«

Wie Ertrinkende hielten wir uns aneinander fest und stolperten in sein Bett. Dort zog er mir das T-Shirt über den Kopf, die Kette riss und alle bunten Steinchen rollten im Zimmer umher. Egal. Ich zog an seinem Shirt, es blieb an seinen Haaren hängen. Wir lachten, schauten uns an und zogen uns weiter aus, magisch in den Augen des anderen eingerastet. Wie Zahnräder in einem Uhrwerk. Endlich nackt und schutzlos fielen wir übereinander her, saugten uns auf und wechselten zwischen Leidenschaft und Zärtlichkeit. Kurz vor dem Höhepunkt zögerte er, unterbrach, ließ uns durchatmen, suchte meine Augen und begann erneut.

Erschöpft, leer und zufrieden, lag ich in seinen Armen. Wir erinnerten uns an sein Essen, wärmten es hungrig auf und quetschten uns wieder an den kleinen Tisch in der Küche, beide auf einer Seite, ganz nah. Es war immer noch ungewohnt, nachts nicht in der Bar, sondern in seiner Wohnung zu sein.

Er räumte ab, nahm meine Hand und wir zogen wieder in sein großes gemütliches Bett um.

Mitten in der Nacht wachte ich auf.

»Marius.«

»Hmm ...«

»Bist du da?«

»Ja.«

»Gut.«

»Ja, gut. Schlaf weiter, meine Liebe.«

Meine Liebe. Das hatte er noch nie gesagt. Ich schlief wieder ein und genoss unsere erste gemeinsame Nacht in seinem Bett. Fast normal. Fast wie in einer richtigen Beziehung.

25

In aller Herrgottsfrühe stand ich leise auf, suchte meine Sachen zusammen und küsste den noch schlafenden Marius. Im Schlaf sah er noch mehr aus wie ein geschliffenes Kunstwerk. Zu schön, um echt zu sein. Meine bunte Afrikakette lag kaputtgerissen in seinem Zimmer, etwas melancholisch ließ ich die farbenfrohen Perlen zurück und fuhr mal wieder durch eine schlafende Großstadt nach Hause.

Der Bäcker in meiner Straße öffnete gerade und ich konnte dem Duft von Frischgebackenem nicht widerstehen. Zu Hause angekommen, duschte ich, kochte mir einen Kaffee und zog mich für den vor mir liegenden Kliniktag um.

Ich kam nicht dazu, nachzudenken, was eigentlich passiert war.

Wir hätten keine Zukunft, sagte er.

Er möchte zurück in seine Heimat, sagte er.

Er liebt mich JETZT, sagte er.

Was hieß das alles? Sahen wir uns noch? Musste ich irgendwas entscheiden? Was sagte ich dazu? Was fühlte ich denn?

Die Patienten dirigierten mich durch meinen Klinikalltag. Es gab so viel zu tun, dass ich mir selbst die Mittagspause gestrichen hatte. Mein Nachhauseweg dauerte eine halbe Stunde und ich versuchte, mich auf das Treffen mit Alex zu konzentrieren.

Wir kamen fast gleichzeitig an meiner Haustür an. Trotz meiner langjährigen Freundschaft mit Roberta war es das erste Mal, dass ich ihm allein gegenüber stand. Berta-und-Alex. Alex-und-Berta. Man nannte die beiden stets in einem Atemzug. Wie ihre Zwillinge. Max-und-Ben. Ben-und-Max. Obwohl, Max heißt nun Maxi. Maxi-und-Ben ging auch.

»Hi, Alex.«

Er umarmte mich wie üblich und ich staunte wieder, wie groß dieser Mann war. So, wie man sich Männer, die Handball spielen, vorstellte. Ein Handballmann. Er lud regelrecht dazu ein, es sich an seiner Brust gemütlich zu machen. Apropos Brust. Seit Flori mir erzählt hatte, wie zärtlich Alex mit ihren Brüsten umgegangen war, hatte ich ständig dieses Bild im Kopf. Ein Alex, der an Floris Brüsten schraubte.

Wenn Berta das gewusst hätte, würde sie nach dem ersten Schock wahrscheinlich sagen: *Ja, mit Bällen umgehen, das kann er. Auch mit den ganz Kleinen.*

Aber ich ahnte, dass es zu diesem Satz aus Bertas Mund nie kommen würde.

Unsere Unsicherheit mit ungeübtem Small Talk überspielend, setzten wir uns in die Küche, bis ich es nicht mehr aushielt. »Alex, was ist los?«

»Ich vermute, dass Flori dir unseren Ausrutscher erzählt hat.«

Ich schwieg und schob die Gläser auf dem Tisch zurecht, wischte die Krümel weg und schaute ihn an. Er begriff, dass ich nichts dazu sagen würde, und ich verfluchte Flori zum hundertsten Mal, dass sie mich da hineingezogen hatte.

Er fuhr einfach fort, sein unruhiges Wippen mit den Beinen zeigte mir seine Aufregung. »Natürlich überlege ich jetzt ständig, was wäre, wenn es mein Kind ist. Sollte ich Roberta nicht doch alles sagen? Soll ich weiter abwarten? Romy, ich brauche deinen Rat.«

»Alex, ich kann dazu nichts sagen. Rede mit Flori. Ihr habt mir nun beide wiederholt gesagt, dass es einmalig war, ein Ausrutscher und nichts weiter bedeutet. Wenn du es Roberta sagen willst, musst du aber auch mit Flori reden. Danach wird alles anders sein, das weißt du, und Flori muss sich auch darauf einstellen können.«

Jetzt schwieg Alex und ich redete weiter.

»Flori und Mirko gehen zu hundert Prozent davon aus, dass es ihr Kind ist, was da heranwächst. Ich weiß ehrlich gesagt auch nicht, was klüger wäre. Ich plädiere ja immer für die Wahrheit, egal, was passiert. Aber gerade ist alles so kompliziert. Alle unsere Beziehungen wären danach im Eimer, genauso wie meine Freundschaft zu Roberta. Unsere Gruppe würde auseinanderfallen wie verwelkte Blütenblätter in einem Strauß. Diese Bagage ist auch mein Halt, mein Leben. Ich möchte nicht, dass alles kaputt geht. Das wäre ein ganz schön hoher Preis für die Wahrheit. Was für eine gequirlte Scheiße!«

Alex grinste vor sich hin und drehte versunken sein Wasserglas in den Händen.

»Was grinst du so?«

»Berta sagt statt gequirlter Scheiße immer Mixscheiße. Was für eine Mixscheiße.«

Plötzlich mussten wir die Anspannung weglachen.

»Quirlscheiße.«

»Mixscheiße.«

»Scheißescheiße.«

»Kackescheiße.«

»Ich nehme es Flori sehr übel, dass sie mich da reingezogen hat. Ich hätte lieber auch nichts gewusst. Ich stehe genau wie du ständig im Konflikt damit, ob ich es Berta nicht sagen müsste. Als ihre Freundin? Berta und Flori sind für mich wie Schwestern, ich liebe sie. Aber zerstöre ich nicht zu viel, nur damit ich keine Gewissensbisse mehr habe? Ich tröste mich ständig mit meinen Bestenfalls-Gedanken. Bestenfalls sieht das Kind aus wie Mirko, also ein mittelblondes, mittelschlankes, blasses Kind mit wenig Charisma. Sodass alle Welt sieht, nur er kann der Vater sein. Dann könnte man einen Haken hinter eure Ausrutscher-Geschichte machen. Aber bis dahin? Hmm ... bleibt uns nur abzuwarten. Oder?« Ich füllte die Gläser mit Wasser nach.

Alex starrte vor sich hin. »Und im schlechtesten Fall sieht das Kind aus wie ich, sodass alle Welt sieht, nur ich kann der Vater sein?«

»Stimmt. Dann weiß ich auch nicht weiter. Redest du eigentlich mit Flori darüber?«

»Um Gottes willen. Nein. Ich habe es einmal probiert. Sie sagt, sie kann nicht in meiner Nähe sein, ohne mit mir ins Bett zu wollen.«

»... oder ins Feld.« Ich konnte es mir nicht verkneifen.

»Sie fand den Ausrutscher als etwas ganz Besonderes zwischen uns und würde ihn jederzeit wiederholen. Sie schiebt mich meilenweit weg, um sich und uns alle zu schützen.«

»Sie kann nur *weit weg* oder *ganz nah.* Ein besonderer Ausrutscher«, wiederhole ich, »und wie ist es für dich?«

»Ich finde auch, es war ein außergewöhnlicher Moment zwischen uns. Ich fühlte mich ihr so unglaublich nah. Sie war unglücklich und dabei in ihrer Ehrlichkeit so bezaubernd schön. Aber ich würde es nicht wiederholen. Ich liebe Roberta und bin ihr seit Ewigkeiten treu. Nur in unserer Jugend gab es mal eine Juliane. Ansonsten nur Roberta.«

Wir drehten unsere Gedanken noch eine Weile hin und her, dann fragte ich ihn, wie ich mit seinem Besuch umgehen solle. »Ist das noch ein zweites Geheimnis, das ich Berta nicht verraten darf?«

»Ich sage ihr, dass ich dich getroffen habe, um über Maxi zu reden. Nein, hast recht. Keine neuen Geheimnisse mehr.«

»Dann erzähl mir von Maxi.«

»Es fällt mir immer noch schwer, ihn ... äh sie, Maxi zu nennen. Aber inzwischen gehen wir ganz offen damit um. Maxi darf wie ein Mädchen sein. Und mir hilft der schlichte Satz, den wir in der Toskana den Kindern gesagt haben: *Manchmal ist das eben so.* Ein Mädchen im Jungenkörper. Keine Warum-Fragen mehr, kein schuldig fühlen mehr, dass wir etwas falsch gemacht haben könnten. Manchmal ist das eben so.«

»Willst du einen Schnaps?«

»Sowas hast du im Haus?«

Ich zeigte ihm die Flasche.

»Romy, das ist Amaretto, was für Mädchen. Hast du keinen richtigen Schnaps oder ein Bier?«

»Nur Amaretto und Weißwein.«

»Ich dachte, du hängst mit dem Barmann ab. Er sollte deinen Vorrat mal auffüllen.«

»Er war noch nie hier.«

»Echt? Romy, Romy. Was machst du nur mit den Männern?

Es gibt zwar immer jemanden an deiner Seite. Aber nie ist es der Richtige.«

»Genau. Ich kann es nicht mehr hören. Der Richtige. Das Richtige. Ich stehe scheinbar auf Unrichtiges. Falsches. Halbgares. Aber glaub mir, es ist gut so, wie es gerade ist und ich würde alles wieder so machen.

»Auch die Markus-Doppelleben-Geschichte?«

»Nein. Die nicht. Die zwingt mich, mir meinen Part dabei anzuschauen.«

»Und? Wie weit bist du damit?«

»Nicht viel weiter. Hab mich in das nächste Unrichtige gestürzt.«

»Ach, Romy.« Er seufzte, als wären die unrichtigen Männer an meiner Seite sein Problem.

»Alex, ich habe noch einen saublöden Spruch für dich. Gestern von Georg gehört. Ich platze, wenn ich ihn dir nicht sagen kann.«

»Schieß los!« Erwartungsvoll schaute er mich an und ich musste mich zwingen, ernst zu bleiben.

»Wer anderen in die Möse beißt, ist böse meist.«

»Romy! Ich hab sie doch nicht in die Möse gebissen!«

»Nicht?«, fragte ich ihn strafend mit hochgezogenen Augenbrauen.

»Romy, Romy! Du bist mir eine.«

»Man wird ja mal fragen können, wenn ich sowieso schon alles weiß.« Wir lachten und schenkten uns nach.

Eine halbe Stunde später verabschiedeten wir uns und waren keinen Schritt weiter, was nun für uns alle das Richtige sei. Ich versuchte mich andersherum reinzudenken. Was wäre, wenn Roberta wüsste, dass Marius, mein Barmann, einmal mit Flori Sex hatte. Müsste sie es mir sagen? Würde ich es wissen wollen?

Ich zermartere mir den Kopf, landete bei einem Nein und wusste, dass ich mir etwas vormachte. Was für eine gequirlte Mixscheiße.

26

Am 22. September 1997 wurde Luciana, Floris zweite Tochter, geboren. Eva, die stolze Oma, rief uns alle aufgeregt an. An diesem Tag war auch Nellys zwölfter Geburtstag und ich saß mitten im Kindergeburtstag, während ich Eva zuhörte.

»Romy, Romy! Sie ist da. Dreitausendeinhundertfünfzig Gramm, fünfzig Zentimeter, und sie heißt Luciana. Wir wollen das c wie tsch aussprechen. Du weißt schon, ein bisschen Italien im Namen. Immerhin ist sie da wohl entstanden.«

»Lutschiana«, wiederholte ich und konnte nicht glauben, dass Flori die Kleine nach dem toskanischen Hügel nannte, in dem sie mit Alex *ausgerutscht* war. Sie liebte den Drahtseilakt.

»Sie ist etwas früher gekommen als ausgerechnet. Aber egal. Sie ist gesund und wunderhübsch, wie Flori als Baby.« Eva war nicht zu bremsen, und ich hoffte für uns alle, dass sie wie Mirko oder Flori aussah. Besser wie Flori.

Als sie auflegte, wiederholte ich den Namen für mich und sprach ihn klangvoller aus. »Luciana.« Das c wie bei Cello. Willkommen auf dieser Erde, du kleines neues Mädchen.

Nelly freute sich, als sie hörte, dass Luciana am gleichen Tag wie sie Geburtstag hat. »Da können wir immer zusammen feiern«, jubelte sie völlig überdreht.

Sarah reagierte mit zusammengekniffenen Lippen und sehr erwachsener Stirnfalte: »Aber Nelly, du wolltest doch immer nur mit *mir* feiern!«

»Mach ich doch. Aber du hast erst im November Geburtstag. Geht doch beides.«

Mein kluges Kind, dachte ich. Immer die Wogen glättend und vermittelnd. Nellys genervter Ton war nur minimal wahrnehmbar. Schon öfter hatte ich in letzter Zeit erlebt, dass es kleine Risse im Gemäuer der Mädchenfreundschaft gab. Viel zu oft telefonierten sie stundenlang und erklärten einander, dass doch alles nicht so gemeint war.

Nur kurze Zeit später besuchte ich Flori zu Hause. Sie saß mit dem kleinen Bündel Mensch im Arm in ihrem Lieblingssessel und schaute ihre Tochter verliebt an. Die Szene erinnerte mich an ein Foto, das seit Jahren auf Evas Schreibtisch stand: Eine entrückte Eva mit der kleinen Flori im Arm. Der gleiche Blick, die gleiche Haltung. Die gleiche Verzückung. Die Mutter und ihr Kind, eine perfekte Einheit. Da sie ein Leben lang nur zu zweit waren, war es für Flori bis heute selbstverständlich, Teil einer Symbiose zu sein. Entweder mit ihrer Mutter oder seit ein paar Jahren die Versuche, das mit ihrem jeweiligen Partner zu leben. Andere Beziehungsmodelle kannte Flori nicht.

Wann immer wir über Beziehungen redeten, war das der größte Unterschied zwischen uns dreien, Flori suchte die Verschmelzung, ich hatte Angst vor der Verschmelzung und Berta wusste nicht, wovon wir redeten.

Es klingelte erneut und ein stolzer Mirko öffnete Alex, Berta und den Zwillingen die Tür. Alex, wie immer still und sich im Hintergrund haltend, schob seine Familie durch die Tür, die sofort zu Flori und dem Baby rannten. Ich sah seine Anspannung in jeder Pore seiner Haut. Sein Rücken war durchgedrückt, seine Augen wanderten unruhig umher, suchten meinen Blick und ich hoffte, dass ich halbwegs beruhigend zurückschaute. Bis hierhin war alles gut. Da das Baby aussah wie viele Neugeborene, war unsere Gemeinschaft nicht in Gefahr. Luciana hatte wenige Haare, ein zerknautschtes Gesicht und sehr zarte Gliedmaßen. Eine optische Verbindung zu Alex herzustellen, wäre ein Hohn. Eva verkündete aller zehn Minuten, dass Luciana aussehe wie Florence, als sie ein Baby war. Zum Beweis schleppte sie alte Fotoalben heran, die Alex und ich uns voller Neugier anschauten. Mir fiel auf, dass es nur zwei Bilder mit Floris Vater gab. Er stand linkisch und wie aus Versehen neben Eva. Auf einem Bild hatte er den Arm um sie gelegt, auf dem anderen stand er hinter ihnen und schaute mit schüchternem Lächeln in die Kamera.

Da alle anderen beschäftigt waren, fragte ich Eva, was mit Floris Vater eigentlich passiert war.

Wider Erwarten antwortete sie, als wäre es für sie das Normalste von der Welt, darüber zu reden. Das Baby schien alle Türen zu öffnen. Nur Alex und ich hörten die Antwort.

»Ach ja, Dieter. Er war meine große Liebe. Meine Mutter war sehr früh an einer Lungenentzündung gestorben und mein Vater hatte direkt danach wieder geheiratet und eine neue Familie gegründet. Seine neue Frau lehnte mich ab und ich wurde zu verschiedenen Verwandten abgeschoben. Da war ich gerade neun Jahre alt. Ich sage immer, ich war ein herumgereichtes Kind. Mal hier und mal da. Zu niemandem hatte ich eine sichere Bindung. Mit Flori, den Namen Florence hatte Dieter noch ausgesucht, weil er schon immer mal nach Florenz reisen wollte, wollte ich alles anders machen. Sie sollte auf keinen Fall herumgereicht werden. Ich wollte ihr und mir eine stabile Familie schenken. Eine verlässliche Beziehung. Vielleicht habe ich es auch übertrieben. Aber ihr wisst ja, man tut immer sein Bestes. Besser wusste ich es damals nicht.«

»Florence heiß Florence wegen der Stadt Florenz?«, fragte Alex sicherheitshalber nach.

»Ja. Ich hätte Dieter zu dieser Zeit jeden Wunsch erfüllt. Ich wollte so sehr, dass er mich liebte. Tja, und als ich schwanger war, hat er sich freiwillig für drei Jahre zum Militärdienst gemeldet. Für diese Fotos musste ich ihn fast zwingen, sich neben mich zu stellen. Ich war definitiv nicht seine große Liebe. Er hat sich schnell aus dem Staub gemacht und sich liebend gerne für Stationierungen im Ausland gemeldet. Er hat Karriere beim Militär gemacht, aber immerhin zuverlässig die Alimente gezahlt. Ich weiß nicht, wo er jetzt ist.« Eva klappte das Album entschlossen zu. »Ich hoffe, dass Flori meine Fehler nicht wiederholt und Luciana mehr Luft zum Atmen lässt. Ich werde aufpassen.«

Gleichzeitig drehten wir unsere Köpfe zu Flori und Luciana, die noch in derselben Position verharrten wie vor einer Stunde.

Mirko wuselte in der Küche herum, setzte sich neben die beiden, und schien nicht so recht zu wissen, wohin mit sich. Er schob seine Hände unter die Oberschenkel, kaute auf der Unterlippe und sein Blick flog unruhig im Raum umher. Dann zog er die Hände wieder hervor, legte sie in seinen Schoß und knackte mit den Fingern. Flori schien nichts mitzubekommen. Ihr Blick lag auf Luciana.

Maxi, der sich heute besonders hübsch angezogen hatte, sagte: »Wenn ich endlich groß bin, möchte ich auch ein Mädchenbaby haben.«

Alex und Berta hörten es ebenfalls, sie schauten sich einvernehmlich an. Alex rechte Lippe zog sich nach oben für sein bezaubernd schiefes Lächeln. Berta erwiderte es beim ersten Hochziehen seiner Lippe und zog ihren schönen Mund mit den vollen Lippen in die Breite. Nun verströmten beide ihr ansteckendes Lächeln. Unwillkürlich übernahm ich ihren Gesichtsausdruck und sah, dass Nelly mich beobachtete.

»Was ist los, Mama? Wieso lachst du?«

»Nur so. Weil Alex und Roberta sich so verschwörerisch angrinsen.«

Wie ich sie um diesen Blick beneidete. So einverstanden, mit dem, was war. So vertraut. So intim. Ich nahm eine neue Gelassenheit an den beiden wahr.

»Ach so.« Viel zu langweilig für Nelly.

27

Zum Jahresende flogen wir wieder nach Italien in das große Gästehaus. Eine Gruppe von elf Personen, sechs Erwachsene und mit Baby Luciana fünf Kinder. Wenn man Marta und Massimo mitrechnete, waren wir acht Erwachsene.

Die Zimmeraufteilung war gleich geblieben. Nelly und Sarah teilen sich das Apartment mit mir und klar war, dass ich auf dem schmalen Sofa schlafen würde. Roberta, Alex und ihre Kinder zogen wieder links von mir ein. Mirko, Flori und Luciana rechts.

Eva, Floris Mutter, hatte inzwischen eines der Gästezimmer auf Martas und Massimos Hof dauerhaft angemietet und pendelte zwischen Berlin und Pisa. Schritt für Schritt setzte sie ihren Plan um, zukünftig ganz in Italien zu leben. Die Gewissheit, dass es Flori gutging, ließ sie eigene Pläne schmieden.

Giuseppa, Alessandros Frau, lag im Sterben. Sie hatte noch mehr abgenommen und verlor zusehends ihre Kraft. Starke Schmerzmittel dämpften ihr Leiden. Flori erzählte mir, dass Giuseppa ihre Mutter Eva sehr mochte, was für mich nichts Neues war. Ich hatte es mit eigenen Augen gesehen.

In einem klaren Moment habe sie Eva ihren Segen gegeben, sollte es zu einer Liebesbeziehung zwischen Eva und Alessandro kommen, berichtete Flori, und dass Giuseppa es sich für die beiden wünschte.

Wenn ich Eva und Alessandro sah, wäre ich nie im Leben darauf gekommen, dass es da einen Hauch Anziehung geben könnte. Für mich waren die beiden zwei alt gewordene Menschen, die sich zur Hand gingen und dabei kaum beachteten. Die intensivere Verbindung gab es eher bei den beiden Frauen. Ich hatte registriert, wie zärtlich sie miteinander umgingen. Wie intensiv sie geredet hatten, als es Giuseppa noch besser ging. Wie sie sich angeschaut hatten. Wie Liebende. Aber was weiß ich schon von Liebe. Ich dachte auch an Evas Worte über Freundschaft, die es zu Beginn einer Liebe geben sollte. Die Grenzen zwischen Freundschaft und Liebe schienen fließend zu sein, da konnte man schon mal durcheinander kommen.

Unsere gemeinsame Toskana-Woche zu Ostern und zwischen den Jahren war zu einem festen Ritual in meinem Leben geworden. Lange vorher freute ich mich schon auf diese Zeit der Langsamkeit. Auf die langen Stunden in diesen kurzen Tagen. Das Ruhen inmitten der Natur, dem Stillerwerden meiner Gedanken. Auch, meiner Gedanken um Marius. Außerdem freute ich mich, das Jahr mit meinen liebsten Freundinnen Roberta und Flori ausklingen zu lassen.

Die Kinder verkrümelten sich irgendwohin und brauchten uns Erwachsene kaum. Baby Luciana wurde herumgereicht und nur für kurze Schlafintervalle abgelegt. Wir machten dem Begriff *Tragekind* alle Ehre, da jeder sie halten wollte.

Mirko versteifte sich jedes Mal, wenn sie bei ihm landete und hielt dabei fast die Luft an. Ich sah und fühlte sein Unbehagen. Er hielt sie wie einen Gegenstand und prompt weinte sie bei ihm. Beruhigte sie sich nicht, wurde sie liebevoll weitergereicht. Ich ertappte mich immer öfter dabei, dass er mir leidtat. Er gab sich so viel Mühe, doch er blieb ein Fremder, selbst bei seiner Tochter. Falls sie seine Tochter war.

Zu den Mahlzeiten versammelten wir uns wie gewöhnlich um den großen Holztisch und genossen *Aperitivo, Primi, Secondi, Dolce und Caffé.* Marta war erst dann glücklich, wenn wir uns die Bäuche hielten und lallten, dass wir nicht mehr konnten. »Wirklich nicht, Marta!«

Nur Marius fehlte mir. All mein Bitten und das Schwärmen davon, wie schön das Land und die toskanischen Hügel wären, wie freundlich die Italiener, nützte nichts. Er war nicht zu bewegen mitzukommen.

»Glaub mir, Romy, es ist besser so.« Das war seine Standard-Antwort und jedes Mal fuhr ich wütend und enttäuscht von ihm weg. Spätestens am Ende eines Jahres zerfleischte ich mich und fragte mich, was ich da schon wieder lebte. Nichts Richtiges. Nichts Ernstes. Wieder nur etwas Halbes. Ich wertete unsere gemeinsame Zeit als vergeudete Zeit ab und wollte mich trennen. In meinem Überschwang und im Schutz der Distanz, schrieb ich ihm von meiner Verzweiflung und wusste, dass er nicht um mich kämpfen würde.

»Wenn das für dich besser ist, Romy, machen wir das so. Ich vermisse dich und ich verstehe, wenn du so nicht weitermachen kannst. Beides.«

Wer wollte denn so etwas lesen oder hören? Ich wollte kein Verständnis! Er sollte Vorschläge machen, wie wir zusammenbleiben könnten. Er sollte mich schnappen und mit mir abhauen. Er sollte verrückt werden ohne mich.

Im Laufe der Tage verschwand mein Selbstmitleid und ich ergab mich meinem Schicksal. Im neuen Jahr, wenn ich nach Berlin zurückkehrte, ließ ich mich jedes Mal sofort in seine bereits geöffneten Arme fallen. Genoss das, was gut war und blendete die Zukunft aus.

An manchen Tagen war ich ihm mit Haut und Haar verfallen und an anderen Tagen wollte ich, dass er abhaute. Mich losließ. Mich freigab. Es war verworren, wer wen mehr festhielt.

Müde lag ich vor dem knisternden Kaminfeuer auf dem großen Sofa, hörte Klappern in der Küche, ohne zu wissen, wer da war. Ich hielt den fünfseitigen Brief von Markus in den Händen, der bereits vor zwei Wochen bei mir angekommen war. Ich war gewillt, ihm zu antworten.

Die Quintessenz des Briefes stand im letzten Abschnitt:

> *... ich habe viel verstanden. Meine Portion am Misslingen unserer Beziehung habe ich seziert wie eine Leiche bei der Obduktion, das kannst du mir glauben. Aber auch Du, Romy, hast weggeschaut und ausgehalten. Ist Dir das so klar wie mir? Ich bin nun wieder fest in Berlin, arbeite wieder in meinem alten Büro und sehe auch meinen Sohn regelmäßig. Ich würde*

so gern über alles in Ruhe mit Dir reden und bitte Dich um ein Treffen. Bitte, Romy. Es würde mir viel bedeuten. Sehr viel …

Markus legte mit seinen Sätzen den Finger auf eine offene Wunde. Ich steckte erneut in einem Beziehungs-Schlamassel und hatte die letzte verkorkste Beziehung noch nicht mal richtig verarbeitet. Zwar hatte ich mein Vorhaben eingehalten, mir keine Zweitbeziehung und Liebhaber mehr zuzulegen, hatte mir allerdings zielsicher einen Mann gesucht, der definitiv nicht bei mir bleiben wollte.

Ich war beziehungsunfähig. Das war das vernichtende Fazit meines Jahres.

Massimo legte Holz nach und redete italienisch mit Ben, der ihm inzwischen italienisch antworten konnte. Die beiden waren ein Herz und eine Seele. Kaum waren wir im Gästehaus angekommen, rannte Ben ins Wohnhaus zu Massimo und Marta. Es gab offene Arme und Herzen und ein herzliches und lautes »*Ciao Ben … Benissimo*«, und schon zogen Massimo und Ben in den Olivenhain. Wenn ich mich nicht täuschte, hatten beide den gleichen Gang, die gleiche Gestik und Mimik. Das gleiche Basecap. Neuerdings begleitete Lucy, ein neuer Hundewelpe, die beiden. Lucy sprang vor und zurück und hüpfte ab und zu vor lauter Lebensfreude aus dem Stand mit allen Vieren in die Luft.

Lächelnd schaute ich ihnen hinterher. Wenn ich meinen Kopf nach rechts drehte, sah ich Flori, die mit einem abwesenden Blick auf Luciana schaute, die zu ihren Füßen auf dem Teppich lag. Luciana weinte und berührte dabei immer wieder mit ihren unkoordiniert rudernden Armen und Beinen Floris Bein. Flori zog angewidert ihren Fuß weg, ohne einen Blick auf ihr Baby zu werfen.

Ich erschrak und nahm Luciana in die Arme, die sich langsam beruhigte. Ihr ganzer Körper bebte und war in Aufruhr. Ich wiegte sie so lange, bis sie wieder gleichmäßig atmete. Dann zog ich Flori an der Schulter und es dauerte ein paar Sekunden, ehe sie mich fassungslos anstarrte. »Oh, Luciana-Baby, hast du geweint? Komm zu Mami.« Sie nahm sie mir aus dem Arm und bedeckte sie mit Küssen.

»Flori, du hast nicht mitbekommen, wie sie geweint hat. Du hast sie regelrecht weggeschoben! Was ist los mit dir?«

»Ich war in Gedanken versunken. Halb so wild. Ihr sagt doch immer, ich soll sie nicht erdrücken mit meiner Liebe. Was denn nun?«

»Du hast nichts mitbekommen, das ist was anderes!«

»Aber du machst immer alles richtig, oder?« Genervt von mir, schnappte sie sich Luciana und verließ den Raum.

Roberta, die die Szene von Weitem mitbekommen hatte, beruhigte mich. »Rommel, jetzt mach aus einer Mücke keinen Elefanten. Wir sind alle mal genervt von unseren Kindern.«

»Schon, aber irgendwas war komisch.«

Teil II

Zwei Jahre später.
September 1999 bis Dezember 2000

28

Am 22. September 1999 war Nellys vierzehnter und Lucianas zweiter Geburtstag. Zum ersten Mal traf sich die Sippe, wie wir uns zuweilen liebevoll schimpften, in meiner Wohnung. Sie wurde im letzten Jahr saniert und mit der kleinen Nachbarswohnung zusammengelegt. Nelly fand die Idee, dass die ganze Sippe zu uns kommt, nur *so mittel.* Wie ich diesen Ausdruck verabscheute.

»Nelly, wie findest du das?«

»So mittel.«

Wie unsere Patienten in der Klinik, die aufgegeben hatten und ihren Zustand nicht besser beschreiben konnten. So mittel. Geht so. Muss ja.

Sie zeigte uns ihr Schmoll-Nerv-Gesicht, denn sie wollte ihren vierzehnten Geburtstag anders feiern. So wie sie wollte. Cooler. Nur mein Versprechen, dass sie abends mit ihren Freunden in diesen neuen Club durfte, ließ sie überhaupt mit uns an einem Tisch sitzen.

»Alle dürfen, Mama! Ihr seid so peinlich«, war inzwischen das Hauptargument in unseren Diskussionen. *Mama* wurde wahlweise in *Papa oder ihr alle* getauscht, ansonsten gab es selten zusätzliche Worte in der Argumentationskette, egal worum es ging.

Alle dürfen, nur ich nicht.

Ihr seid peinlich.

Sie musste um zehn Uhr zu Hause sein, und Mike, ihr Vater, wollte sie abholen, auch wenn alle anderen länger durften und wir wieder peinlich waren. Vor sich hinzischend akzeptierte sie den Deal und ich wusste, dass sie wieder die Augen rollte, sobald sie sich umdrehte. Sarah, die Nelly zuliebe das schwere Schicksal mit ihr teilte, saß neben ihr. Beide sahen aus, als hätten wir ihnen gesagt, sie sollen sich rückwärts aus dem vierten Stock abseilen. Dabei wollten wir lediglich auf die Geburtstage der beiden Mädchen anstoßen. Zwei Stunden am Nachmittag, meine Herrn!

Vergnüglicher beobachtete ich die tapsige Luciana, die noch weit davon entfernt war, in Clubs zu gehen oder genervt zu sein. Wie die Sommersonne höchstpersönlich verzauberte sie uns im Nu. Selbst die schmollende Nelly konnte sich ein Lächeln nicht verkneifen, wenn Luciana die Ärmchen nach ihr ausstreckte.

Unsere Oster-, Weihnachts- und inzwischen auch Sommeraufenthalte in der Toskana waren durch die Kleine wahre Höhepunkte des Jahres geworden. Alles erlebten wir wie ein erstes Mal, alles entdeckten wir mit ihr neu. Wir sahen die Welt durch ihre Kinderaugen.

Da wir in ständiger Angst lebten, Luciana zu sehr zu bevorzugen, profitierten die älteren Kinder von unserem schlechten Gewissen. Nach einer Luciana-Session mit vielen Ah‘s und Oh‘s und wie niedlich, guck mal, wandten wir uns blitzschnell Nelly, Sarah, Maxi und Ben zu.

Klug, wie die vier waren, hatten sie prompt jedes Mal einen Wunsch parat, den wir dann konsequenterweise erfüllen mussten.

Alex, Flori und ich hatten mit Hochspannung Lucianas äußere Veränderungen beobachtet, wobei Flori eindeutig die Entspannteste von uns war. Als hätte das alles nichts mit ihr zu tun. Manches Mal nervte mich ihre Coolness und ich musste mich zusammenreißen, sie nicht ständig damit zu konfrontieren.

Luciana hatte mittlerweile lockige strohblonde Haare, grüne Augen und eine sehr helle Haut. Äußerlich war sie das komplette Gegenteil von Alex mit seinen braunen Augen und den dunklen Haaren. Ganz zu schweigen von seiner Haut, die auch im Winter eine bernsteinfarbene Tönung zeigte. Wenn wir ehrlich waren, Luciana sah weder ihrer Mutter noch ihrem Vater ähnlich.

Selbst Eva hatte aufgehört zu betonen, dass sie wie Flori aussah. Luciana war Luciana. Sie hatte nichts von niemandem geerbt, als wollte sie die Vatersuche auf ein höheres Level stellen. Verschmitzt schaute sie sich um. Seit Kurzem zeigten sich zwei kleine Grübchen, wenn sie lachte und über der rechten Lippe eine kleine rote Hautverfärbung, wie ein Muttermal. Alex war völlig fixiert auf dieses Mal, weil es seinem Leberfleck über der rechten Lippe ähnelte.

»Romy. Die gleiche Stelle, die gleiche Größe. Das ist doch kein Zufall!«

»Alex, entspann dich. Schau dir dieses Kind an, wenn es von dir ist, fress ich einen Spaten. Da ist nichts, gar nichts von dir drin. Noch mal Glück gehabt, würde ich sagen. Jetzt lass endlich los. Manchmal denke ich, du willst, dass sie von dir stammt.«

»Um Gottes willen nein, so süß wie sie auch ist. Nein, meine Familie reicht mir völlig aus.«

»Du hast bei Spaten gar nicht gelacht.«

»Heißt das nicht so? Ich höre diese Sprüche so oft falsch, ich weiß nicht mehr, wie sie richtig heißen. Nicht Spaten?«

»Besen.«

Er knallte seine Hand an die Stirn, und ich freute mich, ihn endlich mal wieder entspannt lachen zu sehen.

Roberta kam mit einem Prosecco in der Hand auf uns zu.

»Na, ihr beiden, was gibt's zu tuscheln und zu gackern?« Kaum saß Roberta bei uns, kletterte Luciana auf ihren Schoß.

»Du kleiner Lutscher. Was willst du mir zeigen?«

Die beiden waren ein Herz und eine Seele.

»Berta, nenn sie nicht Lutscher. Sonst heißt sie später überall Lutscher. Ich verbiete es dir!«, schimpfte Flori.

Roberta konnte ein Grinsen nicht unterdrücken. »Ich kann mich mit dem Namen Luciana nicht anfreunden, das ist für mich ein Dorf in der Toskana. Dann nenn ich sie eben Luco oder von mir aus Luci.«

Lutscho oder Lutschi, super.

Mirko, der in letzter Zeit deutlich selbstsicherer auftrat, verteidigte seine Tochter. »Hey, hey. Meine Tochter hat den schönsten Namen der Welt. Sie erinnert mich immer an italienische Pasta, italienischen Sommer, italienischen Wein ...«

»... italienisches Eis. Gelati. Ich hätte sie auch Gelati nennen können«, ergänzte Flori schelmisch. Sie ging in ihrer Mutterrolle komplett auf. Im ersten Jahr nach Lucianas Geburt wirkte sie angespannt, gluckenhaft und kontrollierend.

Jeder Schnupfen entwickelte sich zu einer Tragödie, bei der das Kind hätte sterben können. Flori war nahezu hysterisch gewesen. Sie gab alles, um Lucianas Überleben zu sichern. Nachts schlief sie dicht bei ihr, und in der Zeit um den achten Lebensmonat, als Anna damals aufgehört hatte zu atmen, schlief Flori gar nicht mehr. Sie sah aus wie ein Zombie. Sie wechselte sich mit Mirko und ihrer Mutter ab, Nachtschichten an Lucianas Bett abzuhalten. Erst am Ende des neunten Monats glaubte sie daran, dass Luciana überleben würde.

Wir beruhigten sie in dieser kritischen Zeit, fieberten mit und waren erleichtert, als Luciana ihren ersten Geburtstag feierte. Das erste Lebensjahr war geschafft. Lucianas zweites Kind lebte. Im Schneckentempo erlaubten sie sich Nächte des Durchschlafens.

Flori blieb aber die geborene Fürsorge, die geborene Aufmerksamkeit. Alle verfügbaren Antennen waren bei ihrer Tochter, auch wenn es aus meiner Sicht deutliche Aussetzer gab und Flori weiterhin wegdriftete oder durch Luciana hindurch schaute. Ich thematisierte es nicht mehr, da ich dann diejenige war, die übertrieb. »Romy, du siehst alles durch deine Psychologenbrille. Komm mal runter!«, waren noch die netteren Antworten meiner Freundinnen.

Eigentlich gab es nur zwei Szenarien. Luciana fiel auf den Po und Flori saß sofort neben ihr und tröstete sie, sodass Luciana keine Chance hatte, in Ruhe zu Ende zu fühlen, ob es überhaupt wehtat und sie Trost gebraucht hätte. Oder Luciana fiel hin, weinte und Flori reagierte gar nicht. Alle fixierten sich auf die erste Szene und schimpften mit ihr, weil sie zu schnell reagierte.

Roberta in ihrer unnachahmlichen Art brachte es mal wieder auf den Punkt. »Flori, jetzt lass ihr doch mal Luft zum Durchatmen. Du erstickst sie ja, wie ein ... wie einen Keimling.« Sie musste selbst über ihre Metapher lachen. »Mir ist nichts Besseres eingefallen. Keimlinge können durchaus ersticken«, verteidigte sie sich, und wir stimmten in ihr Gelächter ein. Lutschi, der kleine Keimling.

Neben der überbordenden Fürsorge und Floris zeitweiliger Abwesenheit flammte auch manchmal eine aggressive Seite in ihr auf und ich fragte mich, wieso die anderen das so ausblendeten. Sie nahm Luciana zu fest an den Arm. Ich sah ihr kräftiges Zudrücken und die Male an Lucianas Armen. Ein anderes Mal schob sie sie unbemerkt zur Seite, wich ihr aus oder verzögerte ihr Kommen, wenn Luciana sie brauchte. Diese Seite war selten, aber sie war da.

Mirko und Flori waren in den letzten beiden Jahren mindestens zehnmal getrennt gewesen. Wir waren nie sicher, ob er bei unseren Sippentreffen dabei sein würde oder nicht. Nach jeder Trennung zog er in seine eigene Wohnung, die er zum Glück nie aufgegeben hatte. Spätestens nach einer Woche kehrte er zu Flori zurück. Beide litten, wenn sie nicht zusammen waren. Waren sie zusammen, krachte es spätestens nach zwei Monaten.

Roberta nahm Mirko immer wieder in Schutz und sagte, Flori würde ihn hin- und herschubsen wie eine Marionette.

Ich konnte mich an unsere Diskussion darüber gut erinnern. Wir waren das erste Mal nach längerer Zeit wieder an einem Freitag in der Bar. Mirko und Eva, Floris Mutter, passten auf Luciana auf. Nur die Absicherung, dass zwei Menschen, denen sie vertraute, zu Hause bei ihrer Tochter waren, ließen Flori außer Haus gehen.

»Flori, du übertreibst total«, schimpfte Roberta, kaum dass wir saßen. »Hast du Sehnsucht nach Mirko und fühlst dich alleine, soll er sofort kommen. Ist er dir zu viel, schiebst du ihn weg. So hast du das früher schon immer gemacht. Erst sattessen und dann ausspucken.« Nur Roberta, die Mirko mochte, durfte so reden, wenn Flori sich über ihn beschwerte.

»Wie wir miteinander leben, geht dich gar nichts an. Er kann mir selber sagen, wenn ihm was nicht passt. Er braucht keine Mama, die ihn in Schutz nimmt«, konterte sie giftig. »Und du, Romy. Willst du deinen Senf auch noch dazugeben?«

»Nein. Nicht, wenn du so drauf bist.«

Marius brachte uns die Getränke und strich mir sanft über den Rücken. Er spürte unsere Anspannung und verzog sich schnell wieder.

Kaum war er weg, zischte Flori weiter: »Ihr Supermütter. Superfrauen. Ihr könnt mich alle mal! Bei euch ist immer alles bestens, oder?« Flori drehte sich weg von uns, verschränkte die Arme über ihrem immer noch kleinen Busen und bebte vor Zorn.

»Hey, Flori. Wir sind nicht der Feind. Entspann dich, wir sitzen in einem Boot ...«, versuchte Roberta, die Wand des Schweigens zu durchdringen, »hey ... Flöhränze?«

Bei Flöhränze musste sie immer lachen. Sie drehte sich wieder zu uns. »Ookaaay, und nenn mich nicht Flöhränze.«

»Ookaaay ...« , antwortete Roberta. »Flöhränze.«

Ein paar Tage nach dieser Diskussion traf ich Mirko zufällig in der Markthalle. Er sah kreuzunglücklich aus, war abgemagert, lieblos gekleidet und nahm nichts um sich herum wahr.

»Mirko?«

Er erschrak und ich entschied spontan, ihn auf eine Pizza einzuladen. Unser Verhältnis war nach wie vor unterkühlt, ohne Tiefgang. Ich war froh, dass er widerstandslos mitkam. Wir gingen nebenan zum *Italiener*, stellten unsere Einkäufe ab und bestellten Pizza und Pasta. Mirko hatte kaum Kraft, seine Pizza zu schneiden und säbelte seit Minuten erfolglos an einem einzigen Stück herum. Am liebsten hätte ich ihm das Besteck aus der Hand genommen und kleine Stücke für ihn geschnitten.

»Mann, siehst du schlecht aus. Was ist los?«

»Ich muss wohl mal wieder ausziehen und ich habe kaum noch Kraft für dieses Hin und Her. Flori hat nur Augen für die Kleine. Sie ist völlig fixiert auf sie. Ob ich da bin oder nicht ist ihr völlig egal. Weißt du, seit Lucianas Geburt schlafe ich im Kinderzimmer und Luciana neben Flori im großen Bett. Das stimmt doch alles nicht. Oder ticke ich falsch? Machen das alle Mütter am Anfang so?«

»Vielleicht braucht Flori noch Zeit? Ich weiß, dass ich auch immer unruhig war, wenn Nelly nicht in meiner Nähe war.«

»Du weißt ja, dass ich adoptiert wurde, als ich zwei Jahre alt war. Ich habe keine Erzählungen oder Fotos über meine Babyjahre. Ich weiß nicht, ob mich jemand so angeschaut und getragen hat, wie Flori das mit unserer Kleinen macht. Sicher nicht. Manchmal verfluche ich es, dass wir ein Kind bekommen haben. Luciana absorbiert Flori vollständig. Für mich bleibt nichts übrig.«

»Oh, das klingt verdammt anstrengend. Hattest du es denn später gut bei deinen Adoptiveltern?«

»Ja. Maria und Hans. Für mich sind das meine Eltern. Einfache und herzensgute Menschen. Sie wollten immer, dass ich gut im Leben klarkomme und ich sollte mich auf keinen Fall abhängig machen. Was immer das bedeutete. Bei ihnen habe ich genau das gelernt, alleine klarzukommen. Ich habe mich immer nach dem Gegenteil, der Nähe, gesehnt. Und mit Flori ging das wunderbar. Sie kann das gut, Nähe aushalten, Nähe herstellen, ganz eng und immer zusammen sein. Ich kann das nur in kleinen Dosen vertragen. Zu viel Nähe macht mich unruhig und irgendwann auch wütend und aggressiv. Dann weiß ich nicht mehr, wo ich aufhöre und wo ich anfange.«

»Die Grenzen verschwimmen.« Ich hörte meine Therapeutensprache und erschrak über mein oberkluges Zusammenfassen. »Deswegen hat es ja schon oft bei euch gekracht«, schob ich schnell nach. So normal wie möglich.

»Deswegen, ja ... Einerseits.« Er schob sich endlich ein Stück Pizza in den Mund, ohne es wahrzunehmen, und erzählte weiter. »Aber es kracht auch zwischen uns, wenn ich zu lange *mein Ding* mache. Flori hält es nämlich überhaupt nicht gut aus, ganz alleine zu sein oder auch mal ein Nein von mir zu hören. Wenn ich zum Beispiel zu ihr sage: *Flori, ich mach das schnell zu Ende. Ich hab jetzt keine Zeit ...* piesackt, nervt und erpresst sie mich dann so lange, bis ich mich ihr wieder zuwende oder ausraste. Das war die andere Hälfte unserer Streitereien.«

»Das war mir gar nicht so klar, macht aber Sinn. Flori war ja auch noch nie in ihrem Leben allein.«

»Es gibt aber auch Situationen andersherum. Wenn ich Nähe möchte, habe ich keine Chance, sie zu bekommen. Sie stößt mich einfach weg, dreht sich um, steht wie ein Stock da, wenn ich sie umarme. Sie ist die Spielleiterin unseres Lebens und ich habe mich nach ihren Wünschen zu bewegen. Dann haben wir einigermaßen gute Zeiten. Aber seit Luciana auf der Welt ist, gibt es das nicht mehr, dass sie meine Nähe vermisst oder sucht. Sie ist nicht mehr allein.« Ich sah den dunklen Schatten des Verstehens, der sich über sein Gesicht zog. Als wäre ihm gerade etwas klar geworden, was ihm schwer zusetzte.

Und messerscharf kombinierte ich, dass Flori eigentlich das suchte, was Mirko konnte, gut mit sich allein sein, und er suchte, was sie gut konnte. Symbiose. Nähe aushalten. Ineinander aufgehen, immer beisammen sein, ohne den Drang zu verspüren, wieder Distanz herzustellen. Wenn ich mal groß bin, werde ich Paartherapeutin, dachte ich. Das musste ich Georg erzählen.

»Romy, ich muss los. Ich will noch Maria besuchen.«

»Deine Adoptivmutter?«

»Ja, aber sag Mutter, nicht Adoptivmutter. Sie ist meine Mutter. Hans ist schon vor drei Jahren gestorben und sie lebt in einem Altersheim. Sie waren beide schon älter, als ich zu ihnen kam. Ich besuche sie, so oft ich kann.«

Er schlich mehr oder weniger davon und das zweite Mal hatte ich ein warmes Gefühl für diesen unscheinbaren Mann. Mitgefühl.

29

Gleich morgens traf ich Georg beim Bäcker und wir schlenderten, jeder einen Kaffee und eine Tüte mit Croissants in der Hand, gemütlich in die Klinik.

Georg fragte regelmäßig nach, ob ich mich noch mit dem Barmann traf. Er nannte ihn konsequent den Barmann, da er nicht glaubte, dass er der richtige Mann für mich wäre und es sowieso bald vorbei sein würde.

Jede Woche aufs Neue wunderte er sich, dass wir immer noch *so was wie zusammen* waren. Schon wie er das sagte, als müsste er schmutzige Unterwäsche von Fremden mit der Hand waschen. Bevor er heute wieder nervte, sagte ich es ihm gleich.

»Georg. Unverändert. Heute Abend kommt er zu mir. Zum Glück weiß er bereits, dass ich nicht kochen kann. Ich soll nur die Zutaten einkaufen, er kocht.«

»Meinst du, das wird noch länger so bleiben? Ihr habt keinen Alltag zusammen, du bringst ihn nirgendwo hin mit. Er nimmt dich nirgendwo hin mit. Ihr trefft euch seit mehr als zwei Jahren ... fehlt dir nichts?«

»Doch. Wenn du mich so fragst, würde ich gern mehr wollen. Das ganze Programm. Ausflüge machen, Freunde treffen, zusammen ziehen, in den Urlaub fahren, eine Zukunft planen. ... Aber das alles geht nun mal mit ihm nicht.«

»Redet ihr darüber oder ist das ein Tabu?«

»Wir reden darüber, aber inzwischen deutlich weniger. Er will zurück in seine Heimat, das hat er mir von Anfang an gesagt, und wenn ich zu viel will, erinnert er mich daran und das Gespräch ist beendet. Ende des Jahres schließt er die Bar, dann hat er sein Geld zusammen. Dann ändert sich sowieso alles.«

»Und du? Wie ist das für dich«, fragte Georg vorsichtig.

Ich ließ mir Zeit mit der Antwort, dachte nach und seufzte.

»Normal.«

Sofort boxte er mich auf den gewohnten Oberarm. Der blaue Fleck an dieser Stelle ging inzwischen nicht mehr weg.

»Du bist echt doof, Romy. Meine Frage war wirklich ernst gemeint. Es interessiert mich, da ich das so wie du niemals könnte.«

Ich rieb meinen Arm und sagte ihm, er solle zur Abwechslung mal auf den anderen Arm boxen. Ich sah aus, als hätte ich einen prügelnden Ehemann zu Hause.

»Ach, Georg. Auf eine Weise ist es für mich auch normal geworden. Ich versuche, nicht an die Zukunft zu denken. Blende sie aus, so gut ich kann, und glaub mir: Ausblenden kann ich sowas von gut. Wenn ich meine Sehnsüchte zulassen würde, wäre ich nur traurig und dann würden Abende, wie heute gar nicht mehr stattfinden. Meine Sehnsucht geht ja immer in die Zukunft, aber jetzt ist er da. Unsere Situation zwingt mich, das Jetzt zu lieben.«

Ich rieb weiter an meinen Arm, langsam liefen wir weiter.

»Du weißt, wir hatten letztes Jahr versucht, uns nicht mehr zu sehen. Das war eine Katastrophe, und mir ging es so elend wie lange nicht. Ich wusste, dass er in der Stadt ist und nur ein paar Minuten von mir weg in der Bar arbeitet. Das ging so alles nicht. Ich lebe diese Liebe jetzt bis zu ihrem natürlichen Ende.«

»Und du weißt sicher, dass es dieses Ende geben wird?«

»Ja, das weiß ich.«

Georg war ganz still und ich wollte nicht mehr darüber reden. Es machte mich traurig.

»Lass uns lieber über Paartherapie und einen eigenen Praxisraum nachdenken. Das hat wenigstens Zukunft«, lenkte ich ungeschickt ab.

Aber Georg wäre nicht Georg, wenn er das unkommentiert lassen würde. »Romy ... Wenn es interessant wird, lenkst du jedes Mal ab. Ich versuche nur, dich zu verstehen. Also dich und deine Männerbeziehungen. Bist du gar nicht neugierig, bei welchem Typ Mann du immer wieder andockst?«

»Nein. Sind die vergleichbar?

»Aber hallo, das sieht doch ein Blinder.«

»Wenn es vorbei ist, darfst du mir konstruktive Fragen stellen. Okay? Jetzt will ich es nicht analysieren. Ich will diesen Mann bis zu seinem Abflug. Punkt.«

»Du passt gerade echt in eine Gruppe Pubertierender. Ich will, ich will, aber ich will nicht darüber reden. Apropos Gruppe. Heute bewegen wir uns wieder. Aber hallo!«

Stolz, dass sein Anliegen nach mehr Bewegung fast widerspruchslos von den Gruppenteilnehmern angenommen wurde, rieb er sich wiederum lustvoll die Hände.

Georg sah ein bisschen aus wie der junge Hugh Grant. Jede Frau mittleren Alters wollte ihn zum Schwiegersohn und jede jüngere Frau wollte mit ihm ins Bett. Da er ein bescheidener Mann war, löste er auch bei den Männern kein markierendes Revierverhalten aus. Er wickelte sie alle um den Finger. Selbst unsere Chefin.

In der Klinik angekommen, besprachen wir im Dienstzimmer die Neuaufnahmen.

Meine Chefin sagte chefinnenmäßig zu mir: »Frau Wagner, Frau Markdorf ist wieder auf der Warteliste. Ich hatte das Vorgespräch mit ihr und sie möchte nur zu Ihnen. Ich hoffe, Sie können sie am Montag aufnehmen.«

»Am Montag schon?« Ich war perplex. Erstens darüber, dass Frau Markdorf wieder in die Tagesklinik kommen würde und zweitens darüber, dass meine Chefin einfach den Aufnahmezeitpunkt festlegte. Ich war voll, voll, voll. Wo sollte ich sie noch dazwischen schieben? Es war zwecklos, um Aufschub zu bitten. Sie würde sagen, Herr Müller könne entlassen werden, der ist doch stabil oder Frau Wagner?

Ich kapitulierte, bevor ich zweimal Luft geholt hatte. »In Ordnung. Am Montag dann.«

Auch dieser randvolle Tag hatte ein Ende und abends rief ich meine Mails und Kurznachrichten ab.

Nelly, die noch bei ihrem Vater war, teilte mir mit, dass sie erst Montag zu mir zurückkomme. Sie verreise übers Wochenende und sei erst spät am Sonntagabend zurück. Gut.

Marius schrieb, dass er schon früher zu mir kommen könne. Sehr gut.

Flori fragte, ob ich sie anrufen könne. Mirko wäre weg. Weg? Und Roberta fragte, wann wir mal wieder in die Bar gehen könnten, sie bräuchte dringend einen *Sex on the beach.*

30

Ich entschied mich, zuerst einzukaufen und dann Flori anzurufen. Bevor Marius kam, hatte ich noch eine gute Stunde Zeit.

Ich war unruhig, wenn ich an Floris Nachricht dachte. Sie klang aufgewühlt, betrunken und wirr. Ich fummelte mein Handy bereits auf der Treppe aus der Tasche, weil ich es nicht mehr aushielt.

»Flori, ich schließe nur noch die Tür auf und dann können wir in Ruhe telefonieren. Hörst du?« Ich schleuderte alle Einkaufstaschen auf den Küchentisch, der zur Abwechslung mal freigeräumt war, zog die Schuhe von den Füßen und griff mir das andere Telefon, um ins Wohnzimmer zu gehen. »Flori? Ich bin ganz Ohr. Erzähl, was ist los?«

»Ich glaube, ich habe jetzt endgültig alles versaut«, schniefte sie ziemlich laut in den Hörer. »Mirko war in den letzten Wochen, eigentlich schon Monaten, weniger bei mir und Luciana. Ständig wollte er in seiner eigenen bescheuerten Wohnung sein. Am Anfang ist mir das gar nicht so aufgefallen, aber in letzter Zeit war das komisch.«

»Seit seine Mutter gestorben ist, oder?«

»Ja, stimmt. Ungefähr ab diesem Zeitpunkt. Er sagte, er hat einen wichtigen Auftrag und muss sich in die Arbeit stürzen, um pünktlich fertig zu sein. Wenn er bei uns war, habe ich ihn oft mit meinen Fragen, was er denn so ohne mich machen würde, genervt und ihn dann erpresst. Entweder, er zieht jetzt richtig bei mir ein oder er soll abhauen.«

»Und?«

»Er hat kurz überlegt und dann gesagt, dass er sich nicht erpressen lässt.«

»Recht hat er ja. Und dann?«

»Dann hat er nur Luciana geküsst, mich nicht, und ist gegangen. Das ist jetzt schon drei Tage her. Kein Zeichen von ihm, nichts. Ich bin fast wahnsinnig geworden und bin dann heute, ohne Anmeldung, zu ihm gefahren. Ich war seit Ewigkeiten nicht in seiner Wohnung, weil wir ja immer bei mir sind. Ich hatte seine Wohnung auch als eine ungemütliche Bude abgespeichert. Ich habe geklingelt, er hat mich reingelassen und dann bin ich fast umgefallen.« Sie weinte und holte sich von irgendwoher Taschentücher. Es raschelte und es klang, als wäre etwas umgekippt. Geduldig wartete ich, bis sie wieder sprechen konnte.

»Es sah total nett aus bei ihm. Er hat renoviert, da hingen neue Vorhänge, neue Möbel, neue Bilder. Ich habe sogar ein neues Bett und neue Bettwäsche gesehen. Ich hatte sofort das Gefühl, dass da eine andere Frau dahinter steckt. Und mein zweiter Gedanke war, dass er ein zweites Leben hat. Ohne mich.« Sie heulte wie ein Schlosshund und konnte nur mit Schluchzern unterbrochen weitersprechen. »Jetzt weine ich, aber dort bei ihm, war ich nur wütend. Richtig aggressiv. Habe rumgebrüllt wie eine Irre, ihm Luciana vor die Füße gesetzt und bin türenknallend abgehauen. Die arme Kleine hat auch nur geschrien. Sie wusste gar nicht, was los ist und hat die ganze Zeit ihre Ärmchen nach mir ausgestreckt, was mich noch wütender machte. Wieso immer ich. Er kann sie doch auch trösten.«

»Kann er nicht. Scheiße, Flori.«

»Ich bin dann durch die Stadt geirrt und dachte, was stimmt eigentlich mit mir nicht. Was stimmt mit mir nicht? Ich würde Luciana am liebsten für immer bei ihm lassen und abhauen.«

»Du würdest Luciana bei ihm lassen?«

Jetzt war ein weiterer Damm gebrochen und sie heulte wie ein kleines Kind mit tief aus der Seele kommenden Jammerlauten.

»Flori. Wo bist du jetzt? Soll ich zu dir kommen? Wo ist Luciana?«

»Ich bin alleine in der Wohnung. Luciana ist noch bei Mirko.«

»Bleib da. Ich komme zu dir.«

Ich sagte Marius ab, erklärte ihm kurz die Situation und flitzte zu Flori. Intuitiv nahm ich ihren Wohnungsschlüssel mit, falls sie mir nicht aufmachte. Aber die Tür war schon offen und sie wartete auf mich. Sie war besoffen und sah völlig aufgelöst aus. Rote, verweinte Augen mit schwarz verschmiertem Mascara. Ihre Schultern hingen nach vorn und für mich war es gespenstisch, sie so aufgelöst und ohne ihr Kind zu sehen. Sie wirkte so zerbrechlich, wie ich sie schon lange nicht mehr gesehen hatte. So allein.

»Flori. Setz dich und erzähl weiter. Was ist mit Luciana, wieso willst du sie nicht bei dir haben?«

»Sie engt mich ein, sie ist immer da und will nur zu mir, nie zu Mirko. Meine ganze Kraft fließt zu ihr. Ich fühle mich völlig ausgelaugt. Ich liebe und ich hasse sie. Ich habe Angst, sie wie meine Mutter zu sehr an mich zu binden. Aber wenn sie nicht da ist, bin ich gar niemand. Schau mich an, wer bin ich denn? Ich möchte eine enge Bindung zu einem Mann, nicht zu einem Kind. Ich bin doch völlig krank, oder?«

»Bist du nicht. Bist du nicht.« Ich wiegte sie in meinem Arm, als wäre sie selbst ein Kind.

Langsam beruhigte sie sich und ich rief, völlig überfordert Roberta an, die ebenfalls sofort kam.

Flori redete wirr weiter. »Luciana macht mir Angst. Bei der Geburt habe ich in ihre Augen geschaut, dieser allererste Blick, weißt du? Dieser erste Blick zwischen Mutter und Kind, da war ich zutiefst erschrocken. Ich habe in ihren Augen den Abgrund gesehen.«

»Was denn für einen Abgrund?«

»Ihre Augen sagten sowas wie, du wirst eh keine gute Mutter sein. Probier es gar nicht. Das waren alte Augen, weise Augen. Keine Babyaugen.«

Ich bekam eine Gänsehaut nach der anderen, mich schauderte. Flori hatte Angst vor ihrem Kind und ich hatte Angst vor dem, was Flori erzählte.

»Später war das weg. Da sah sie aus wie jedes andere Baby und ihre Augen waren Babyaugen. Aber dieser erste Blick verfolgt mich seitdem und verunsichert mich. Ich bin keine gute Mutter. Sie hat ja so recht.«

»Flori, du interpretierst da etwas in ihren Blick, was aus dir kommt. Das sind deine Gedanken, dass du keine gute Mutter bist, nicht Lucianas. Sie ist ein Kind.«

Ich klärte Roberta in Floris Beisein über den heutigen Tag auf.

»Heilige Scheiße. Vielleicht ist es gut, wenn die Kleine heute bei Mirko bleibt, oder? Ich rufe ihn an.« Roberta redete am Telefon mit Mirko und Flori dämmerte immer mal weg.

»Mirko sagt, er war nie mit Luciana alleine, da Flori alles gemanagt hat. Sie weint die ganze Zeit. Für ihn es okay, wenn ich sie zu uns nehme. Ehrlich gesagt, er wirkt auch völlig überfordert. Passt auf, ich nehme jetzt ein paar Sachen von der Kleinen mit und bringe sie vorläufig zu uns. Ich kann mich um sie kümmern, morgen sehen wir weiter.«

Flori nickte. Berta packte eine kleine Reisetasche und ich richtete mich darauf ein, heute bei Flori zu übernachten.

Im Flur sagte Roberta leise zu mir: »Mirko ist ebenfalls völlig neben der Spur. Er sagt, er hätte bei Flori den Wahnsinn in den Augen sehen.«

Ich hatte sofort wieder eine Gänsehaut und wusste, was er meinte.

Als Roberta gegangen war, versuchte ich, Flori in ihr Bett zu bringen. Da es sich auf der oberen Etage befand und Flori trotz ihrer zarten fünfundfünfzig Kilo schwer wie ein nasser Achtzig-Kilo-Sack war, gab ich das Vorhaben auf. Ich ließ sie auf dem Sofa liegen, deckte sie zu, reinigte ihr Gesicht und stellte ihr eine Kotzschüssel hin. Dann setzte ich mich in den Sessel ihr gegenüber und hielt ihre Hand.

Es war kirchenstill im Raum und ich spürte Floris Schmerz in jedem Quadratzentimeter dieser Wohnung. Ich befand mich im Zentrum ihrer Leere. Im Zentrum ihrer Angst. Ihre stummen Fragen prasselten auf mich ein. Wer bin ich eigentlich? Ohne Luciana? Ohne Mirko? Ohne meine Mutter? Wer bin ich?

Ich versuchte, mich nicht anstecken zu lassen, meine eigene Angst vor diesen Fragen nicht zu spüren. Ich ignorierte meinen schnellen Herzschlag und versuchte, mich zu beruhigen. Morgen ist ein neuer Tag. Morgen ist alles wieder gut.

Kurze Zeit später ging der Schlüssel in der Tür und Mirko betrat die Wohnung. Er sah mit einem Schlag gealtert aus, seine Augen waren müde, als hätte er ähnlich wie Flori und Luciana seit Stunden geweint. Seine sonst so straffen Schultern hingen genauso nach vorn, wie die seiner Freundin. Seine aschblonden Haare waren ungewöhnlich lang und er hatte sich einen Dreitagebart stehen lassen, was ihm erstaunlich gut stand. Die letzten Jahre hatten ihn zum Mann gemacht. Er wirkte trotz aller Traurigkeit entschlossener als früher. Ich war so froh, ihn zu sehen, um dieser unheimlichen Stille in der Wohnung zu entkommen.

Zuerst brachten wir Flori gemeinsam nach oben in das große Bett. Er zog sie aus, deckte sie zu und küsste sie auf die Stirn. Sie bewegte sich nur kurz und schlief sofort wieder ein. Zur Sicherheit stellten wir das Babyphon nach unten, um sie zu hören.

31

Wir ließen uns auf der unteren Etage auf die beiden großen Sessel fallen und es hörte sich an, als würden zwei Elefanten in den Matsch plumpsen.

»Was für ein beschissener Tag«, fing er an, um gleich wieder zu schweigen. Abwartend, ob er fortfahren würde, holte ich uns zwei Gläser Wasser. Was anderes als Wasser fand ich in dieser Küche nicht.

»Flori sagte, sie war schon seit Ewigkeiten nicht in deiner Wohnung und war überrascht, wie anders alles aussieht. Wie schön. Sie denkt, da gibt es eine andere Frau.«

Ich schaute ihn fragend an und war mir nicht sicher, ob er darauf eingehen würde. Er fuhr sich durch die langen wirren Haare und überlegte.

»Ja. Es gibt eine andere Frau«, sagte er schließlich.

»Ach du Scheiße!«, rutschte es mir raus, »das verkraftet Flori niemals! Sie ist noch nie verlassen worden. Wenn, dann ist sie gegangen ... «

»Ich weiß. Sie ist eine von meinen Auftraggeberinnen. Da läuft auch noch gar nichts. Aber ich fühle mich stark zu ihr hingezogen und sie erwidert meine Gefühle. Es ist nur eine Frage der Zeit. Ich bin schon länger dabei, mich von Flori zurückzuziehen. Wir tun uns nicht mehr gut. Schon lange nicht mehr. In meine Vaterrolle bin ich bis heute nie hineingewachsen. Flori war beides für Luciana. Mutter und Vater. Es gab keinen Raum für mich. Ich habe heute erst wieder erlebt, dass die Kleine bei mir nur weint und ich schaue sie an, wie man eine hübsche Puppe anschaut. Ich weiß nicht, wie ich mit ihr umgehen soll. Ich atme kaum, wenn ich für sie verantwortlich bin und bin froh, wenn sie mir jemand abnimmt.« Nachdenklich verstummte er für eine Weile, ehe er fortfuhr. »Meine Mutter hat mir kurz vor ihrem Tod noch den Floh ins Ohr gesetzt, dass ich nicht Lucianas Vater bin. Sie sagte Sätze wie: Mirko, öffne dein Herz. Du kannst sie trotzdem lieben. Wenn ich nachfragte, was sie mit trotzdem meinte, kam keine Antwort. Sie war zum Schluss schon sehr dement und hat vielleicht von einer anderen Zeit geredet. Von sich und Hans, die beiden haben mich auch geliebt, obwohl sie nicht meine leiblichen Eltern waren. Komischerweise hat sich der Gedanke, dass ich nicht Lucianas Vater bin, regelrecht bei mir eingefressen. Das würde so viel erklären. Ich bekomme ihn nicht mehr weg ... », er schaute mir fest in die Augen, »ich wollte schon lange einen Vaterschaftstest machen lassen.«

Vor Schreck blieb ich stumm und wie immer spürte mein Magen die bevorstehenden Veränderungen im Leben zuerst. Verstohlen legte ich meine Hand auf den Bauch. Ich dachte flüchtig an Roberta, Alex und mich.

»Was wäre denn anders, wenn du nicht Lucianas Vater wärst ... Was ich im Übrigen kein bisschen bezweifle.«

»Ich würde mich weniger schuldig fühlen, wenn wir uns trennen. Und vielleicht ist es auch eine willkommene Erklärung dafür, dass ich keine Vatergefühle zu Luciana spüre. Aber ich weiß, dass ich mir da etwas vormache. Mit meinen Adoptiveltern gab es ja eine starke Verbindung. Gibt, nicht gab. Selbst jetzt im Tod fühle ich mich mit ihnen verbunden, obwohl ich nicht ihr leiblicher Sohn bin.« Mirko schwieg erschrocken über das, was er gerade ausgesprochen hatte.

»Du willst dich also ernsthaft trennen.«

»Ich denke schon lange darüber nach, ohne etwas zu unternehmen. Jetzt bleibe ich erstmal bei Flori, bis es ihr wieder besser geht. Ich mag sie ja, aber ich fühle mich nicht mehr wohl in ihrer Nähe. Es geht ständig um sie und ihre Bedürfnisse. Um mich als Mirko geht es nie.«

»Hast du denn eine Ahnung, wer sonst, außer dir, Lucianas Vater sein könnte?« Todesmutig wagte ich mich noch einmal an das Geheimnis.

»Nein. In der Zeit, als Luciana gezeugt wurde, hatten wir viel Streit und viel Versöhnungssex. Aber auch wirklich irre viel

Streit. Ich bin oft abgehauen, weil ich sie nicht mehr ertragen konnte. Sie hat sich manchmal regelrecht an mich geklammert und ich musste sie wegschieben, weil sie mir die Luft zum Atmen genommen hat. Wie eine Klette, wie ein lästiges Insekt. Als sie schon schwanger war, hatten wir auch so eine Situation. Du kannst dich sicher erinnern. Sie macht aus mir einen Mann, der ich nicht bin und der ich nicht sein will. Ich verabscheue mich dann selbst und spüre nur noch Wut und Aggression. In der Zeit habe ich angefangen zu boxen. Boxen ist mein Ventil geworden.«

Müde schenkte er sich von dem absolut stillen Wasser nach und ich wusste jetzt, was anders an ihm war. Er hatte eine bessere Haltung, er hatte Muskeln. Er wirkte insgesamt weniger schlaff als damals, als ich ihn kennengelernt hatte.

Wir hatten uns müde geredet, mein Gähnen war nicht mehr zu unterdrücken und ich verabschiedete mich. Heute Nacht würde nichts weiter passieren. Vielleicht redeten sie morgen in Ruhe. Vielleicht fanden sie doch noch mal zusammen. Vielleicht. Vielleicht.

»Vielleicht geht ihr auch mal zu einem Therapeuten. Roberta und Alex haben diese Gespräche gutgetan.«

Traurig schüttelte Mirko den Kopf. »Meine Entscheidung steht. Ich will nur noch wissen, ob ich Lucianas Vater bin und muss endlich Klartext mit Flori sprechen.«

»Warte noch ein bisschen. Sie denkt mit keiner Silbe an eine Trennung. Gib ihr Zeit, das alles zu verdauen. Du bist schon viel weiter.«

Er nickte und schloss hinter mir die Tür. Es war lang nach Mitternacht geworden und ich lief schnell die zwei Straßen bis zu mir nach Hause. Kurz vor meiner Haustür drehte ich ab und schlug den Weg zur Bar ein.

32

Ich öffnete die vertraute Tür und hörte das wohlige Gemurmel der Gäste. Marius, der Cocktails mixte, schaute auf, als ich eintrat, und ein kleiner Lichtstrahl ging durch sein eben noch ernstes Gesicht. Heute hatte er einen Brillentag. Ich verfolgte unseren lautlosen Dialog:

Romy, wie schön, dass du noch vorbeikommst.

Ich bin auch froh, dich noch zu sehen.

Es ist Freitag, das kann hier spät werden.

Ich weiß. Ich will nur für eine kleine Weile in deiner Nähe sein.

Wenn du willst, komm ich morgen früh in dein Bett.

Ja. Ich will.

Ich registrierte, dass am Bartresen wieder eine Menge Tresenschlampen herumhingen. Auch meine Nachbarin saß da und beobachtete das Treiben. Sie nickte mir zu, als sie mich sah und ich gesellte mich kurz zu ihr. Ohne Worte stellte er mir einen Weißwein hin, berührte dabei meine Hand und es funkte, als hätte ich einen Elektrozaun berührt. Der kleine Blitz durchfuhr meinen Körper und ich ließ ihn in Ruhe zu Ende blitzen. Nach einem Small Talk mit meiner Nachbarin, der mich eher noch mehr ermüdete, und einem zweiten Glas Wein beendete ich diesen Abend. Marius nickte mir zu und zeigte auf sein Handy. Er würde sich melden.

Viele Stunden später, der Morgen kündigte sich mit seinem helleren Himmel schon an, piepste mein Handy. Marius. Noch immer hatten wir keine Wohnungsschlüssel getauscht und es würde wohl auch nicht mehr passieren. Wir kündigten uns an, wir respektierten den Raum des anderen. Nichts war selbstverständlich. Er klingelte. Ich drückte den Türöffner, öffnete die Wohnungstür einen Spalt für ihn und schlüpfte zurück in mein schlafwarmes Bett. Ich hörte ihn die Treppen heraufkommen, eine schnelle Dusche nehmen und schon lugte er um die Ecke. Ich hob einladend meine Bettdecke an und innerhalb eines Wimpernschlages lagen wir aneinander gekuschelt. Mein Kopf lag wie hunderte Male davor in seiner linken Achselbeuge, fast unter seinem Arm. Ich liebte diese Position, die mich immer daran erinnerte, unter einem Flügel zu sein.

»Du, Romy. Mein afrikanischer Name ist übrigens Zulu und bedeutet Himmel. In Deutschland nennt mich niemand so. Du darfst, wenn du möchtest.«

»Zulu«, versuchte ich den Klang seines Namens und streichelte mit meiner freien linken Hand sein Gesicht. Meine Finger umrundeten seine Lippen und er biss in meinen Zeigefinger und hielt mich fest. Mit einem Schwung lag ich auf ihm, sah ihm in seine müden Augen und flüsterte: »Zulu.«

Irgendwann schlief er tief und fest und holte seinen versäumten Nachtschlaf nach. Wenn ich ihn betrachtete, sah ich, wie die Barnächte ihn auslaugten. Es war gut, dass das bald ein Ende hatte.

Ich war am Morgen ausgeruht, topfit und schlich geräuschlos in die Küche. Sogleich telefonierte ich mit Roberta und wollte wissen, ob sich die Kleine beruhigt hatte.

Roberta wirkte völlig entspannt. »Luciana ist nicht das Problem. Wegen mir kann sie so lange bleiben, wie es ihr Spaß macht. Besonders Max, der jetzt übrigens wieder Max heißen will, hat einen Clown an ihr gefressen und erklärt ihr unentwegt die Welt.«

»Ach, Berta, das beruhigt mich. Ich dachte schon, sie hat vielleicht die ganze Zeit geweint und ihr seid völlig durch den Wind und braucht Ablösung. Nur so nebenbei, es heißt, einen Narren gefressen, nicht Clown gefressen.«

Sie lachte ihr lautes, rotziges Lachen. »Aber thematisch liege ich oft richtig. Clown. Narren. Wo ist da der Unterschied?«

»Das stimmt. Hast du schon mit Mirko oder Flori gesprochen?«

»Ja. Ich bring die Kleine in zwei Stunden zurück. Weiß nicht, irgendwie ist der Wurm bei den beiden drin.«

»He Berta, du hast es richtig gesagt. Der Wurm. Nicht, wie du sonst sagst, die Raupe. Es gibt Hoffnung am Horizont!«

»Wahnsinn. Wenn ich die Unterschiede mal wenigstens merken würde.«

»Berta. Wenn Mirko sich wirklich trennt, meinst du, Flori fällt wieder in so ein tiefes Loch wie vor sieben Jahren?«

»Puhh. Ich hoffe nicht. Sie ist älter geworden, sie hat ein Kind und hoffentlich etwas dazu gelernt. Sie wird eine Krise haben und sich berappeln. Da bin ich mir ziemlich sicher.«

Wir redeten uns in die Zuversicht und verabredeten uns für den Abend.

»Meinst du, wir müssen Eva ins Boot holen?«, fragte ich noch unsicher.

»Ich glaube, sie kommt sowieso am Sonntag, da sie nächste Woche eine Berlinwoche hat. Aber mal ehrlich, Rommel. Muss man die Eltern anrufen, wenn man Mitte dreißig ist und Probleme hat? Dafür hat man doch Freunde.«

»Hast recht. Wenn meine Eltern noch leben würden, wären sie völlig überfordert, wenn ich ihnen meine Probleme erzählen würde. Ich würde immer zuerst zu euch kommen.«

»Und stell dir mal vor, die wüssten von deinem sündigen Leben mit dem Barmann!« Sie kicherte vor sich hin.

»Berta, hast du eigentlich auch ein Geheimnis?«

»Wieso *auch*?«

»Ach nur so. Jeder Mensch hat doch irgendwas, was man nicht erzählen würde, oder? Muss ja nicht gleich ein fettes Geheimnis sein? Es würde mich beruhigen.«

»Ich nicht. Ich bin wie ein offenes Buch. Mich kannst du alles fragen und ich erzähl dir alles. Was ich nicht erzähle, sieht man mir sofort an.«

Ich hörte regelrecht, wie sie sich mit der Hand auf den Schenkel haute und sich über sich selbst amüsierte. Wir legten auf und ich schickte Flori eine Nachricht, dass ich Zeit hätte, falls sie mich bräuchte.

Das Wochenende trödelte so dahin und ich spürte weiterhin das kleine Magengrummeln im Hintergrund, obwohl doch im Moment alles gut war. Ich sagte mir all die Dinge laut auf, die gut waren. Mirko war bei Flori. Luciana war zurück bei ihren Eltern. In meinem Bett schlief Marius. Nelly war bei ihrem Vater. Eva, Lucianas Oma, reiste Sonntagabend an und wohnte für eine Woche bei ihnen. Alles war gut, alles würde sich einrenken.

Nach Giuseppas Tod vor fast zwei Jahren hatte Eva sich fast unmerklich mit Alessandro zusammengetan. Vielleicht war doch was dran an Evas Gedanken, freundschaftlich verbunden zu sein, ehe man in die Kiste hüpft. Sie führten eine ruhige, zuverlässige Partnerschaft. So, als würden sie es, Giuseppa zuliebe, nicht übertreiben wollen. Eva war auf Massimos Hof eingezogen und ließ sich, so gut es ihre Angst zuließ, in das neue Glück fallen.

Beide arbeiteten Hand in Hand, je nachdem, was in der vorherrschenden Jahreszeit anfiel. Für ihren alten Chef in Berlin arbeitete Eva nur noch auf Honorarbasis und freute sich dann jedes Mal, ihre Enkelin zu sehen.

Und dann überschlugen sich die Ereignisse.

33

Zuerst kam eine verstörte Nelly nach Hause, die ihr finsterstes Gesicht zur Schau trug, kein Wort mehr sprach und sich in ihr Zimmer zurückzog. Ich brauchte ewig, ehe sie sich mir anvertraute. Beunruhigend war, dass sie so beherrscht und kühl war. Mir wäre lieber gewesen, sie hätte geweint, getobt, die Augen gerollt. Gesagt, wie peinlich wir alle wären. Irgendwas Nelly-vertrautes. Aber diese stoische Selbstbeherrschung ängstigte mich und ich ließ sie nicht in Ruhe.

Erst als ich sie erpresste und sagte, dass ich Sarah anrufen würde, um zu fragen, was los sei, flippte sie aus.

»Niemanden rufst du an und schon gar nicht Sarah. Ich regle meine Dinge alleine!«, schrie sie mich schließlich an.

»Okay. Dann erzähl mir endlich, was passiert ist.«

»Ich kann nicht. Dann verrate ich ein Geheimnis.«

»Was für ein Geheimnis?«, fragte ich naiv.

»Mama! Du weißt, was ein Geheimnis ist? Etwas, was andere nicht wissen sollen. Lass mich in Ruhe!«

»Ich lass dich nicht in Ruhe. Ich bleibe jetzt hier sitzen, bis ich weiß, was dir passiert ist.«

Endlich rollte sie die Augen und drehte sich von mir weg. Fast normal.

Ich saß in ihrem Zimmer, neben ihr auf dem Bett. Da ich ahnte, dass es noch lange dauern würde, lehnte ich mich an die Wand. Nelly hatte ihre Beine an den Körper gezogen, ihre Arme darumgelegt und den Kopf darauf gebettet. Still schaukelte sie vor und zurück. Ich traute mich nicht, sie einfach zu umarmen, sie hätte mich weggeschubst. Also saßen wir und schwiegen. Je länger ich neben ihr saß, umso mehr konnte ich ihren Schmerz fühlen.

»Nellyschatz. Ich mach dir einen Vorschlag. Ich versuche zu

erraten, was passiert ist und du nickst einfach nur, wenn ich richtig liege, okay?« Sie nickte.

»Sarah hat eine neue Freundin.« Keine Reaktion.

»Hat es überhaupt mit Sarah zu tun?« Nicken.

»Seid ihr in denselben Jungen verliebt?« Fast ein Nicken.

»Hat sie was gemacht, was sie dir nicht erzählt hat?« Heftiges Nicken.

»Also ... hat sie dich verraten?«

Jetzt weinte sie und flog in meine Arme. Ich streichelte ihr wie früher den Kopf, nahm ihre langen Haarsträhnen, strich sie hinter die Ohren und legte ihr Gesicht frei. Sie vergrub sich immer tiefer an meiner Brust und rutschte dann mit dem Kopf auf meinen Schoß. Ohne mich anzuschauen, erzählte sie.

»Wir sind beide in denselben Typen verliebt. Ich kann dir nicht sagen, wer das ist, das ist das Geheimnis. Wir haben alles zusammen besprochen und ihm anonyme Briefe geschrieben, ihn beobachtet und analysiert. Wir haben so etwas wie ein Persönlichkeitsprofil erstellt, da wir beide später zur Kripo wollen. Er ist unser erstes Versuchsobjekt. Wir haben die Briefe bei seinen Sachen versteckt und genau beobachtet, wie er reagiert. Er wusste nicht, von wem sie sind. Trotzdem hatte ich immer das Gefühl, dass er mich besonders lange anschaute, und ich hatte mir eingebildet, er wäre auch ein bisschen in mich verliebt. Ich bin auch eine der Besten im Volleyball und er hat mir viele Kniffe beigebracht. Sarah und ich, wir haben uns alles erzählt. Wen er wie lange angeschaut hat, wen er bevorzugt, wem er beim Volleyball am meisten geholfen hat. Wen er nicht mag. Also, ich dachte, wir hätten alles zusammen gemacht.«

Sie machte eine Pause und ich wartete.

»Dann kam ich eines Tages unerwartet zum Training. Ich war vorher beim Zahnarzt und konnte nicht mitspielen, aber ich wollte Sarah überraschen und sie abholen. Als ich in die Umkleidekabine kam, waren alle schon weg. Ich bin zur Dusche gegangen, da Sarah immer ewig duscht und sich stundenlang eincremt ... da habe ich sie zusammen gesehen.« Noch einmal schluchzte sie bei der Erinnerung. »Sie stand nackt unter der Dusche und die beiden küssten sich. Das sah fast so aus, als hätten sie das schon öfter gemacht. Wieso wollte er sie und nicht mich? Und wieso hat sie es mir nicht erzählt?« Ihr Weinen steigerte sich.

»Haben sie dich gesehen?«

»Nein, ich glaube nicht. Ich weiß es nicht, bin sofort abgehauen und mit dem Fahrrad durch die Stadt gefahren.«

Das kannte ich, heulend mit dem Fahrrad durch die Stadt fahren. Wie war das mit dem Apfel, der nicht weit vom Stamm fällt?

»Ich gehe nie wieder zum Volleyball und Sarah ist nie mehr meine Freundin.«

»Oh, Nellyschatz. Das tut weh. Das glaub ich dir sofort.«

Ich hielt sie und wartete bis sie sich beruhigte. Vertraut wie lange nicht, saßen wir beieinander. In meinem Kopf ratterte es.

»War er eigentlich auch nackt?«

»Nein.«

»Aber was ist das Geheimnis? Entweder bin ich zu blöd oder ich seh keins.« Darüber dachte ich schon eine Weile nach.

»Mama, wenn ich es dir sage, gibt‘s Ärger. Glaub mir.«

»Ist es etwa der Volleyballtrainer?«

Ganz langsames Nicken.

»Ach, Shit. Der ist doch viel zu alt für Sarah und auch für dich.«

»Sarah ist fast vierzehn, da kann sie mitbestimmen.« Trotzig nahm sie ihre Kinderfreundin in Schutz. »Wehe du machst was, Mama. Dann hab ich in der ganzen Schule verschissen, weil ich eine Petze bin.«

»Ich muss nachdenken. Aber ich mache nichts, was ich dir nicht vorher sage. Ich muss nachdenken.«

»Mama. Bitte. Sonst kann ich dir nie wieder was erzählen.«

Ich sah die Not in ihren Augen und nun war es an mir, zu nicken. Ich musste mich erstmal schlaumachen, wie das ist, wenn sich eine fast Vierzehnjährige und ein Einundzwanzigjähriger freiwillig zusammentun. Was war das? Missbrauch? Liebe? Abhängigkeit? Irgendwas mit Missbrauch Schutzbefohlener? Für den Moment ließ ich es auf sich beruhen und tröstete meine unglückliche Tochter.

Von diesem Tag an war Nelly ständig zu Hause, ging nicht mehr ans Telefon, wenn Sarah anrief, und leider auch nicht mehr zum Training. Irgendwann rief ihr Trainer an und fragte mich, wieso Nelly nicht mehr komme, am Wochenende wäre ein wichtiges Spiel, und Nelly fehle in der Mannschaft.

Ich rang mit mir. Was sollte ich antworten? Nelly stand im Flur, gab mir mimisch und gestisch eindeutige Zeichen von Morddrohungen, wenn ich irgendetwas sagte.

»Sie kann nicht mehr kommen, weil sie etwas gesehen hat, was sie nicht sehen wollte.«

Er schwieg eine Weile, dann legte er auf.

Nelly ging türenknallend in ihr Zimmer und ich rief Roberta an, um mich mit ihr zu besprechen.

Zur gleichen Zeit plante Marius die Schließung seiner Bar, zwei Monate eher als ursprünglich vorgesehen. Anfang Oktober sollte es eine Abschlussparty geben und am Monatsende wollte er die *Kleine Bar* schließen. Wir mieden das Thema seines Abfluges und machten weiter wie bisher. Als wäre es die beste Zeit unseres Lebens. Inzwischen waren wir Meister darin, das Jetzt zu leben, ohne an das Morgen zu denken. Nellys Zerwürfnis mit Sarah und die Sache mit dem Trainer lenkte mich wunderbar von meinen eigenen Baustellen ab.

Ein paar Tage später rief mich der Trainer erneut an. Dieses Mal stand ich nicht unter Nellys Beobachtung.

»Frau Wagner. Sagen Sie Nelly, sie soll wieder zum Training kommen. Ich liebe Volleyball, aber ich bin kein Trainer mehr. Das, was Nelly gesehen hat, war falsch. Ich habe es selbst beim Vorstand gemeldet. Glauben Sie mir, es tut mir leid.«

»Ich würde mich freuen, wenn Sie das Nelly selbst sagen könnten.«

»Das mach ich.«

»Und was ist mit Sarah?«

»Sie hasst mich nun. Ich habe mich zu diesem Kuss hinreißen lassen, sonst gab es da nichts. Aber es war falsch. Wirklich falsch. Ich habe gerade noch rechtzeitig die Bremse gezogen.«

»Rechtzeitig wäre vor dem Kuss gewesen.« Ich seufzte und hörte mich an wie Frau Oberklug, die nie Fehler machte.

»Manuel, ich wünsche Ihnen alles Gute. Und Respekt vor Ihrem Schritt«, lenkte ich ein.

»Danke.«

Wie versprochen, rief er Nelly an und klärte sie über alles auf. Sie ging trotzdem nicht mehr zum Training, erst wollte sie schauen, ob Sarah noch hinging. Sie schlichen umeinander herum, ohne sich wieder zu vertragen. Jede litt still vor sich hin.

34

Um Flori und Mirko war es ebenfalls kirchenstill geworden. Bei einem meiner Besuche herrschte eine Stimmung wie kurz vor einem Gewitter. Kein Luftzug, kein Blatt bewegte sich und die Vögel flogen tief. Genauso verhielten sie sich. Höflich. Nett. Respektvoll. Umeinander kreisend. Aber unter der Oberfläche braute sich was zusammen.

Mein Blick ging zu Luciana, dem springlebendigen Mädchen, das keine Wahl hatte, als all die negativen Schwingungen ihrer Eltern aufzunehmen. Sie brabbelte vor sich hin, lief hierhin und dorthin. Setzte sich mal zu Mama auf den Schoß, mal zu Papa. Sie gab ihr Bestes, die Eltern aufzuheitern. Später hatte sie es sich auf meinem Schoß gemütlich gemacht und ich dachte nur: Raus hier.

»So, ihr beiden. Hier ist dicke Luft. Das ist kaum zum Aushalten. Wollt ihr nicht doch mal zu dem Therapeuten, gehen? Irgendwas müsst ihr doch tun!«

Flori tat, als hätte sie mich nicht gehört und Mirko schüttelte nur den Kopf. Er sagte, dass er noch eine Weile arbeiten müsse, und verzog sich an den Computer im oberen Stockwerk.

»Ist es okay, wenn ich Luciana auf den Spielplatz mitnehme?«, fragte ich Flori, die, seit sie wieder in der Charité arbeiten ging, dauermüde war.

»Das wäre echt super. Sie war heute noch nicht draußen, und ich würde mich kurz hinlegen. Die letzten Tage waren anstrengend.«

Ich schnappte mir Luciana, die vertrauensvoll ihre Ärmchen um meinen Hals legte.

»Komm Süße, wir gehen rutschen.«

»Rutschen? Rutschen? ...«, wiederholte sie fragend, als ich sie wieder abstellte, um ihr die Schuhe anzuziehen. Unentwegt zog sie mich an der Hand, um endlich zu gehen. Selbst sie wollte schnellstmöglich hier weg.

Wir verbrachten zwei herrliche Stunden miteinander, dann wurde sie müde, rieb sich die Augen und ich brachte sie nach Hause. Als ich klingelte, öffnete niemand. Da das nicht sein konnte, klingelte ich Sturm. Nichts.

Ich schaute Luciana an und sagte nur, die haben sich wohl hingelegt und schlafen tief und fest. Sie schaute mich mit wissenden Augen an. Wissender als ich.

Ich nahm sie mit zu uns, machte uns Kartoffelbrei, eins meiner Highlights in der Küche und legte Luciana mit ihrem Lieblingseisbär Puppy, den sie immer mit sich herumschleppte, auf das Sofa. Ich rief bei Flori an. Nichts. Ich rief bei Mirko an. Nichts. Festnetz. Nichts. Unruhig schnappte ich mir den Schlüssel und bat Nelly, Lucianas Schlaf im Auge zu behalten, was sie versprach.

Ich sprintete eher, als ich ging und ließ in Nullkommanichts die wenigen Häuserblocks bis zu Floris Wohnung hinter mir. Den Ersatzschlüssel hatte ich eingesteckt. Wieder klingelte ich, wieder antwortete nur die Stille. Mit einem mulmigen Gefühl im Bauch schloss ich auf, ging in den Flur und rief weiter nach ihnen.

»Flori? Mirko? Ich bin‘s, Romy. Nicht erschrecken. Schlaft ihr? Ich hab mir Sorgen gemacht.«

Dann sah ich Flori.

Alles erinnerte mich an die Todesstille von vor sieben Jahren, als die kleine Anna leblos in ihrem Bettchen lag und ihre Mutter kurz vor dem Durchdrehen war.

Ich sah Flori mit einem völlig verdrehten Körper am Ende der Treppe auf dem Boden liegen. Ihr Kopf war zur Seite gedreht, ein Arm ausgerenkt, die Beine unnatürlich verkrümmt und wahrscheinlich gebrochen. Mehrfach gebrochen. Sie atmete und schaute mich an. Eine gespenstische Ruhe umgab uns. Ein Teil in mir glaubte, dass sie durchaus hätte rufen können, aber sie sagte nichts. Bewegte nur ihre Augen. Ich wagte nicht, sie zu berühren und etwas zu verändern. Panisch fühlte ich mich in eine vergangene Zeit versetzt und rief den Notarzt.

»Flori, kleine Flori«, war alles, was ich zustande brachte und strich ihr über den Kopf, wie ich es bei Nelly machte, wenn das Leben schmerzte.

Sie war bei vollem Bewusstsein und schaute mich weiter still an. Ich weinte für sie.

Als der Notarzt kam, ging alles enorm schnell. Flori wurde abtransportiert und die Frage, was eigentlich passiert war, blieb offen. War das ein Tatort oder war das ein Unfallort? Flori redete nicht, Mirko war nicht auffindbar und ich konnte nur erzählen, was ich wusste.

Sie sagten mir, wo Flori hingebracht wurde und ich ging benommen zurück zu ihrem Kind. Luciana schlief noch, und ich erzählte Nelly kurz, was passiert war und sah den Schreck in ihren jungen Augen.

»Luciana kann immer bei uns bleiben, Mama. Egal was passiert.«

Roberta kam dazu und wir überlegten, was zu tun sei. Wir waren geschockt und malten uns die verschiedensten Szenarien aus, was passiert sein könnte. Wollte sie sich umbringen? Hatten Mirko und sie eine Rangelei? Hatte er sie die Treppe runtergestoßen? Wollte er sie umbringen? Im Affekt? Sollten wir jetzt Eva anrufen?

Dieses Mal riefen wir Eva an, die sich sofort auf den Weg machte und erstaunlich ruhig war.

Alle Versuche, Mirko zu erreichen, scheiterten. Wir hinterließen abwechselnd Nachrichten auf seiner Mailbox, bis sie voll war.

Erst spät in der Nacht meldete er sich endlich und erzählte mir seine Sicht dessen, was passiert war, nachdem ich mit Luciana auf den Spielplatz gegangen war. Roberta und ich saßen noch in meinem Wohnzimmer und ich stellte das Telefon laut.

»Als du mit Luciana weg warst, ging es los. Flori kam an meinen Schreibtisch und wollte mit mir schlafen. Sie sagte, jetzt wäre eine gute Gelegenheit. Wir wären endlich mal allein. Weder ihre Mutter noch das Kind wären da. *Das Kind*, sagte sie abfällig. Sie gab alles, mich zu verführen und um des lieben Friedens willen hätte ich ja mitgemacht, aber es ging nicht. Ich war nicht erregt, nichts rührte sich. Da ist sie wie eine Furie auf mich losgegangen, hat mich geboxt und gesagt, das würde ich mit Absicht machen. Bestimmt würde ich eine andere vögeln und sei nur noch aus Mitleid bei ihr, weil ich ja so bescheuert anständig sei. Das habe sie längst durchschaut. Sie wurde immer hysterischer und schrie, dass es ihr aber nie mehr besser gehen würde. Also müsse ich immer bei ihr bleiben. Dabei trank sie wie eine Bekloppte jeglichen Alkohol, der ihr in die Finger kam. So ging das ewig. Dann setzte sie sich auf meinen Schoß und wollte mir mit aller Macht an die Wäsche. Es war alles so widerlich, ich musste sie wegstoßen, um sie nicht zu würgen. Wir waren die ganze Zeit auf der oberen Etage. Dann nahm sie meinen Laptop und warf ihn vom Tisch. Da er nicht sofort kaputt ging, schleuderte sie ihn die Treppe runter und lachte höhnisch. Ehrlich, Romy, so hatte ich sie noch nie erlebt. Wie eine Irre. Ich hatte mich zwar noch im Griff, wusste aber, dass ich dringend die Wohnung verlassen musste, bevor ich mich an ihr vergriff. Ich schnappte meine Jacke und floh regelrecht vor ihr. Ich ging direkt zu Doro, meiner Kollegin. Beim Rausgehen schrie sie mir noch hinterher, dass ich niemals Lucianas Vater wäre, so eine Flachzange wie ich, könne niemals ein Kind zeugen.« Der Bericht hatte ihn hörbar aufgewühlt. Er kämpfte mit seinen Emotionen und ihm war wichtig, die Fakten folgerichtig zu erzählen.

»Mirko, ich glaub dir jedes Wort. Du musst zur Polizei gehen. Sie untersuchen gerade, was passiert ist, und da Flori nicht redet, tappen sie im Dunkeln. Meinen Teil wissen sie schon.«

»Ja. Das mach ich gleich jetzt«, sagte er erschöpft.

»Ist Luciana noch bei dir?«

»Ja, sie schläft bei Nelly im Zimmer.«

»Kann sie noch bleiben?«

»Mach dir keine Gedanken. Sie kann bleiben und Eva ist auch schon unterwegs.«

Wir legten auf.

Roberta sagte mir sofort, dass sie ihm die Geschichte glaubte. »Aber wer sollte der Vater sein, wenn nicht Mirko? Weißt du da was?«

Mir stockte der Atem. So direkt wurde ich noch nie danach gefragt und so direkt hatte ich Roberta noch nie angelogen.

»Nein. Ich weiß nichts.« Ich konnte sie, während ich das sagte, nicht anschauen. Zum Glück war es dunkel im Zimmer. Ich gähnte und sagte ihr, wie müde ich sei.

Als Roberta sich verabschiedete, entschied ich, heute bei den Mädchen zu übernachten. Ich legte mich hundemüde auf Nellys Sofa, nicht ohne zuvor ihre Klamottenberge runterzuschmeißen. Dieses Zimmer war der reinste Saustall.

35

Ein ungewohntes Geräusch im Zimmer weckte mich. Sechs Uhr dreißig, sagte mir die große Bahnhofsuhr an der Wand in Nellys Zimmer. Sie lag noch im Tiefschlaf. Ich hörte ihr gleichmäßiges Atmen. Luciana dagegen befand sich auf dem Fußboden, ohne Zudecke oder Kissen. Sie musste aus dem Bett gefallen sein und ich unmögliche Rabenmutter hatte nichts mitbekommen. Auf dem Rücken liegend, spielte sie mit ihren Fingern. Ihr kleiner dicker Zeigefinger der rechten Hand tippte auf jede einzelne Fingerkuppe der linken Hand, dabei summte sie eine sich wiederholende Melodie und wirkte ganz versunken. Für Luciana schien die Welt in Ordnung zu sein, von den Dramen der letzten Nacht hatte sie nichts mitbekommen.

Sie drehte sich sofort zu mir, als sie merkte, dass ich mich bewegte. Mit einem Lächeln und ihrem glucksendes »Romy«, was ein kleines bisschen wie Omi klang, kam sie in den Vierfüßlerstand hoch. Als sie das geschafft hatte, stand sie auf, rannte zu mir und schlüpfte unter meine Decke. Ach, ich liebte diesen wunderbaren Kinderduft nach Vanille und Milchschaum.

Ich kitzelte sie durch und sagte: »Heute kommt deine richtige Omi. Wirst sehen. Von wegen Romy-Omi.«

Sie hatte ein herrliches Glucksen in ihrem Lachen und ich konnte mich nicht satthören.

»Noch mal. Noch mal.« Sie klatschte in ihre Patschhände und drückte vor ersehnter und gefürchteter Erwartung des Durchkitzelns ihren Rücken durch. Ich spielte noch eine Weile mit ihr und entschied, Luciana im Kindergarten und mich in der Klinik krank zu melden. Wir hatten eine Lebenskrise in der Sippe, da durfte man auch mal zu Hause bleiben.

Nelly wachte auf und stöhnte. So viel Heiterkeit am Morgen war zu viel für eine Vierzehnjährige. Mein Angebot, sie auch krank zu melden, lehnte sie dankend ab.

»Ich bin doch gar nicht krank.«

»Ist ja gut. Aber es gibt eine Sippen-Familienkrise.«

»Wir schreiben Mathe. Ich muss.«

»Okay. Mein braves Kind.«

»War das ironisch?«

»Auf keinen Fall.« Flüchtig berührte ich sie. Ich genoss ihre Anwesenheit und wenn sie mit mir sprach, war das, als würde es goldenes Lametta regnen.

Nachdem Nelly zur Schule gegangen war, machte ich Luciana und mir Frühstück. Eine Banane und Milch für Luciana. Einen Kaffee und ein Marmeladentoast für mich. Neben mir lagen ein Zettel und ein Stift, um zu notieren, was alles zu tun war. Spielsachen und Klamotten für Luciana zusammensuchen. Flori besuchen. Mit Eva reden. Wie weiter? Flori würde lange ausfallen, so zerschunden wie ihr Körper aussah.

Sobald Eva eintraf, erzählte ich ihr alles, was ich wusste. Sie brach sofort in Tränen aus und wollte direkt zu Flori in die Klinik fahren. Wir besprachen, uns abzuwechseln, sodass ich Flori am Nachmittag ebenfalls besuchen konnte.

Dann rief Roberta an, sie hatte schon neueste Informationen. Flori litt an diversen Rippenbrüchen, einem Beckenbruch, eingeklemmten Wirbeln, beide Schulterblätter waren gebrochen und es war noch unklar, wie viel ihr Kopf abbekommen hatte. Von ihren gebrochenen Beinen ganz zu schweigen. Die gute Nachricht war: Keine Querschnittslähmung, wonach es für mich zuerst ausgesehen hatte. Die Behandlung würde lange dauern, nach den notwendigen Operationen würde sie in eine Reha kommen. Da Flori bisher kein Wort gesprochen hatte, war den Ärzten ihr psychischer Zustand das größte Rätsel.

Eva, tapfer die Tränen zurückhaltend, bat uns am Abend um ein Gespräch. So saßen Mirko, Roberta und ich um den runden Tisch in Floris Küche. Evas ernstes Gesicht und ihre flache, schnelle Atmung signalisierten uns, wie schwer es ihr fiel, uns zu sagen, was sie zu sagen hatte. Sie tätschelte unsere Hände und flüsterte unsere Namen.

»Romy. Roberta. Mirko. Wir müssen über Lucianas Verbleib während Floris Behandlungsdauer sprechen. Ich brauche eure Hilfe.«

Alle schwiegen. Mirko schaute betreten nach unten, da alle wussten, dass er derjenige sein müsste, der sich um Luciana kümmern sollte. Als er Luft holte, um zu antworten, nahm Eva erneut seine Hand und gebot ihm, noch zu warten.

»Ich weiß, dass Mirko oder ich diejenigen wären, die normalerweise nachrücken müssten, um Luciana zu betreuen, wenn Flori ausfällt.« Sie schwieg nachdenklich und schaute auf ihre Hände, die sie knetete. Nach einem tiefen Atemzug sprach sie weiter. »Ich habe Angst, wieder in dieser Wohnung zu sein, und die stille Zweisamkeit mit einem Kind zu leben. Es würde mich erdrücken. Ich habe als Mutter bereits einmal versagt und wünsche mir für meine Enkelin einen lebendigeren Ort, als die Einsamkeit mit ihrer Großmutter. Alessandro und Italien halten mich am Leben. So dramatisch, wie sich das anhört, ist es auch. Ich hoffe, ich klinge nicht zu egoistisch, wenn ich sage: Ich brauche das Land und das Leben mit Alessandro, um überhaupt weiterzuleben. Ich bin so verdammt müde.« Sie blickte zu Boden. Ihre Hände lagen übereinandergelegt auf der Tischplatte. Nach einer Pause schaute sie zuerst Roberta, dann mich an. »Berta und Romy, ihr seid Floris beste Freundinnen und wart schon immer füreinander da. Könnte Luciana bei einer von euch leben? Ich würde für alles Finanzielle aufkommen und bin natürlich in meiner Rolle als Oma weiterhin für sie da.« Ihr Blick traf Mirko. »Du bist ein guter Mann. Das habe ich über die Jahre erkannt. Ehrlich gesagt dachte ich, ihr würdet euch schon viel eher trennen. Ich habe die Katastrophe kommen sehen. Ich habe auch bemerkt, wie du es immer und immer wieder versucht hast. Du hast meine Tochter sehr geliebt, aber für Luciana hat deine Liebe nicht ausgereicht. Ich weiß, dass du nicht ihr Vater bist. Du bist also zu nichts verpflichtet. Ein Vaterschaftstest, der das belegt, sollte kein Problem sein.« In der knisternden Stille nahm sie seine Hand. Eva schaute uns mit Tränen in den Augen an. »Ich bin nicht stolz darauf, was ich hier sage. Ich liebe dieses kleine Mädchen einfach so sehr, nur deshalb traue ich mich, über meinen Schatten zu springen und mich mitzuteilen. Ich will nicht einfach weitermachen, weil man das eben so macht. Ich habe genug Fassade in meinem Leben gelebt. Ich bitte euch, darüber nachzudenken und mir zu helfen.«

Es blieb mucksmäuschenstill.

Ich wagte, Eva zu fragen, ob sie wisse, wer Lucianas Vater sei und erschrak sofort, denn sie könnte auch sagen: Ja. Es ist Alex.

»Nein. Das hat sie mir nicht verraten. Sie wollte es mir eigentlich überhaupt nicht erzählen, aber sie war so unglücklich, dass Luciana bei Mirko so viel weinte. Eher nebenher, wie eine Selbsterklärung, sagte sie, dass er ganz sicher nicht der genetische Vater sei und sie das schon lange wisse. Wie sich die Geschichten immer wiederholen.«

»Wie meinst du das?«, fragte Roberta, die auch wieder sprechen konnte.

»Auch Floris Vater, Dieter, war nicht ihr Erzeuger. Ich wusste immer, dass er mich nicht so liebte wie ich ihn, und hatte zum Trost in dieser Zeit eine Affäre und wusste nicht, wer wirklich Floris Vater war. Als Dieter mich verlassen hatte, bestrafte ich mich selbst für diese Lüge und diese Sünde. Ich entschied mich, allein zu bleiben und meinem Kind eine gute Mutter zu sein. Je älter Flori wurde, desto deutlicher wurde, dass meine Affäre, ein One-Night-Stand, wie ihr heute sagen würdet, ihr Vater sein musste. Sie sah genauso aus wie er. Ich wusste nicht, wo er wohnte oder wie er hieß und habe ihn nie wieder gesehen.«

Roberta und ich schauten uns an. Mirko war das Ganze höchst unangenehm und es erinnerte mich an andere Situationen, bei denen er nie genau wusste, was seine Rolle oder sein Platz war.

Bertas laute Stimme riss mich aus meinen Gedanken. »Eva, gib uns eine Nacht, damit wir uns sortieren können. Ich muss auch Alex von all dem erzählen und meinen Jungs. Aber glaub mir, Eva, wir werden eine Lösung finden.«

Ich nickte zustimmend, da ich insgeheim für mich schon durchspielte, was es für mich heißen könnte, wenn Luciana während Floris Genesung bei mir leben würde. Ein kleines Lächeln schlich sich von irgendwoher auf mein Gesicht.

Mirko meldete sich schüchtern: »Ich habe einen wirklich großen Auftrag an Land gezogen und der Folgeauftrag wartet schon. Wenn es irgendwo finanziell klemmt, kann ich gerne helfen.«

»Das musst du nicht tun«, antworteten Eva und Berta aus einem Mund.

»Geld und Liebe soll man nicht festhalten«, antwortete er. »Geld und Liebe müssen fließen. So haben es mir meine Eltern beigebracht. Das mit der Liebe hat bei mir noch nicht geklappt, die will ich immer festhalten, aber das mit dem Geld mach ich gerne. Wenn es in die richtige Richtung fließt, fließt es auch wieder zu mir zurück.«

Eva sah ihn gerührt an und schluchzte. Wie auf Kommando watschelte Luciana aus ihrem Zimmer und setzte sich zu Eva auf den Schoß. Dieses Mal klang ihr »Omi« wie »Romy« und ich nahm das als ein Zeichen.

36

Wir mussten uns sortierten und wir sortierten uns. Luciana blieb die nächsten Tage bei ihrer Oma, ging in ihren neuen Kindergarten und wusste, dass ihre Mama krank war und Papa verreisen musste, weil er ganz viel Arbeit hatte.

Mirko hielt Wort, er richtete sofort ein Konto für Luciana ein und zahlte seit dem Küchengespräch regelmäßig Geld für sie ein. Er kümmerte sich um einen Vaterschaftstest und war zu 99,99 Prozent nicht Lucianas genetischer Vater.

Ich fragte mich manchmal, ob er eigentlich sauer war? Oder enttäuscht oder irgendwas anderes als akzeptierend. Er lebte wieder in seiner eigenen Wohnung und arbeitete wie ein Verrückter, um zu vergessen. Ich vermutete, dass seine Kollegin Doro die meiste Zeit bei ihm war, was ich ihm von Herzen gönnte. Roberta und Mirko telefonierten ab und zu, und sie erzählte mir, dass er mit Doro zusammen einen Auftrag im Ausland angenommen habe und in wenigen Monaten Deutschland für dieses Projekt verließe.

Wir besuchten Flori regelmäßig im Krankenhaus. Sie sprach immer noch kein Wort, aber wenn wir ihr von Luciana erzählten, sah ich den See aufgestauter Tränen in ihren Augen. Sie hatte noch zwei größere Operationen vor sich und sollte danach zur Rehabilitation woandershin verlegt werden.

Eines Tages schob sie mir einen Zettel in die Hand, auf dem nur Mirko und ein Fragezeichen standen.

Ich entschied mich für die Wahrheit. »Mirko arbeitet wie verrückt, hat ein Konto für Luciana eingerichtet und weiß, dass er nicht Lucianas Vater ist. Er hat einen Vaterschaftstest machen lassen.« Nach kurzem Überlegen fügte ich hinzu, dass er wieder in seiner Wohnung lebe.

Währenddessen schaute ich sie genau an und versuchte herauszufinden, was sie fühlte. Aber alles an ihr war wie erstarrt, nur in ihren Augen fand ich noch einen Funken Leben. Sie nickte und senkte den Kopf, was oft das Zeichen dafür war, dass es ihr reichte.

Ich verstand und umarmte sie. »In zwei Tagen komme ich wieder und vergiss nicht, ich liebe dich, genauso wie du bist.«

Sie schluckte.

Roberta, Alex und ich saßen zur Abwechslung mal in ihrer Wohnung und überlegten, was nun für Luciana und auch für uns alle das Beste wäre. Nur Alex und ich wussten, dass er nach dem Ergebnis des Vaterschaftstestes nun doch wieder als Vater in Frage kam, obwohl die Kleine äußerlich absolut nichts von ihm hatte. Ihre Haare wurden immer länger und blieben hellblond, optisch hätte sie eine Tochter von mir und eine Schwester von Nelly sein können.

Wenn sie bei Alex leben könnte, wäre sie wenigstens bei ihrem Vater, dachte ich insgeheim, doch er wand sich wie ein Aal. Ich sah ihm an, dass er am liebsten endlich seiner Frau die Wahrheit gesagt hätte. Dieser eine Ausrutscher in der Toskana verfolgte ihn nun schon seit zwei Jahren und quälte ihn immer wieder.

Roberta dachte laut: »Alex, wenn sie bei uns leben würde, würde sich nicht so viel ändern. Die Kinder kennen sich, Max wäre glücklich, weil er endlich eine kleine Schwester hätte, und Ben wäre es mehr oder weniger egal. Lucianas Kindergarten ist nicht weit weg und Romy oder Eva helfen sicher aus, wo sie können. Es wäre ja nur vorübergehend, vielleicht für sechs Wochen. Vielleicht für acht Wochen. Was meinst du?«

Ich spürte eine kleine Enttäuschung, dass ich mal wieder nicht in Frage kam, nicht mal gefragt wurde, ob Luciana auch bei mir leben könnte. Alleinlebend, mit einer unordentlichen, pubertierenden Tochter, da konnte man anscheinend kein Kleinkind hingeben. Ich schmollte vor mich hin und verabscheute Roberta in ihrer Rolle als Ansagerin.

»Ich hätte es auch gern, wenn Luciana bei mir leben würde«,

hörte ich mich sagen. Intuitiv hatte ich die Arme vor der Brust verschränkt und ging in einen Kampfmodus.

»Echt?«, fragte Berta. »Das hätte ich nicht gedacht, find ich aber gut. Ich dachte, sie wird so oder so bei uns landen, deswegen habe ich dich gar nicht erst gefragt. Ich wollte dir das Nein ersparen. Sorry, Romy.«

»Ich mag Luciana sehr und ich habe Lust, mich um sie zu kümmern. Ich habe auch Zeit, da ich den Klinik-Job auf dreißig Wochenstunden reduziert habe. Nur wenn sie krank ist, müssten wir uns helfen, damit ich nicht zu lange ausfalle.«

Plötzlich taute Alex auf. »Was haltet ihr davon, wenn wir uns zusammen eine große Wohnung, ein Loft oder eine Fabriketage nehmen und uns zusammen um sie kümmern? Wie in der Toskana. Wenn Flori irgendwann wieder fit ist, kommt sie einfach dazu.« Offensichtlich witterte er seine Chance, mehrere Fliegen mit einer Klappe zu schlagen und hatte deshalb einen Vorschlag ganz anderer Art gemacht. »Und Romy«, er lächelte. »Solltest du jemals einen Mann haben, der mit dir leben will, kann er auch dazukommen.«

»Oder mit dem *sie* leben will«, ergänzte Berta augenzwinkernd.

Die Idee beflügelte uns. Wir träumten auf der Stelle. Wir malten uns die Wohnung aus, überlegten, wie viele Zimmer wir bräuchten oder mehrere Wohnungen in einem Haus oder besser noch ein Dachgeschoss? Eine große Wohnküche wie in der Toskana?

»Ist das ein Ja?«, fragte er uns aufgeregt.

»Ja!«

»Ja!«, riefen wir fast wie aus einem Mund.

Alex sagte, dass er viele Kontakte habe, die wolle er alle für unsere Vision nutzen. Er war optimistisch und glaubte daran, etwas Passendes zu finden. Sofort stand er auf, rieb seine vor Aufregung feuchten Handflächen an den Jeans trocken und fing an zu telefonieren. Roberta und ich staunten nicht schlecht über seinen plötzlichen Tatendrang. Wir besiegelten den Plan und verteilten die Aufgaben.

Erleichtert und begeistert vom Traum des Zusammenlebens ging ich nach Hause. Ich machte einen kurzen Abstecher in die *Kleine Bar*. Marius war schon am Aufräumen, hatte seine schwarzumrandete Brille auf und sah müde aus. Ich half ihm, Gläser zu spülen und Ordnung zu machen, und erzählte ihm die ganze Geschichte um Flori und der kleinen Luciana und auch, dass Mirko nicht der Vater war.

»Wer ist dann der Vater?«, fragte er.

»Vielleicht Alex«, weihte ich ihn in das Geheimnis ein.

»Alex? Der Mann von Roberta? Ach, du Scheiße!«

»Die Kleine sieht zwar kein bisschen wie er aus, aber das heißt ja nichts. Vielleicht bleibt der Vater aber auch einfach unbekannt. Wer weiß. Aber pass auf, heute hatten wir eine geniale Idee! Wir wollen alle zusammenziehen und uns gemeinsam um die Kinder kümmern«, sagte ich übersprudelnd.

Marius versuchte ein Lächeln. Ohne viel Zutun, ohne jegliches Tata war nun endgültig das Trennende zwischen uns getreten. Jeder hatte schon in Kürze eine andere Zukunft. Das Marius-Romy-Wir gab es mit jedem Tag weniger. Meine Worte und meine Vorfreude auf das, was kommen würde, unterstrichen das.

»Weißt du schon, wann du fliegst?«, fragte ich leise.

»In vier Wochen.«

»Nein! Aber wieso denn in vier Wochen schon? Du hast immer gesagt am Ende des Jahres!« Die Vorstellung, dass er so bald weg sein würde, obwohl ich es immer wusste, zog mir den Boden unter den Füßen weg. Ich musste mich setzen. »Es wird immer früher. Das ist dann ...«, ich musste mit den Fingern rechnen, »Anfang November ...«

Sein schlichtes »Ja« half da auch nicht. Nichts half.

Schon wieder sah ich, dass ich trotzig meine Arme vor der Brust verschränkt hatte und löste sie unauffällig.

»Ach, Romy. Manchmal überlege ich, ob es nicht besser wäre, dich zu betrügen oder irgendwas anderes Doofes zu machen. Dann kannst du mich wenigstens wütend auf den Mond schießen. Ich mag es nicht, dich so traurig zu sehen.«

»Solche Spielchen brauchen wir nicht. Wir wussten beide, dass der Tag kommt. Wir bringen das jetzt zu Ende. Irgendwie.« Er nickte müde. Ich schlang meine Arme um seinen Hals, legte meinen Kopf in seine Halsbeuge und fühlte ihn. Seinen Herzschlag, seinen Marius-Geruch, seine mich kitzelnden Haare. Unsere Lippen fanden sich in einem vertrauten Kuss, der gar nicht enden wollte.

In den kommenden Tagen und Nächten lag ein tonnenschwerer Bleimantel auf uns. Jeder Abschied endete mit meinen Tränen und seinem schreienden Schweigen. Es gab nichts mehr zu sagen. Das auszuhalten wurde immer schwerer und eines Tages war er fort. Ohne ein weiteres Wort. Als hätte sich eine Erdspalte aufgetan, in die er verschwand.

Er wollte mir nie genau sagen, wann sein Flug ging, um uns diese Abschiedsszene zu ersparen.

Ich drängelte und bettelte, aber er sagte nur: »Glaub mir, Romy, so wie ich einfach da war, werde ich einfach weg sein. Es ist besser so.«

Sein stoisches »Es ist besser so« machte mich inzwischen rasend und ich mutierte bei diesem Satz zu einer Furie.

Und so schaffte er es, dass ich sauwütend auf ihn war, obwohl er noch da war. Ich verfluchte ihn, so oft ich konnte.

Anfang November, am fünften, war sein Handy plötzlich abgestellt. Ich erreichte ihn nicht mehr, obwohl ich stündlich seine Nummer anrief und mir immer wieder anhörte, wie eine fremde Stimme mir sagte, dass der Teilnehmer nicht erreichbar sei. Not available. Marius war weg und unsere Liebesgeschichte zu Ende. Marius und Romy war Geschichte. Ich rief weiterhin Tag für Tag sein abgestelltes Handy an. Ich rüttelte an der abgeschlossenen Bartür. Ich fuhr in die Straße, in der er wohnte und suchte Plätze auf, an denen wir zusammen gewesen waren. Ich hoffte auf ein Zeichen. Irgendeins. Nichts.

Es gab keine gemeinsamen Freunde, niemanden, den ich hätte fragen können. Aber was sollte ich auch fragen. Ich wusste es ja. Alles wusste ich von Anfang an.

Er war weg und mir war, als hätte man mir eine Schicht Haut abgezogen.

37

Obwohl alles um mich herum auseinanderfiel, ging unser Leben weiter. Seit Floris Unfall waren einige Wochen vergangen.

Nellys Streit mit Sarah hatte ein jähes Ende genommen, als Sarah von Floris schlimmen Unfall, Mirkos Weggang und Lucianas akuter Heimatlosigkeit erfuhr. Beide Mädchen entdeckten nun ihre noch schlummernden Muttergefühle und boten an, gemeinsam auf Luciana aufzupassen oder sie vom Kindergarten abzuholen.

Ich hörte sie wieder reden und stundenlang telefonieren. Sarah entschuldigte sich bei Nelly und schwor beim Leben ihrer Mutter, dass es nur dieser eine Kuss war. Ich vermutete, dass sie über den Kuss redeten, denn ich hörte aus der Küche heraus nur Nellys Antworten, aber nicht das, was Sarah erzählte, und gab mir keine Mühe wegzuhören.

» ... »

»Das ist ja eklig.«

» ... »

»Ihh, mit der ganzen Zunge?«

» ... »

»Und deine Zunge?«

» ... »

»Iss ja krass. So viel Sabber.«

» ... »

»Okay. Wir üben das.«

Dann hörte ich sie gackern und sie einigten sich zum wiederholten Male darauf, dass sie den Volleyballtrainer nun beide doof fanden. Der konnte nicht mal küssen. Aus dem Telefonat entnahm ich, dass sie das Küssen miteinander üben wollten und ich erinnerte mich an eine ähnliche Szene mit Flori.

Sie dachte eine Weile, dass sie nicht gut küssen konnte und

wollte, dass ich ihre Kusstechnik testete, aber ich konnte das nicht. Schon die Vorstellung, meine Zunge in Floris Mund zu stecken, fand ich eklig. Roberta sagte mir später, dass ich mich nicht so anstellen solle. Ich wusste, dass die beiden es probiert hatten, und war eine ganze Weile eifersüchtig auf diese neue Intimität.

Eva begleitete ihre Tochter nach Süddeutschland in eine Rehaklinik und nahm ihr Leben in Italien wieder auf. Sie besuchte ihre Tochter, sooft sie konnte.

Mirko? Und: *Bitte, Reha in Süddeutschland!!,* waren die einzigen beiden Zettel, die Flori in den letzten Wochen, an uns gerichtet, aufschrieb.

Sie hatte alle Operationen überstanden und die Ärzte waren zuversichtlich, dass ihr Körper heilen würde. Nur in ihre Seele ließ sie weiterhin niemanden blicken. Sie blieb stumm.

Ihre kleine Tochter nahm ohne Anlaufschwierigkeiten einen Platz in Robertas Familie ein. Wir einigten uns darauf, dass sie bei ihnen leben sollte. Ich holte sie mir an den Wochenenden und wurde nun doch eine Wochenendmutter. Roberta konzentrierte sich auf Luciana und ihre Bedürfnisse, und wann immer sie auftauchten, waren die beiden dicht beieinander. Max, der heute aussah wie die kleine Variante von Karl Lagerfeld, stellte Luciana allen als seine neue Schwester vor. Ben, der stillere der beiden Jungs, rückte noch näher zu seinem Vater und so war Platz für alle.

Roberta schüttelte amüsiert den Kopf, als sie auf ihren Sohn Max schaute. »Ich komme gar nicht mehr hinterher. Erst lasse ich mich mühselig darauf ein, dass er wohl wie ein Mädchen leben wird, nenne ihn Maxi und habe wie eine Bekloppte nach Antworten für das Warum gesucht. Dann legt er die Mädchenklamotten ab und zieht nur noch sein Faschingskostüm, den Lagerfeld, an.«

»Der macht mal was mit Mode. Was immer er anhat, ist stilsicher und sieht umwerfend aus.«

»Und Ben wird mehr und mehr der zweite Alex. Ihn interessiert nur Sport. Er will unbedingt auch Handball spielen und ständig draußen sein. Er fragte schon, ob wir trotzdem Weihnachten zu Opa Massimo fahren.«

»Trotzdem?«

»Naja, weil Flori und Mirko ja scheinbar nicht dabei sein werden«, sagte Berta.

»Mirko sicher nicht, aber Flori. Wer weiß? Ben kriegt irgendwie alles mit, oder?«

»Er hat feine Antennen und denkt oft weiter, als wir alle zusammen. Ich war in meiner Planung noch gar nicht im Dezember. Es gibt gerade so viel zu tun, die Tage rasen dahin wie ein geölter Blitz.«

»Du weißt, ich bin auch noch da.«

»Ich weiß, Rommel. Aber wenn ich dich mit deinen traurigen Augen sehe, würde ich dir gern auch einen Platz unter meinen Flügeln geben. Dein Marius ist weg und du machst einfach tapfer weiter.«

»Was sonst? Ich wusste ja, wie es enden würde«, sagte ich und hätte am liebsten geweint, da ich fühlte, dass sie mich wahrnahm. Zu gern wäre ich unter Robertas Flügel gekrochen und hätte mich mal eine Runde versorgen lassen. Um nicht zu emotional zu werden, lenkte ich wieder zu Flori. »Wenn sie nur mal reden würde. Ich frage mich, was die Therapeuten dort mit ihr anfangen, wenn sie nicht redet. Ich weiß, dass sie viel schreibt. Vielleicht zeigt sie uns das irgendwann.«

»Lass uns Weihnachten in die Toskana fahren. Wir brauchen alle die Wärme von Marta und Massimo«, lenkte Roberta entschlossen das Thema in eine andere Richtung.

»Und Pause.«

»Ja. Pause vom Nachdenken.«

»Pause vom Leben.«

Ich brauchte wirklich eine Pause vom Leben. Ich wollte verharren. Einfach mal still stehen. Nicht an Morgen denken. Marius war weg und er fehlte mir wie ein lebenswichtiges Organ. Die anderen Organe waren noch irritiert, noch keines der anderen hatte seine Funktion übernommen. Alles schmerzte und mein Motor stotterte.

In der Klinik hatte ich wieder Gespräche mit Frau Markdorf. Ich freute mich, sie wiederzusehen. Ein Gespräch hing mir noch lange nach:

»Alle Therapeuten sagen mittlerweile einstimmig«, begann sie, »dass mir in frühester Kindheit, wahrscheinlich schon als Baby oder sogar im Mutterleib was Schlimmes passiert sein müsse. Da ich keine Erinnerungen habe und ich auch von meinen Eltern über die Jahre nichts Neues erfahren habe, übe ich mich darin, diese Tatsache einfach mal anzunehmen.«

»Anzunehmen oder hinzunehmen?«, fragte ich.

»Hmm. Nein, wirklich anzunehmen. Wenn meine Angst- und Paniksymptome kommen, nicht mehr zu erschrecken und sie weghaben zu wollen. Nein, ich mache die Arme auf und sage: *Hallo, ihr schon wieder. Na gut, kommt her.*« Sie grinste, fast frech.

»Und? Wie funktioniert es?«

»Besser, als ich dachte. Jedes zweite Mal funktioniert gar nichts, aber manchmal beruhige ich mich sofort wieder. Ich tu so, als gehöre das alles zu dem kleinen Baby, was ich einmal war. Nicht zu mir als Erwachsene.«

»Das klingt wirklich gut. Damit haben Sie geschafft, einen Abstand zwischen sich selbst und die Symptome zu bringen.«

»Genau, ich erinnere mich an einen Ihrer ersten Sätze: *Niemand ist sein Symptom!* Ich hab das lange nicht verstanden. In ganz wirren Zeiten dachte ich, Sie meinten das *isst,* von essen. *Niemand isst sein Symptom*, machte gar keinen Sinn. Ich dachte schon, Sie drehen auch langsam durch.«

Wir mussten herzhaft lachen und wiederholten immer wieder diesen bescheuerten Satz: *Niemand isst sein Symptom.*

»Ich habe aber eine andere Frage. Können wir irgendeine Übung machen, dass ich mit dem Baby, was ich mal war, in Kontakt kommen kann? Ich fühle mich nicht, fühle es nicht.«

Meine schwerst kranke Patientin hatte eigene Ideen und wirkte dabei so gesund. Ich dachte bis zu unserer nächsten Sitzung darüber nach, beriet mich mit Georg und traute mich an das Thema heran.

Erwartungsvoll saß sie mir gegenüber. Ich fragte, ob sie es schaffen würde, die Augen zu schließen.

»Ich versuche es.«

»Wenn das zu unheimlich oder bedrohlich ist, dann lieber die Augen offenlassen und auf einen Punkt unterhalb der Nase schauen.«

Sie machte es sich bequem und schaute halb blinzelnd auf ihre Nase. Ich führte sie zu ihren inneren Bildern und ließ die erwachsene Karoline auf das Baby Karoline treffen.

Sie erzählte mir, was sie sah. »Ich hab kein klares Bild, da ist eine Babywiege. So eine, die ich schon auf Fotos gesehen habe.«

Ich begleitete sie näher an die Wiege, sodass sie reinschauen konnte. Ihre Atmung war ruhig und ich achtete darauf, dass sie erwachsen blieb.

»Näher kann ich nicht gehen.«

»Gut, dann reicht das für heute. Nichts erzwingen.«

Ich ließ sie das Bild aus dem optimalen Abstand anschauen und führte sie zurück in meinen Therapieraum. Sie war so stolz auf sich, dass sie es geschafft hatte, schon mal in die Wiege zu schauen.

»Ich würde sie gern da raus und zu mir nehmen, egal, was ihr jemals passiert ist. Sie gehört zu mir.«

Dem war nichts hinzuzufügen und so nutzten wir diesen Klinikaufenthalt, um sie mit sich selbst zu verbinden, ohne genau zu wissen, was passiert war.

38

Kurz vor Weihnachten fand Alex ein riesengroßes Loft in Kreuzberg. Es musste für unsere Zwecke um- und ausgebaut werden und wir mussten es kaufen. Lange rechneten wir hin und her, wie wir das aufteilen würden, wer welchen Betrag beisteuern konnte. Alex war auch schon im Gespräch mit einer Bank, die uns einen Kredit geben würde, und es klappte alles so schnell, dass wir kaum zum Luftholen kamen. Wir kauften noch im alten Jahr diese komplette Fabrik-Etage.

Dann sollte wohl alles so sein, betete ich mir zufrieden vor. Evas beteiligte sich finanziell, damit Flori und Luciana weiterhin in unserer Mitte leben konnten. Mirko zahlte unbeirrbar auf Lucianas Konto ein, was wir uns nicht anzurühren trauten.

Evas brabbelte beiläufig vor sich hin: »Jetzt macht mein ewiges Sparen und knauserig sein wenigstens einen Sinn. Und Mirkos Mutter hat recht. Geld muss fließen.« Sie steuerte eine großzügige Summe bei.

Wir alle gingen davon aus, dass der Zustand unserer Freundin vorübergehend war und wir Flori bald zurückhatten. Selbst Nelly, von der ich den größten Widerspruch erwartet hätte, fand die Idee des Zusammenlebens toll. Sie bestand allerdings darauf, dass ihr Zimmer weit genug von den Zimmern der Jungs entfernt sein solle.

»Ich will in Ruhe pubertieren«, war ihr verschmitzter Kommentar.

Von meinem Klinikalltag war ich genervt. Fast alle Patienten, die sich letztes Jahr um die Weihnachtszeit in der Klinik aufgehalten hatten, waren auch dieses Jahr da. Mit ähnlichen oder schlimmeren Symptomen. Es war frustrierend für uns Therapeuten, ihren alten Geschichten aufs Neue zuzuhören, und noch frustrierender für die Betroffenen, sie wieder und wieder zu erzählen. Nach der Klinikentlassung ging es vielen zunächst besser, doch schneller als gedacht, verfielen sie wieder in ihr altes Verhalten. Der Sog der destruktiven Muster war stark.

Ich hatte mir immer geschworen, mir etwas anderes zu suchen, wenn ich nicht mehr gern zur Arbeit ginge. Ich hatte nicht damit gerechnet, dass es so schnell sein würde. Vielleicht war es auch der falsche Beruf? Manchmal würde ich lieber in einem kleinen Secondhand-Laden arbeiten. Ich liebte es, wenn Klamotten oder andere Gegenstände neue Besitzer bekamen. Oder wie Roberta, die schon mehrere Studiengänge abgebrochen hatte, und nebenbei in einem sehr netten Café in Kreuzberg arbeitete. Ihr *Nebenbei* wurde ihre Haupteinnahmequelle. Sie lernte Hinz und Kunz kennen und übernahm immer mehr Verantwortung, während ihre Chefin ein zweites Café ausbaute.

Ich aber wusste nicht, was ich wollte und vertagte alle Entscheidungen auf das neue Jahr.

Wie abgesprochen, fuhren wir wie jedes Jahr zum Jahresende in die Toskana. Floris Genesung machte kaum Fortschritte. Sie hätte über die Weihnachtstage nach Hause gedurft, sie wollte nicht. Inzwischen reagierte sie mit einem knappen Ja oder Nein, wenn ihr kurze, konkrete Fragen gestellt wurden.

Die Ärzte diagnostizierten bei ihr eine mittelschwere Depression, das hätten wir denen auch ohne all die Tests und viel früher sagen können. Bei einem Minispaziergang, als der Arm ihres Krankenpflegers sie auf der einen Seite hielt, ihre Gehhilfe sie auf der anderen Seite stützte, stolperte sie und knickte um. Sie war wohl nicht imstande, die kleinsten Hürden zu nehmen. Ihr Fuß schwoll auf das Doppelte an, sodass sie erneut einen Großteil ihrer Zeit im Rollstuhl verbringen musste, und die Laufübungen ausgesetzt wurden.

Abermals war es Alex, der mit einer Idee aktiv wurde. »Ich könnte mit dem Auto in die Toskana fahren und sie einfach einsacken. Soll ich?«, er schaute uns reihum an. Seine braunen Augen erinnerten mich immer an die Augen des italienischen Schauspielers Bruno Maccallini. Augen, die vordergründig lächelten und mit viel Wärme und Licht hinterlegt waren.

Wir überlegten eine Weile hin und her und stimmten Alex couragiertem Plan zu. Roberta und die Kinderschar würden mit dem Flugzeug nach Pisa fliegen. Alex und ich planten die Autotour. Nelly hatte die Aufgabe, Luciana die ganze Zeit an der Hand zu halten, während Roberta ihre Jungs und das Gepäck im Blick behielt. Sarah war dieses Jahr noch nicht entschieden, wo sie ihre Weihnachtstage verbringen würde.

Nelly fragte mich zwischendurch: »Mama, kann Sarah eigentlich ihren Vater mitbringen? Er könnte doch das kleinste Zimmer bekommen, das sowieso leer steht. Sarah wäre eigentlich dieses Jahr bei ihrem Vater über Weihnachten, würde aber gerne mit zu Marta und Massimo kommen. Sie will ihren Vater nicht so allein zurücklassen. Ach, bitte, Mama.«

»Hmm. Ihren Vater kenne ich gar nicht. Ich hatte meistens mit Sarahs Mutter zu tun. Ich denke, ja. Warum nicht«, redete ich so vor mich hin. »Ich bespreche das mit Roberta und Alex.«

»Juhuu, Sarah dein Vater kann mit nach Italien kommen. Er soll meine Mutter anrufen«, rief sie ins Telefon, das sie nur kurz auf lautlos gestellt hatte.

»Hey, du freche Göre, ich hatte noch gar nicht zu Ende überlegt!«

Kurzum, wir besprachen uns und Alex war froh, einen weiteren Mann in der vorwiegend weiblichen Truppe zu haben, und Sarah gehörte sowieso schon zu uns wie die Glocken zum Kirchturm. Wir vertrauten darauf, dass er als Vater von Sarah, diesem Mädchen, was wir sehr mochten, kein Kotzbrocken sein konnte.

»Wenn er doof ist, schicken wir ihn mit Massimo und Ben aufs Feld. Jeden Tag! Irgendwas gibt es dort immer zu tun.«

Wir lachten uns schlapp und setzten reihum immer noch einen drauf.

»Oder bitten ihn, zum Einkaufen nach Pisa zu fahren. Ohne Navi.«

Schenkelklopfen.

»Ich hab's. Er soll zur Post gehen und ein Päckchen abschicken. Das dauert ewig und man muss mindesten zwanzig Formulare ausfüllen und braucht eine Steuernummer.«

»Und das mit der Steuernummer fragen sie erst zum Schluss, wenn man völlig entnervt schon alle zwanzig Formulare ausgefüllt hat.«

Schenkelklopfen und albernes Gejohle.

»Und dann schicken sie dich kopfschüttelnd weg und sagen, du sollst erst die Steuernummer beantragen, bevor du ein Paket abschicken kannst.«

Hätte Roberta mich nicht plötzlich von oben bis unten gemustert, hätten wir noch ewig so weiter gemacht.

»Sag mal Romy, hast du zugenommen?« Prüfend drehte sie eine komplette Runde um mich herum, was schon demütigend genug war.

»Sehr charmant, Berta«, wehrte ich sie ab.

»Ich fress 'nen Spaten, wenn da nicht drei bis fünf Kilo mehr drauf sind. Bestimmt Frustfraß, weil dein Liebster weg ist?«

»Im Gegenteil, ich bekomme kaum einen Bissen runter. Mein Magen ist wie zugeschnürt. Er fehlt mir an allen Ecken.«

Plötzlich schaute sie mich ernst an und in ihren Augen sah ich, was los war.

»Nein!« Das durfte nicht sein.

»Bin ich schwanger?« Sie nickte.

»Du siehst ziemlich schwanger aus, Romyschatz.«

»Das kann nicht sein. Ich habe nur noch einen Eierstock und wir haben aufgepasst. Kondome. Immer. Also, meistens.«

»Man kann auch mit einem Eierstock schwanger werden ... und meistens Kondome, hmm ... Meistens schützt nicht.«

»Jetzt mal nicht den Teufel an die Wand.«

»Wow, du kennst auch Sprüche.«

Wie der Blitz fuhr ich in die Apotheke und holte mir drei Schwangerschaftstests.

Ich überlegte, wann es passiert sein könnte. Neben der Verhütung mit Kondomen hatte ich stets mitgerechnet, wann meine fruchtbaren Tage waren und wann eher nicht. Es konnte nur an diesem ersten Abend in seiner Wohnung passiert sein. Wir waren so glücklich, so verschmolzen und so heiß aufeinander. Diese Hitze hatte scheinbar auch meine Rechenkünste torpediert. Ich wusste noch, dass er mich zwischendrin fragte, ob wir ein Kondom bräuchten und ich nein sagte, da ich nein glaubte. Nein hoffte. Ich wollte nichts zwischen uns haben und auf keinen Fall eine Unterbrechung.

Drei mal zwei Striche.
Dreimal schwanger.

Ich kaufte noch drei weitere Tests. Gleiches Ergebnis.

Ach, du lieber Himmel! Ich war doch nur ein einziges Mal unvernünftig gewesen. Ein einziges Mal hatte ich losgelassen, nichts kontrolliert, und schon gab es eine folgenschwere Konsequenz. Ich erschrak, als ich meinen Gedanken nachging. Mein Baby sollte nicht *folgenschwere Konsequenz* geschimpft werden. Intuitiv legte ich die Hände auf meinen Bauch, der eigentlich nie ganz flach war. Ich hatte in der ersten Schwangerschaft zwanzig Kilo zugenommen, da ich heillos selektiv nur auf das Appetit hatte, was richtig fett machte. Aber nun? Was nun?

Nach der offiziellen Bestätigung meiner Schwangerschaft durch die Frauenärztin weihte ich Nelly ein, da ich längst entschieden hatte, das Kind zu behalten. Ich nutzte einen guten Moment, als wir in ihrem Zimmer saßen und sie mir einen selbstgeschriebenen Artikel für die Schülerzeitung zeigte.

»Nelly, ich bin schwanger«, platzte es aus mir heraus.

»Echt? Von Papa?«

»Nelly ...«

»Reg dich ab, war ein Scherz. Ich weiß inzwischen, dass ihr nicht mehr zusammen kommt. Von dem Schwarzen?«

»Ja. Von Marius, dem Schwarzen, dem Farbigen, dem Schönen, dem Geheimnisvollen, dem Sinnlichen, dem Barmann ...

such dir was aus.«

»Ist ja gut. Ich fand ihn immer sympathisch, auch wenn ich ihn kaum kannte. Ihr wart ein schönes Paar. Schade, dass nie mehr daraus wurde. Willst du es denn?«

Ich nickte und hoffte, dass ein neues Kind niemals etwas an meiner Beziehung zu Nelly ändern würde.

»Ach, Mama, wenn du es willst, bekommen wir das schon hin. Aber ich werde nicht ständig babysitten, du musst langsam ohne mich klarkommen.« Sie schmiegte sich an mich, legte die Hand auf meinen Bauch und sprach nun wieder direkt mit dem oder der Kleinen da drin.

»Willkommen, du neues kleines Babykind. Wir sind bisschen chaotisch, aber hey, Baby, man kann hier ganz gut leben. Die Erwachsenen sind soweit okay. Ich bin Nelly und werde deine große Schwester sein. Wenn du geboren wirst ...« Sie rechnete mit den Fingern, »... bin ich fast fünfzehn und zieh dann bald aus. Aber ein paar Jahre haben wir noch gemeinsam. Kann sein, dass du mit Mama alleine klarkommen musst, aber ruf an, wenn was ist.«

Ich musste schmunzeln. »Kleine Quatschtasche. Von wegen, du ziehst mit fünfzehn bald aus.«

»Das Wort Quatschtasche gibt‘s nicht.«

»Doch. Jetzt schon.«

»Ich muss dem Baby noch was sagen.« Wieder hielt sie den Kopf an meinen Bauch. »Das mit deinem Vater tut mir leid. Der ist irgendwo in Afrika und weiß nichts von dir. Mama kriegt das mit den Langzeitbeziehungen nicht hin. Aber deine Eltern haben sich geliebt, das weiß ich. Also bist du ein Kind der Liebe, und Väter gibt‘s wie Sand am Meer. Wir suchen dir einen Neuen.«

»Soso. Ich bin also nicht gemacht für Langzeitbeziehungen. Mein kleiner Klugscheißer. Mal sehen, wie es dir so gehen wird.«

»Ich will einen einzigen Menschen für immer.«

»Glaub mir, Nelly, das wollte ich auch. Jedes Mal und für immer.«

Sie schaute mich nachdenklich an und ließ sich wortlos für drei Sekunden in meine Umarmung ziehen. Ich roch den Duft ihrer seit neuestem stets frisch gewaschenen Haare und schon war sie wieder weg. »Bye, Mom.«

Neuerdings sprach sie nur noch in ihrer Lieblingssprache Englisch mit mir, mit Sarah, mit ihrem Vater. Machten wohl alle so. »Mama, Berlin ist eine multikulturelle Metropole.«

»Verstehe. Tschüss, Nellyschatz. Also bye ...«

39

Ich stieg mit meinem Gepäck in Alex' Auto und wir fuhren, nur durch einen kurzen Zwischenstopp unterbrochen, nach Süddeutschland, um unsere Freundin Flori zu überraschen. Neben Alex zu sitzen, war die reinste Entspannung. Seine Ruhe schwappte unverzüglich auf mich über und ich schlief schon nach einigen Kilometern tief und fest ein. Anders als bei Nellys Schwangerschaft hatte ich dieses Mal nicht mit Übelkeit zu kämpfen, aber ich spürte meine ganz persönliche Jahresendemüdigkeit in jedem einzelnen Knochen. Dieses Jahr hatte es in sich.

Die Trennung von Flori und Mirko, dieser schreckliche Treppensturz und der psychische Zustand meiner Freundin besorgten mich mehr, als ich zugab. Bald darauf kauften wir gemeinsam das riesige Loft, um Platz für uns alle zu haben, und Luciana einen sicheren Platz in unserer Mitte zu geben, denn das Kindchen war mehr oder weniger übrig geblieben. An Eva nagte der Zahn der Zeit, und ihre noch vorhandene Lebensenergie brauchte sie restlos für ihr eigenes Leben. Da war nichts übrig, die Sorgen um Flori brachten sie fast um. Marius war wirklich weg, wieder zu Hause, auf einem anderen Kontinent, und ich war von ihm schwanger.

Mehr an Veränderungen konnten wir alle nicht verkraften, und ich würde gern die Stand-by-Taste des Lebens drücken, um mal durchzuatmen.

Alex stoppte, tankte und brachte für sich einen Kaffee und für mich einen frisch gepressten Orangensaft mit. Wie immer, wenn mich jemand unkompliziert mit versorgte, war ich gerührt und dachte zwanghaft daran, es wieder ausgleichen zu müssen. Zu gern würde ich es einfach mal annehmen können.

»Wie geht's dir, Romy?«

»Ich bin ständig müde, aber sonst geht's mir gut.«

»Berta sagte mir, du hast ziemlich flott entschieden, das Kind zu behalten.«

»Ja. Das war weiß Gott keine Kopfentscheidung. Nach der ersten Verwunderung, dass ich doch nochmals schwanger sein würde, kam aus meinen tiefsten Tiefen ein klares Ja. Ich wollte zwar nie eine alleinerziehende Mutter sein. Aber die Aussicht, mit euch allen zusammenzuleben, lässt mich ganz optimistisch in die Zukunft blicken.«

»Ich hab deinen Marius nur zwei Mal kurz gesehen. In meinem Kopf gibt es keine Bilder von euch beiden zusammen, deshalb ist es so irreal, dass du jetzt von ihm ein Kind in dir trägst.«

Unwillkürlich kamen mir die Tränen. Als er das sah, streichelte er kurz meine Hand.

»Mir geht es auch oft so. Ich bin nicht mehr sicher, ob es ihn wirklich gab oder ob das alles in meiner Fantasie stattgefunden hat. Dieses Kind ist wie ein letztes Geschenk an mich.«

»Meinst du, er meldet sich?«

»Ich glaube nicht. Er wollte immer alles vermeiden, was uns noch unglücklicher machen könnte. Seine Anrufe oder Mails würden mich in der Sehnsucht festhalten. Ich höre seine Worte: *Romy, du wärst dann immer weiter an mich gebunden und ich an dich. Wir müssen uns freilassen.* Ich glaube, er denkt, wenn er sich nicht mehr meldet, werde ich eher frei sein. Für mich und für andere. Wir haben wirklich keine gemeinsame Zukunft, da hat er schon recht. Er wollte zurück in sein Land, so unbedingt und ohne jeden Zweifel. Er fühlte sich hier entwurzelt und ich möchte hierbleiben. Genauso unbedingt, wie er nach Afrika zurückwollte.«

»Und seine Tochter?«

»Seine Mara. Er hat extra so lange gewartet, bis sie volljährig ist. Er wird mit ihr im Kontakt bleiben und sie kann auch jederzeit zu ihm kommen. Mit ihr ist er im Reinen.«

Selten redete ich mit anderen über ihn, da seine Abwesenheit mich zu sehr schmerzte. Aber hier, mit Alex im Auto, die Augen starr nach vorn gerichtet, konnte ich gar nicht mehr aufhören zu reden. Ich erzählte ihm von meinem Schmerz, meiner Sehnsucht, meiner Liebe, dem unerwarteten Baby in mir und meiner Angst, nicht zwei Kinder gleich stark lieben zu können.

»Diese Angst kannst du vergessen, Romy. Man kann zwei Kinder gleich stark lieben. Man liebt jeden Menschen etwas anders, aber es geht. Auch zwei Frauen kann man lieben oder zwei Männer.«

»Alex?«

»Ich sag ja nur, dass ich daran glaube.«

»Liebst du noch eine andere Frau, außer deiner Roberta?«

»Nein, und selbst wenn, würde ich es dir nicht sagen. Du trägst schon schwer genug an dem anderen Geheimnis.«

»Ja. Stimmt. Manchmal vergesse ich es. Aber immer, wenn ich Luciana anschaue, ist es wieder da. Da Mirko definitiv nicht der Vater ist, rückst du als Vater wieder ins Visier.«

»Manchmal fühle ich mich auch als ihr Vater, ob ich es nun bin oder nicht. Wir haben schon so viel Zeit miteinander verbracht. Ich liebe sie wie meine Jungs. Ich wollte es nicht glauben, aber ein kleines Mädchen ist noch mal was ganz anderes als ein Junge. Sie hat jetzt schon einen bezaubernden Charme, dem ich kaum widerstehen kann«, nachdenklich lächelnd, starrte er auf die Autobahn. »Aber zu dem anderen Thema: Ich glaube, meine Liebe zu Roberta ist so stark in mir verankert, dass da auch noch Platz für jemanden anderen wäre, ohne dass Berta etwas vermissen würde. Rein theoretisch.«

»Alex, Alex. Du stiller, bescheidener Mann. Dir sollte man öfter genau zuhören.«

»Sag ich doch«, grinste er, und ich schaute ihn interessiert aus dem Augenwinkel an. Gelassen steuerte er uns Kilometer für Kilometer in die Klinik. Da wir so friedlich am Reden waren, traute ich mich, nachzufragen, wie es für ihn sei, Flori wiederzusehen.

Ohne zu stocken, antwortete er: »Irgendwie tut sie mir immer nur leid. Wenn ich aber gerade kein Mitleid habe, werde ich wütend und denke, sie soll sich mal zusammenreißen. Wie kann sie Luciana so wegschieben? Wenn ich lange genug wütend war, tut sie mir wieder leid, weil sie anscheinend nicht anders kann. So geht es immer hin und her. Mitleid. Wut. Mitleid. Wut.« Mit der freien Hand fuhr er sich durch die Haare, und obwohl es grau, neblig und kalt war, holte er vorsichtshalber seine schwarze Sonnenbrille aus dem Etui. Die Sonne könnte im Süden ja blitzschnell hervorkommen.

»Geht mir oft ähnlich. Mir hilft der Satz, den ich irgendwo gelesen habe, dass die Seele klug sei. Alles braucht seine Zeit und würde im richtigen Moment passieren. Manchmal glaube ich, sie bereitet sich auf etwas vor.«

»Meinst du, sie wird je wieder sprechen?«

»Doch. Das glaube ich schon.«

Der Parkplatz an der Klinik war proppenvoll, sodass ich ausstieg, während Alex weitersuchte.

Ich hatte Flori in dieser Klinik noch nicht besucht und freute mich, sie endlich wiederzusehen. So kurz vorm Ziel war ich im Zwiespalt, ob es nicht doch besser gewesen wäre, uns anzumelden. Was soll‘s, jetzt war es eh zu spät.

Die freundliche Schwester am Empfang sagte, dass Frollein Florence in der Cafeteria sei. Ich suchte das Café und sah durch die Glastür, dass Flori nicht allein war. Ich zögerte. Vor ihr auf dem Tisch standen zwei Tassen Kaffee und ein unangetastetes Stück Pflaumenkuchen mit Sahne. Sie saß entspannt zurückgelehnt in dem modernen, übergroßen Korbsessel mit großem Kissen, hatte ihre Augen geschlossen, den Kopf leicht zur Seite geneigt und eine Hand lag in der Hand ihres Besuchers.

Ihn sah ich nur von hinten und war mir sicher, ihn nie zuvor gesehen zu haben. Er hatte lockige, helle, fast weiße Haare und schien ihr etwas vorzulesen. Vielleicht ein Mitpatient, war mein erster Gedanke. Vielleicht war sie neu verliebt, war mein zweiter Gedanke. Flori und die Männer. Es würde mich nicht wundern, wenn alle Männer in der Klinik ihr zu Füßen liegen würden.

Gerade als ich diskret zurückgehen wollte, öffnete sie die Augen, sah mich an und erschrak. Sofort zog sie ihre Hand aus seiner und setzte sich kerzengerade hin. Wachsam. Irritiert.

Mir blieb nichts anderes übrig, als nun zum Tisch der beiden zu gehen. Der Mann drehte sich zu mir um, verabschiedete sich in Windeseile von Flori mit einem affigen Handkuss und verschwand, bevor ich *Hallo Flori* ausgesprochen hatte. Ich schaute ihm nach und setzte mich zu ihr. Irgendwie kam er mir bekannt vor.

»Wer war das? Flori?«

Ihr Schweigen erforderte jedes Mal meine ganze Geduld, da ich sicher war, dass sie reden konnte. Sie wollte einfach nicht! Sie starrte mich nur undurchsichtig an. So, wie sie manchmal durch Luciana hindurchgeschaut hatte. Als Alex im Hintergrund auftauchte, wurde sie unruhig und ich klärte sie schnell auf.

»Flori, wir wollten dich überraschen und mit ins Toskanahaus nehmen. Alex und ich sind extra mit dem Auto gefahren, um dich hin- und auch wieder zurückzubringen. Ach, komm schon!«

Bereits die ganze Zeit, während ich ihr unsere Idee schilderte, schüttelte sie den Kopf. Das hieß dann wohl nein. Ich sah, wie sich ihre Augen mit Tränen füllten. Alex gab ebenfalls sein Bestes und argumentierte mit Luciana, die sicher gern ihre Mutter mal wieder sehen würde, was Flori einen hysterischen Weinkrampf bescherte.

Die Schwester bat uns um Verständnis, dass wir nun gehen müssten. Frollein Florence bräuchte Ruhe, und es würde ihr sehr leidtun. Wem jetzt?

Ungelenk verabschiedeten wir uns und versprachen unserer geistesabwesenden Freundin, sie auch auf dem Rückweg zu besuchen.

Enttäuscht, wütend und still fuhren wir weiter, jeder seinen Gedanken nachhängend. Alex rief zwischendurch Roberta an, um unseren Standort durchzugeben und mitzuteilen, dass Flori nicht mitkomme. Es war ein kurzes Gespräch.

»Schlechte Verbindung«, nuschelte er nur. Wir hatten beide keine Lust zu reden.

»Manchmal würde ich sie am liebsten durchschütteln, ohrfeigen und einfach einpacken«, zischte er wütend und schlug mit der flachen Hand auf das Lenkrad. Aus Versehen kam er an die

Hupe, und da sie so schön laut klang, hupte er gleich noch mal. Aggressionsabbau durch Hupen.

Ohne es abgesprochen zu haben, fuhren wir die Nacht durch und kamen in aller Herrgottsfrühe auf unserem toskanischen Hügel, irgendwo im nirgendwo, an.

In den Kronen des Bambusses, der seit Jahrzehnten unverwüstlich neben dem Haupthaus wuchs, wie ich von Marta wusste, hörten wir schon die ersten Vögel zwitschern. Sie schaukelten im Morgenwind, flatterten erst erschrocken auf, waren dann, als sie uns hörten, zwei Sekunden mucksmäuschenstill, um gleich wieder lautstark los zu zwitschern. Ich musste an Marta denken, die über dieses Teufelszeug jedes Jahr schimpfte. Der Bambus vermehrte sich rasant und die neuen Spitzen, die sich durch die Erde bohrten, wuchsen mehrere Zentimeter am Tag. Die meisten neuen Bambusspitzen sahen auch nicht zartgrün aus, sondern schwarz und dick. Mühelos bohrten sie sich ihren Weg und schoben selbst größere Steine beiseite. Im Frühjahr musste der Bambuswald mit Argusaugen beobachtet werden, um junge Triebe direkt zu stoppen. Die Tatsache, dass Bambus im Zweiten Weltkrieg in Japan als Foltermethode angewandt wurde, ließ mich immer wieder schaudern, wenn ich hier war und diesen Bambuswald sah.

Uns war bitterkalt, die durchgefahrene Nacht saß uns bleischwer in den Knochen und Alex verschwand schnell in Robertas warmem Bett.

Da ich die Mädchen nicht wecken wollte und annahm, dass mein Sofa sowieso nicht vorbereitet war, legte ich mich auf das große Sofa im Kaminzimmer. Erschöpft schlief ich dem erwachenden Morgen entgegen.

40

Als ich die Augen öffnete, sah ich den inzwischen neunjährigen Max mit Luciana an der Hand vor mir stehen. Sie folgte ihm auf Schritt und Tritt, und er wurde nicht müde, ihr die Welt und insbesondere die Familienverhältnisse zu erklären.

»Guck, Lucia, das ist Romy. Sie ist sowas wie deine Tante. Tante Romy. Sie ist die Mutter von Nelly. Sie hat keinen Mann.«

»Mann«, wiederholte Luciana und zeigte mit ihrem kleinen dicken Zeigefinger auf mich.

»Nicht Mann. Romy«, wiederholte Max geduldig.

»Omi.«

»Na, fast. Romy«.

Max war in seiner coolen Phase. Er trug weite Jeans, die Hosentaschen nach außen umgestülpt und dazu hautenge T-Shirts, meistens geschmackvoll kombiniert mit breiten Hosenträgern. Eine Hand lässig in der Hosentasche, an der anderen hielt er Luciana.

Ich hörte, wie er ihr weiter erklärte: »Und das ist Konrad. Das ist Sarahs Vater, den kenn ich auch noch nicht gut. Der hat mit uns nichts zu tun.«

Ich hörte ein tiefes, aufrichtiges Lachen. »Guten Morgen, ihr Zwei. Ihr könnt Konny zu mir sagen.«

Er muss aufgestanden sein, um den Kindern hochoffiziell die Hand zu schütteln.

»Max.«

»Konny.«

»Und wie heißt du?«

Ich hörte das Knacken in seinen Knien beim Hinunterbeugen.

»Lutschia«, hörte ich die Kleine flüstern und wusste, auch ihn würde sie im Handumdrehen abchecken. Hatte er eine gute Aura, würde sie sich bei ihm niederlassen, wenn nicht, mied sie zukünftig seine Nähe.

Ich konnte mich nicht mehr beherrschen und drehte mich so, dass ich die Szene sehen konnte. Ich sah Max, eine Hand in der Hosentasche, die andere beschützend auf Lucianas Schulter. Weiterhin sah ich einen Braunbären, der sich mühevoll hingehockt hatte, um Luciana in die Augen zu schauen. Er hielt ihre kleine Hand und sagte formvollendet: »Sehr erfreut, my lady.«

Max kicherte. »Das war englisch.«

»Yes.«

»Nelly und Sarah reden auch immer englisch«, wusste Max zu berichten.

Luciana kannte aus dem Dschungelbuch *Balu, den Bären,* und wähnte sich wahrscheinlich in einem ihrer Bücher, als sie diesem vor ihr hockenden Mann Auge in Auge gegenüberstand. Der Bär war voller Haare und Tattoos, sicher war er auch irgendwo gepierct. Er hatte Mühe, sich wieder nach oben zu stemmen.

Dann sah er mich. »Guten Morgen, Omi. Kaffee?«

»Äh, nein«, ich konnte mir mein Grinsen nicht verkneifen. »Lieber einen Tee. Danke.«

»Romy bekommt ein Baby, da darf sie keinen Kaffee mehr trinken, sonst regt sich das Baby so sehr auf«, klärte Max ihn auf. Dann wäre das also auch schon mal auf dem Tisch.

»Soso, ein Baby, aber keinen Mann.« Er brachte mir einen Tee und wieder registrierte ich blitzschnell, dass ich ihm auch irgendwann mal ein Getränk bringen müsste, damit Geben und Nehmen zwischen uns ausgeglichen war.

Ich tickte doch nicht ganz richtig. Immer öfter fiel mir auf, dass ich nicht einfach etwas annehmen konnte. Ich sollte mit Georg darüber reden. Er hatte sicher eine analytisch durchdachte Erklärung dafür, was bei mir nicht stimmte. Ich brauchte eine!

Das war also Sarahs Vater. Der ominöse Unbekannte, der eine Weile in London gelebt hatte, der nie irgendwo auftauchte, weder in der Schule, noch bei Elternabenden oder diversen Feiern. Ihre Eltern waren schon so lange getrennt, dass ich die Mutter immer als alleinerziehende Frau mit einem neuen Mann an ihrer Seite einsortiert hatte. Dem war scheinbar nicht so. Es gab Konrad,

Sarahs Vater.

»Danke noch mal, dass ich so unkompliziert mitkommen konnte. Ich versuche, mich dezent bei euch einzuordnen. In der Regel brauche ich nicht viel und hoffe, es ist auch okay, mich ab und an zurückzuziehen.«

»Ja, mach, was dir guttut. An diesem Ort kann man sich nur wohlfühlen und herzlich willkommen, Bud.«

»Bud?«

»Bud Spencer.«

Er lächelte mich an und vor lauter Bart und Haaren sah ich nur seine Augen, die zu kleinen amüsierten Schlitzen wurden. Alles an ihm war braun, schwarz oder haarig. Ein gemütlicher, eigenwilliger Mann, war meine erste Einschätzung. Unkompliziert, sich selbst genug und ein bisschen einsam. Er passte zu uns, war mein Gesamtresümee. Sein Alter war durch die vielen Haare für mich nicht einschätzbar. Ich tippte auf Anfang vierzig.

Zu diesem Jahreswechsel prophezeiten viele Menschen das Chaos, da Komplikationen mit der Datumsumstellung von 1999 zu 2000 befürchtet wurden. Aber der weltweit befürchtete Zusammenbruch der Computernetze blieb aus. Alles funktionierte tadellos.

Ich hatte alle Technik zu Hause gelassen, da ich in Ruhe mein Jahr und mein ganz persönliches Chaos ausklingen lassen wollte. Wie immer zählte ich alle Anwesenden durch.

Bud Spencer, Marta, Massimo, ich, Eva und Alessandro, Roberta und Alex. Acht Erwachsene. Und die Kinder Nelly, Sarah, Max, Ben und Luciana. Fünf Kinder. Ein Jahresende ohne Flori und Mirko. Ohne Giuseppa.

Ab kommendem Jahr würde Mirko in Kanada leben und arbeiten, er war bereits unterwegs in sein neues Leben. Flori hatte er einen Abschiedsbrief geschrieben und Roberta gebeten, ihn ihr bei Gelegenheit zu überbringen.

Mich rief er vor Weihnachten an und wünschte mir alles Gute. »Romy, du weißt ja. Geld und Liebe muss man fließen lassen, nicht festhalten.«

»Ich bin dabei, Mirko, ich habe losgelassen und hoffe, ich werde irgendwann wieder vom Fluss der Liebe gestreift. Nein ... warte, nicht nur gestreift. Ich möchte volle Kanne baden in diesem Fluss der Liebe.«

»Das wirst du, Romy, und ich auch.«

Wir legten auf und ahnten, dass wir uns wahrscheinlich nicht wiedersehen würden. Mirko war abgebogen, sein Leben hatte eine neue Richtung eingeschlagen.

Neu war in diesem Jahr, dass ich mir mit Luciana ein Zimmer teilte. Bei der Zimmerverteilung dachten alle, dass ich mich, auch in meinem *Zustand*, darüber freuen würde, ein eigenes Zimmer zu haben. Dass ich liebend gern Zeit mit Luciana verbrachte, wussten sowieso alle. Also schlief ich in Mirko und Floris altem Zimmer und hoffte, dass das kein schlechtes Omen war.

Ich wollte nie wieder eine Trennung erleben! Weder eine Unverhoffte, noch eine Geplante. Ich fühlte mich zu müde für Trennungen jeglicher Art. Zudem hing ich noch an Nellys neunmalklugen Satz, dass ich nicht geeignet für Langzeitbeziehungen wäre. Sehr nachdenklich öffnete ich alle Fenster, ließ frische Luft herein, vermischt mit neuen Gerüchen, mit meinen neuen Gedanken und Gefühlen. Ich markierte wie ein Hund mein neues Revier.

Erstmals hielt ich mich in diesem Jahr an eine italienische Tradition, die Glück versprach. Um Mitternacht sollte man ein rotes Kleidungsstück, am besten als Unterwäsche, tragen. Das musste unbenutzt und nicht selbst gekauft sein. Da ich vor Weihnachten viel mit Georg zu tun hatte, und wir oft den gleichen Heimweg hatten, war er der Auserwählte.

»Georg. Ich brauche eine bestimmte rote Unterwäsche und du musst sie kaufen. Ich weiß, wo es sie gibt.«

»Wieso muss ich dir Unterwäsche kaufen?«

»Vertrau mir doch einfach mal. Deine Freundin und Kollegin braucht rote Unterwäsche. Bist du nun ein Freund oder nicht?«

Obwohl er nichts verstand, tat er mir diesen Gefallen. Als ich ihm später das Geld wiedergeben wollte, sagte er nur.

»Sieh es als Freundschaftsgeschenk an, was immer du damit

vorhast. Gibt‘s einen neuen Typ an deiner Seite?«

»Wo denkst du hin. Das ist für Silvester.«

»Eben!«

Sein Gesicht signalisierte ein unausgesprochenes: *wusst ich’s doch!,* und er sah dabei unbeschreiblich dämlich aus, da er wie immer mit seiner Mimik übertrieb. Aufgerissene Augen, tiefe Stirnfalten, schiefer Mund.

Ich dachte nicht daran, ihn aufzuklären. Er winkte nur noch mit einem genuschelten »Frauen, versteh sie einer!«, ab und ließ das Thema ziehen.

Georgs Freundinnen waren in der Regel zarte Elfen, die vor Irgendetwas gerettet werden mussten. Seine aktuelle Elfe bescherte ihm seit geraumer Zeit Kopfzerbrechen, sie ließ sich einfach nicht retten. Er konnte nicht ihr Held sein und war dementsprechend mies drauf. Silvester verbrachte er mit ihr in den Alpen in einer einsamen Skihütte. Ich hoffte für ihn, dass sie ab und zu hinfiel, damit er ihr beim Aufstehen helfen konnte. Das musste doch möglich sein.

Nun teilte ich mir mit Luciana das Doppelbett und stopfte an den Seiten zusätzliche Decken hinein, damit sie nicht wieder hinauskullerte.

Roberta und Alex waren am Silvesterabend unterwegs in *Volterra* und fragten tausendmal, ob das für uns in Ordnung sei. Sie wollten mal wieder als Paar allein sein und über die Stränge schlagen.

»Sex, drugs and rock`n‘roll. Ihr versteht?«, Roberta zwinkerte uns und Alex verführerisch zu und leckte mit der Zunge über ihre geschminkten Lippen.

»Versteht«, plapperte Luciana, die gerade gerne unsere letzten Worte wiederholte und uns nacheinander stolz anschaute.

»Gott, seid ihr peinlich«, regte sich Sarah auf und zog Nelly, die ähnlich angewidert schaute, am Ärmel, um zu verschwinden.

Nur Max, der die englische Sprache zwar auch liebte, aber noch nicht ganz verstand, wollte es genauer wissen: »Sex verstehe ich ja, Drugs heißt Drogen. Nehmt ihr etwa Drogen? Und

Rock`n‘Roll, hmm ... ihr wollt tanzen?«

Alex strich Max über den Kopf. »Keine Sorge, das ist nur so ein Spruch für ... hmm ... das Leben genießen oder frei sein oder Spaß haben.«

Ben, der sich selten an solchen Gesprächen beteiligte, fragte ernst, seinen Vater musternd: »Habt ihr mit uns keinen Spaß?«

Roberta und Alex schauten sich liebevoll an.

»Hey, Jungs, eure Mutter hat nur einen blöden Spruch rausgehauen, der dieses Mal nicht verdreht war. Natürlich haben wir mit euch auch Spaß, aber manchmal wollen ein Mann und eine Frau auch alleine Spaß haben. Dann sind wir für ein paar Stunden nämlich keine Mama und kein Papa, sondern Alex und Berta. *Capici*?« Alex grinste.

»Pitschi«, gluckste Luciana.

»*Capito*!«, antworteten Max und Ben fast gleichzeitig.

Dann packten die beiden ihre Sachen für ihr Rendezvous als Paar und machten sich fröhlich auf den Weg. Am Neujahrsabend wollten sie zurück sein.

Nelly und Sarah feierten mit Gleichaltrigen im nächsten Dorf. Bud Spencer wollte sie später abholen und sicher nach Hause bringen.

Max und Ben verbrachten den Abend bei Marta und Massimo, Eva, Alessandro und ich waren für Luciana zuständig. So hatte jeder seinen Platz und seine Aufgabe, genau wie ich es liebte. Luciana, die es sich beim Abendessen auf meinem Schoß gemütlich gemacht hatte, schlief von einer Sekunde auf die andere ein. Ihr warmer Atem strich gleichmäßig an meinem Hals entlang und ich wagte kaum, mich zu bewegen. Manchmal war Glück klein und überwältigend.

Als ich dann doch aufstand, schlang sie ihre Ärmchen um meinen Hals und seufzte wie eine alte Frau, die schon ein langes Leben hinter sich hatte.

Ich legte sie auf das große Doppelbett, deckte sie zu und küsste sie auf die Stirn. »Schlaf gut, meine kleine Lucia.«

Da öffnete sie die Augen und ich dachte schon, ich hätte sie geweckt.

»Wo ist Mama?«, artikulierte sie diese drei Worte glasklar und genauso eindeutig schaute sie mich an. Mir stockte für einen Moment der Atem, intuitiv wusste ich, dass nur die Wahrheit in Frage kam.

»Schatzi, deine Mama ist krank und ich fürchte, es wird noch länger dauern, bis sie wieder gesund ist. Sie ist weit weg, in einem Haus, wo Kranke sich erholen können. Dort sind viele nette Menschen, die ihr helfen. Du bist bei uns, wir passen auf dich auf.«

Sie hörte meinen Satz bis zum Ende, seufzte wieder und rollte sich auf der Seite zusammen. Ich legte mich zu ihr, bedeckte sie mit meinem Arm und schaukelte uns in den Schlaf. Wie Wellen auf dem Meer. Vor, zurück, vor, zurück.

Als hätte unser Gespräch nie stattgefunden, schlief sie wieder ein, ihren kleinen Eisbären Puppy im Arm und nahm mich mit in ihre Träume.

Ausgerechnet zur Jahrtausendwende schlief ich schwanger, in meiner unbenutzten roten Unterwäsche und mit einem Kleinkind im Arm ein, resümierte ich kurz vor der Tiefschlafphase.

41

Bud Spencer hielt Wort und hatte unsere beschwipsten Töchter heil in ihre Betten verfrachtet. Wir würden vermutlich vor dem frühen Nachmittag nichts von ihnen hören. Ben und Max hatten ihre Lager bei Opa Massimo aufgeschlagen, wie sie ihn immer öfter nannten, und Marta würde sie nach Strich und Faden verwöhnen, da war ich mir sicher.

Luciana weckte mich früh und ich hörte wieder ihr süßes »Omi, Omi«, während sie friedlich neben mir lag und sich immer wieder das gleiche Buch anschaute.

Ich sah sie von der Seite an, bewunderte ihren kerzengeraden Rücken und rollte mich zu ihr.

»Luciana, sag mal Romy, Rrrrr, noch bin ich keine Omi, auch in diesem neuen Jahr nicht. Rrrr.«

Freudestrahlend schaute sie mich an und wusste nicht, was ich von ihr wollte. Oder sie wusste es und wollte nicht, wie ihre Mutter. Eigensinnig bis zum Umkippen.

»Komm, einmal ... Rrrrromy.«

»Ooooomy.«

Ich pustete Luft in ihren Nacken, bis sie quietschte wie eine kleine gelbe Badewannenente.

Wir balgten uns noch eine Weile und dann starteten wir in diesen neuen Morgen, in dieses neue Jahr, in dieses neue Jahrtausend.

Ich zog ihr frische Sachen an und kommentierte laut mein gesamtes Tun. »Lucia, Arme hoch. Ahh, wunderbar. Der Pullover ist über den Kopf. Fertig.«

»Fertig«, sie strahlte mich an.

»Und jetzt noch die Schuhe. Warte ...«

»Warte«, wiederholte sie und drehte dabei ihre Finger in meine Haare.

»Prima, du hilfst mir, dass alles gut flutscht.«

»Fluscht«, wiederholte sie so süß falsch. Sie hatte spät angefangen zu sprechen, und wir freuten uns über jeden Unsinn, den sie nachplapperte.

»Na, komm, lass uns frühstücken.«

Sie rannte in die Küche. Ihr linker Arm wedelte wie ein kleiner Antrieb vor und zurück. Im rechten hielt sie ihren Puppy fest. In der Küche sah ich mich einem fertig gedeckten Frühstückstisch und einem lesenden Bud Spencer gegenüber.

»Guten Morgen, ihr zwei Hübschen. Der Tee für die *Signora* und der Kakao für *Bambina* Lucia sind fertig. Ich wünsche ein wirklich gutes neues Jahr!«

»Wow, das ist ja eine Überraschung! Ich muss sagen, das Jahr fängt gut an. Danke. Ich muss mich bald mal revanchieren.«

»Du musst gar nichts.«

Wir frühstückten zusammen und redeten über unsere Töchter Nelly und Sarah. Luciana zeigte ihm irgendwann ein Kinderbuch, er nahm sie wie selbstverständlich auf seinen Schoß und las ihr den kurzen Text vor. Zufrieden rutschte sie wieder herunter und holte sich ihre Spielsachen auf den Küchenboden, direkt neben den Küchentisch. Direkt neben Bud. Intuitiv wusste sie immer, wo die Stimmung gut war. Dort ließ sie sich nieder.

Ohne zu bemerken, wie die Zeit verging, saßen wir gemeinsam an diesem Tisch und redeten. Völlig unbekümmert fragte er nach dem Vater meines Ungeborenen.

»Das ist eine lange, schöne und gleichzeitig traurige Liebesgeschichte. Die erzähle ich dir ein anderes Mal. Und nur ... wenn du mir auch deine Liebesgeschichten erzählst.«

»Alle?«

»Die Letzte.«

»Abgemacht.«

»Gibt es so viele?«

»Ich bin deutlich älter als du.«

»Wie alt?«

»Zweiundvierzig.«

»Stimmt, alt.«

Der erste Tag in diesem neuen Jahr verlief so harmonisch, wie die schönste Melodie einer singenden Nachtigall. Nelly und Sarah kamen lediglich zur Nahrungsaufnahme aus ihrem Zimmer. Wenn ich sie besuchte, um zu schauen, ob sie noch lebten, stolperte ich über ihre Haufen von Klamotten, die auf dem Boden verstreut herumlagen. Gut, dass ich mein eigenes Zimmer hatte. In *meinem* Zustand.

Doch am Abend war es mit jeglicher Harmonie vorbei, egal was die Nachtigallen trällerten. Roberta und Alex kehrten aus *Volterra* zurück und ein Orkan fegte mit ihnen durchs Haus. Berta kam zu mir, ihre pulsierende Halsschlagader schien gleich zu platzen. Ihr vor Wut zitternder Finger zeigte auf mich: »Romy! Hast du es gewusst?«

Schweigen.

»Hast. Du. Es. Gewusst?«

»Ja ...«

Sie fegte aus meinem Zimmer, knallte die Tür hinter sich zu, und ich hatte keine Chance, nur ein Wort mehr zu sagen. Ich folgte ihr. Sie packte wütend ihre Klamotten, nahm die Autoschlüssel und sagte nur noch: »Ihr könnt mich alle mal. Ihr steckt alle unter einer Decke. Ihr habt mich alle hintergangen. Alle!« Sie bebte vor Zorn. Ihre Augen waren kalt, die Lippen zusammengepresst und schmal wie ein Strich. Ich sah, dass sie am liebsten geweint hätte. Aber Roberta weinte nicht. Nie. Ohne sich noch einmal umzudrehen, stürmte sie zum Auto und düste davon.

Das war's also.

Entsetzt schaute ich Alex an, der deppert im Raum stand.

»Genau das hatte ich befürchtet. Und nun? Geht's dir jetzt besser, Alex? Hast du dein Gewissen erleichtert?«

»Jetzt fang du nicht auch noch an, bitte. Ich habe es einfach nicht mehr ausgehalten. Ewig mit dieser Lüge zu leben. Sie denkt natürlich, dass Luciana meine Tochter ist, jetzt wo Mirko definitiv nicht mehr infrage kommt. Sie kocht vor Wut.«

»Das war nicht zu übersehen. Sie hasst es, hintergangen zu

werden, das wird sie uns im Leben nicht verzeihen. Schöne Scheiße, dass ihr mich da reingezogen habt, sonst hätte sie jetzt wenigstens mich als Vertraute. Was machen wir jetzt?«

»Ich denke, sie wird mit dem Auto nach Hause fahren. Ich guck mal lieber nach Flügen für uns beide, sonst muss Konrad allein mit allen Kindern nach Hause fliegen. Scheißmist, alles.«

Roberta blieb weg und ging nicht an ihr Handy.

Ben und Max fragten nach ihrer Mutter und ich überließ es Alex, seine Kinder aufzuklären.

»Mama und ich hatten Streit. Sie ist schon mal mit dem Auto vorgefahren und ich fliege morgen mit euch zurück. Aber keine Sorge, Erwachsene streiten und vertragen sich, genau wie Kinder.«

»Hattet ihr doch keinen sex und drugs und rock`n'roll?«, kombinierte Max pfiffig.

»Doch, aber nicht die ganze Zeit.« Alex blieb seinen Kindern keine Antwort schuldig, das war mir neu. Bisher hatte ich meistens Roberta beim Antworten zugehört. Den Kindern gingen langsam die Mütter aus und ich gab mein Bestes, für meine Freundinnen Flori und Berta einzuspringen.

Ich setzte mich zu Ben, der die ganze Zeit schwieg, aber sehr aufmerksam den Fragen seines Bruders und den Antworten seines Vaters folgte.

Sein Bruder Max wollte es noch genauer wissen. »Wieso habt ihr gestritten, Papa?«

»Das ist eine alte Geschichte.«

»Was für eine alte Geschichte?« Max ließ nicht locker.

»Irgendwann erzähle ich es euch. Nicht jetzt.«

Bud sprang ein und fragte, wer denn Lust auf Pfannkuchen hätte. Er bräuchte dringend Hilfe in der Küche. Selbst Nelly, meine kleine Maultasche, half ihm in der Küche.

Ich hörte, wie sie ihm erzählte, dass ihre Mutter eine Null in der Küche wäre. »Deshalb kann ich auch nichts kochen oder backen. Ich würde von Fünf-Minuten-Terrinen leben müssen oder tiefgefrorener Pizza. Aber sonst ist meine Mutter okay.« Pries sie mich jetzt etwa an wie eine alte Topfpflanze?

»Ja, deine Mutter ist okay. Das mit dem Kochen kann man lernen.«

»Mama nicht, glaub mir.«

Ich staunte nicht schlecht. Ich hatte Nelly lange nicht mehrere Sätze am Stück und in ihrer Muttersprache reden hören und schon gar nicht mit einem Erwachsenen.

Alex konnte noch Flugtickets für uns bekommen und unsere Rückreise war dieses Jahr von Robertas Verschwinden überschattet. Die gedämpfte Stimmung begleitete uns bis nach Berlin. Alex fragte mich vorsichtig, ob ich unter diesen Umständen Luciana ganz zu mir nehmen könne. Er müsse schauen, wie er die Sache mit Roberta wieder gerade rückt und sich um das Loft und den Umzug kümmern. Ben und Max hielten sich die ganze Zeit dicht bei ihrem Vater auf und ich betete, dass Berta Alex und auch mir verzeihen konnte. Und irgendwann auch Flori.

Luciana konnte am wenigsten für dieses Durcheinander der Erwachsenen und natürlich nahm ich sie zu mir.

Als ich mich von Bud verabschiedete, Konny ging mir nicht über die Lippen, sagte er geradeheraus, »Romy, ich würde dich schlicht und einfach gern wiedersehen. Ich will nicht sterben und mir vorwerfen, dich nicht gefragt zu haben.«

Er war fast zwei Köpfe größer als ich, sodass ich zu ihm hochschauen musste. Er erwiderte klar und unmissverständlich meinen Blick. Ich sah nichts Schlechtes.

»Wir schulden uns ja auch noch unsere Liebesgeschichten«, erwiderte ich etwas nüchtern, überrascht von seinem Interesse an mir, der schwangeren Omi.

Mir imponierte seine Gelassenheit und ich mochte seinen Witz von der ersten Minute an. Zudem war ich froh um jeden neuen Erwachsenen in unserer Runde, der gut mit Kindern umgehen konnte. So langsam bekam ich Muffensausen, dass nur noch Alex und ich übrigbleiben würden.

42

Roberta blieb verschwunden. Als Alex zu Hause ankam, war nichts von ihr zu sehen. Alex‘ Nachforschungen ergaben lediglich, dass sie sich im Café krankgemeldet hatte. Keiner von uns wusste, wo sie sich aufhielt und was sie vorhatte.

Alex machte stoisch alles weiter so, wie wir es geplant hatten. An unserem neuen Zuhause wurde gebaut, gehämmert und gebohrt. Der gemeinsame Umzug sollte Mitte Februar stattfinden. Immer öfter betreute ich alle Kinder und war zeitweise froh, wenn wenigstens Nelly bei Sarah war, um mich sofort dafür zu schämen. Ich war nach wie vor dünnhäutig und alles war mir zu viel.

In meinen schlimmsten Albträumen sah ich mich in dieser riesigen Wohnung mit den Kindern Ben, Max, Luciana, Nelly und einem Neugeborenen allein. Immer wieder musste ich mich der wahrhaftigen Präsenz von Alex versichern. Ich war in einem fürchterlichen Zustand und bestand nur noch aus Verlassenheitsängsten. Mitten auf der Baustelle, als ich ihm die fehlenden Werkzeuge brachte, brauchte ich seine beruhigenden Worte.

»Romy, versprochen. Ich gehe nirgendwo hin. Dein Marius ist zwar weg und zugegeben, Flori ist auch erstmal weg und nur der Teufel weiß, wo Roberta steckt. Aber glaub mir, alles wird sich beruhigen. Glaub mir. Am Ende wird alles gut.«

»Aber wann ist das Ende?«

»Wenn alles gut ist.«

»Woher nimmst du nur deine Zuversicht? Ich bestehe gerade nur aus Angst, und mein Denken bestimmt der Mangel. Ich denke nur noch daran, was ich alles nicht habe und was noch alles schiefgehen könnte. Und dann schaue ich auf die Kinder. Sehe, wie Ben und Max an dir kleben und Angst haben, dass ihre Mutter nicht wieder kommt. Sehe Luciana, die sich Gott sei Dank nimmt, was sie braucht. Denke an mein ungeborenes Baby, das in dieses Chaos geboren wird, und habe Angst, Nelly zu vernachlässigen.«

»Immerhin erkennst du dein Mangeldenken, das bringt dich kein bisschen weiter. Denk aus der Fülle. Schau, was wir alles haben.« Er nahm meine Hand, seine andere legte er fast zärtlich auf meinen Bauch und zog mich dann in seine Arme. »Ich bin da, Romy. Ich bin da.« Seine Worte und seine reale Anwesenheit beruhigten mich. Sobald er mit seinen Kindern nach Hause ging, bekam ich Panik.

»Guck mal, man kann unsere Geschichte auch so erzählen: Wir haben bald eine riesengroße Wohnung und leben zusammen unter einem Dach. Jedes Kind ist willkommen und wann immer ein Erwachsener mal wegbricht, springen die anderen ein. Ich habe Eva und Konny angerufen, ob sie uns helfen würden. Beide haben sofort zugestimmt. Romy, du brauchst eine Pause, du bist völlig durch den Wind.«

Nach seinen Worten ließ ich mich noch tiefer in seine Arme fallen und weinte meine aufgestauten Tränen. Wie immer berührte es mich, wenn jemand sah, wie es mir ging. »Lass los, ich hab dich«, flüsterte er.

Eva kam angereist, zog mich wortlos an sich und flüsterte dann: »Romy, mein Mädchen.« Unter ihrem Flügel erlaubte ich mir eine kurze Verschnaufpause und genoss es, dass sie mir sanft über den Rücken und später über den Kopf strich.

Sie krempelte die Ärmel hoch, nahm Luciana und die Jungs mit in Floris alte Wohnung und versorgte die Kinder. Die Maisonette-Wohnung wurde seit Monaten kaum benutzt, und mit unserem Umzug sollte sie ausgeräumt und abgegeben werden. Eva würde immer bei uns schlafen, wenn sie in Berlin ein Bett bräuchte.

Ich hatte seit langem einen stillen Abend für mich. Ich lag in meinem Wohnzimmer, legte die Hände auf meinen Bauch und schlief sofort ein. Ich spürte noch, wie Nelly die Decke über mich legte und mit jemandem an der Tür sprach.

Als ich aufwachte, saß Bud Spencer neben mir. »Na, du Schlafmütze. Da du alle unseren getroffenen Verabredungen zuverlässig abgesagt hast, dachte ich, ich mach jetzt mal Nägel mit Köpfen und besuche dich.« Als er diesen Spruch sagte, musste ich sofort an Roberta denken und heulte wieder los.

»Hab ich was Falsches gesagt?«

»Nein, nein. Roberta verdreht immer alle Sprüche. Sie hätte gesagt: *Ich hole jetzt mal Nägel und Köpfe,* weil alles andere für sie keinen Sinn macht. Sie fehlt mir so.«

»Ich hole Nägel und Köpfe klingt jetzt auch nicht übermäßig sinnvoll.«

Ich musste lachen und winkte ab. »Lass mal. Insiderwitze. Wo ist Nelly?«

»Sie ist mit einer großen Liste einkaufen gegangen. Ich koche.«

»Nelly und einkaufen. Freiwillig?«

»Absolut freiwillig. Sie freut sich auf mein Essen.«

»Bist du ein Koch?«

»Ich liebe kochen, aber das ist nicht mein Beruf. Ich bin Schriftsteller, Fotograf und wenn es sein müsste, könnte ich auch ein Koch sein oder Taxifahrer, Tellerwäscher, Gabelstaplerfahrer ...«

»Ist ja gut, ist ja gut, du Allrounder. Schöne Berufe. Müsste ich was von dir kennen? Bücher? Fotos?«

»Unbedingt, alles.«

Wir plänkelten so vor uns hin und ich fühlte mich durch seine Anwesenheit deutlich entlastet, wobei er *nur* kochte. Nelly und er zauberten gut gelaunt ein italienisches Abendessen, danach war ich im wahrsten Sinne des Wortes genudelt und schlief direkt wieder ein.

So sang- und klanglos wie Roberta verschwunden war, tauchte sie wieder auf. Eines Abends klingelte es an meiner Tür und da stand sie. Ich sah eine aufrechte, überraschend ruhige Roberta mit einem Pokerface vor mir. Sie verstand meisterhaft, alles, was sie fühlte in die zweite Reihe zu schieben.

Aber das war mir so egal! Ich war nur für eine Millisekunde irritiert, da es in meiner Vorstellung immer so aussah, dass sie mich bei unserem Wiedersehen anschrie, mir Vorwürfe machte und dabei auf und ab tigerte. All das tat sie nicht.

Ich warf mich an ihren Hals, zog sie in meine Wohnung und sagte alles, was ich schon immer sagen wollte. »Roberta. Gott sei Dank bist du wieder da. Ich dachte, jetzt bist du auch noch weg und lässt mich hier mit allem allein. Es tut mir so leid. Ich war in einer Scheißsituation und wusste nicht, was ich machen sollte ... Angst ... alles kaputt ... Roberta. Flori. Mirko ... Luciana. Unsere ganze Sippe.« Ohne es zu wollen oder gar steuern zu können, heulte ich schon wieder.

Sie nahm meine Hände und legte sie in ihre. »Romy, beruhige dich. Ich hatte viel Zeit zum Nachdenken, dich trifft am wenigsten Schuld. Ich hätte auch nicht gewusst, was ich an deiner Stelle gemacht hätte. Ich bin enttäuscht von Alex und Flori. Enttäuscht und wütend. Sauwütend. Flori versteckt sich hinter ihrer Scheißsprachlosigkeit, schummelt Luciana hinterrücks in unsere Familie, und Alex vögelt alles, was bei drei nicht auf dem Baum ist.«

»Berta, das stimmt so nicht.«

»Nur weil es in unserer Beziehung schwierig war, geht er zur nächsten. Zu meiner Freundin, beschissener geht‘s doch wohl nicht.«

Wir hielten uns weiter an den Händen.

»Ich vermisse meine Kinder, deshalb bin ich hier. Ich vermisse auch die kleine Luciana. Die Vorstellung, dass sie vielleicht Alex‘ Kind ist, hat mich völlig aus der Bahn geworfen. Auch damit könnte ich Frieden schließen. Aber ich kann jetzt nicht einfach weitermachen, als wäre nie was gewesen.«

»Was hast du vor?«

»Ich würde gern in deine Wohnung einziehen, wenn ihr ins Loft zieht. Deine Wohnung kann ich mir leisten und sie ist groß genug, dass die Kinder auch hier sein können.«

»Berta, nein! Redet über all das und versöhnt euch wieder. Alex liebt dich.«

»Ich kann nicht. Ich möchte endlich mal mein Ding machen. Ich habe mich schon so oft zu sehr verbogen, um ihm und den Kindern alles recht zu machen. Ich wollte unbedingt eine heile Familie, um jeden Preis. Ich weiß gar nicht mehr, wer ich bin. Hätte ich die Kinder nicht, hätte ich mir eine ganz andere Auszeit vorgestellt, wäre mal nach Indien gereist, in ein buddhistisches Kloster gegangen. Irgend so etwas. Ich fühle gerade nichts für Alex, meine Liebe ist auf unserem langen Weg verschüttgegangen. Das mit Flori ist quasi der Tropfen, der jetzt überquillt. Ich lebe jetzt mein Leben weiter, bis die Kinder alt genug sind, und dann mache ich meine Reise.«

Ich lächelte selig, sie war wieder da. *Der Tropfen, der das Fass zum Überlaufen brachte.*

Ich dachte mir nur den richtigen Spruch, laut sagte ich: »Berta, rede mit Alex. Geht noch mal zu dem Therapeuten, aber redet. Vielleicht geht deine Reise auch schon viel früher. Jetzt. Wenn wir im Loft wohnen, wird vieles leichter. Wir könnten untervermieten, uns Hilfe holen. Was auch immer. Es wäre so schade um euch als Paar.«

Robertas Gesicht wurde weicher. Ich rückte zu ihr und legte meinen Arm um sie.

»Bertaschatz, ich weiß, Bertaschatz sage ich nie, das ist dir viel zu soft, aber jetzt passt es. Wenn du jetzt im Leben eine Auszeit brauchst, nimm sie dir. Ich stehe total hinter dir und für die Kinder ist nur wichtig, wie man es ihnen verkauft. Wenn sie merken, dass wir alle zusammenhalten, verkraften sie das. Besser, als wenn du einfach abhaust.«

Sie lehnte ihren Kopf auf meine Schulter und weinte endlich. Nie hatte ich diese Frau weinen sehen, weder als Jugendliche noch als Erwachsene. Ich sagte nichts und ließ sie weinen, still und endlos.

»Für mich ist dieser Betrug so schlimm. Ich fühle mich auf das Mieseste verraten, von meiner Freundin und von meinem Mann. Doppelt. Ein bisschen auch von dir, also dreifach. Deine Position kann ich aber am besten verstehen und will dich nicht auch noch verlieren. Flori und Alex kann ich gerade nicht mehr sehen. Es tut mir leid, dass ich einfach abgehauen bin. Sowas habe ich noch nie vorher gemacht. Vor allem für meine Jungs tut es mir leid.«

»Erklär es ihnen, so gut du kannst. Sie sind wirklich durcheinander und kleben regelrecht an Alex. Wo warst du eigentlich?«

»Ich bin in Italien geblieben und habe mich dort treiben lassen. Bin bis nach *Florenz* und *Siena* gefahren und dann langsam zurück Richtung Deutschland. Hauptsächlich war ich im Auto und bin gefahren, gefahren, gefahren. Auf der Rückreise stand ich vor Floris Klinik und wollte erst reingehen und sie zusammenscheißen. Sie so lange schütteln, bis sie endlich spricht. Ich wollte ihr wehtun. Ich bin auch hinein gegangen, aber dann sah ich, dass da jemand zu Besuch war und bin unverrichteter Dinge wieder abgehauen. Vielleicht war das mein Glück. Ich schwöre dir, ich hätte ihr was angetan.«

»Mist, das hatte ich ganz vergessen. Ein Mann mit hellblonden Haaren? Den habe ich auch schon bei ihr gesehen. Kennst du ihn?«

»Nein. Wer soll das sein?«

»Keine Ahnung.«

»Das Frollein Florence spricht ja nicht mehr. Boah, bin ich sauer.« Sie schnaubte und hörte gar nicht zu, was ich sagte. Sie war in ihrem Rachefilm. »Romy, ich gehe jetzt zurück in unsere alte Wohnung und versuche mit Alex und den Jungs zu reden. Aber ich will mich nicht mehr verbiegen. Ich sage den Jungs die Wahrheit.«

»Was ist die Wahrheit?«

»Dass Alex mich angelogen hat und ich darüber nachdenken muss, was alles passiert ist. Und dass ich für das Nachdenken Zeit brauche ... und dass das alles nichts mit Max oder Ben zu tun hat.«

»Bitte, Roberta. Rede zuerst mit Alex, bevor du mit den Kindern redest.«

Sie rief ihn an und klang von einer Minute auf die andere wie ein Roboter. Emotionslos teilte sie ihm nach zwei Wochen Abtauchen ihr Statement mit. »Alex, ich bin‘s. Wir müssen reden und nein, ich komme nicht zurück. Ich brauche noch Zeit.«

Ich konnte mir trotz der Kürze ihrer Aussage seine Erleichterung am anderen Ende der Leitung vorstellen. Konnte sehen, wie sich seine rechte Lippe leicht nach oben schob. Hauptsache, seine Berta war wieder da. Was sie da noch nuschelte, würde er einfach beiseiteschieben. Sie war zurück und wollte mit ihm reden, das würde ihm reichen.

Ein erster Anfang nach der Wahrheit.

43

Und so wurde es Februar. Der Bauch wölbte sich unter meinem dicken Wollpullover, meine Schwangerschaft war nicht mehr zu übersehen. Da mir alle Hosen zu eng waren, zog ich nur noch dicke Strickpullover und Strumpfhosen an. Wie bei Nelly legte ich besonders in den ersten Monaten an Umfang zu. Mein Heißhunger fokussierte sich auf Leberwurst und Eiscreme. Würde Bud Spencer nicht ab und zu ein gesundes Essen für uns alle kochen, würde ich bald selbst wie eine Leberwurst aussehen.

Inzwischen wusste ich, dass mein Baby ein Junge war. Ich liebte ihn von Beginn an, sprach mit ihm, erklärte ihm die Geschichte mit seinem Vater und war überzeugt, dass er auch von ihm geliebt wurde, wüsste Marius davon. Ich hoffte, dass er optisch seinem Vater ähneln würde. Milchkaffeebraune Haut, braune Augen und Dreadlocks. Von mir aus von Geburt an.

In der Klinik wurde ich nicht geschont. Meine Chefin fand meine Schwangerschaft nicht so prickelnd und ließ mich das auch wissen. Meinetwegen müsse sie nach neuem Personal Ausschau halten, und ob ich denn schon wisse, wann ich wiederkäme.

Gar nicht, war meine stumme Antwort. Der Job erschöpfte mich mehr, als ich zugab, aber wenn ich was gut konnte, war es auszuhalten. Ausblenden und Aushalten, eine tolle Kombination.

Georg redete mir zu, mich krankschreiben zu lassen. »Romy, du siehst scheiße aus.«

»Danke auch.«

»Bleib zu Hause. Wenn etwas mit dem Baby passiert, wirst du dich dein Leben lang darüber ärgern.«

»Was soll schon passieren?«

»Stress. Blutungen. Abortus. Dein Kind hört die ganzen dramtischen Lebensgeschichten, obwohl es noch nicht mal auf der Welt ist.« Erwartungsvoll schaute er mich an.

»Okay ...«, zögere ich die Antwort hinaus, «Letzteres überzeugt mich.«

»Na endlich.«

»Aber dann musst du die Gruppe ab jetzt allein machen.«

»Romy, lass los. Ist doch nur für eine Weile, bis unsere Chefin Ersatz gefunden hat. Weißt du was? Ich dehne einfach den Bewegungsteil aus.«

»Irgendwann bringen sie dich um.«

»Du weißt doch, ich bin *everybodys darling.* Niemand bringt mich um.«

Konspirativ schauten wir uns an und er besiegelte mein Loslassen mit einem Schlag auf meinen rechten Oberarm. Manchmal glaubte ich fast, an dieser Stelle eine ewig sichtbare Delle zu behalten. »Du Leberwurst, du«, verabschiedete er mich fast zärtlich.

Anfang März war es dann so weit und der erste Umzug in das Loft fand statt. Alex hatte einen Plan ausgearbeitet und alles akribisch vorbereitet. Ich erkannte ihn kaum wieder. Der Mann aus der zweiten Reihe rückte in den Vordergrund und hielt alle Fäden fest in der Hand.

Drei Wohnungen mussten geräumt werden. Drei Haushalte mussten in das Loft geschleppt werden. Der Startschuss fiel mit Floris Wohnung. Eva reiste nach Berlin, sortierte, mistete aus und packte Kisten. Sie nahm einige ihrer Sachen mit nach Italien, andere wanderten in die neue Wohnung, andere auf den Flohmarkt. Flori wusste durch Eva über unsere Umzugsaktion Bescheid und nahm alles wortlos hin. Sie hatte aber keine Ahnung, dass Roberta über ihren Toskana-Ausrutscher informiert war. Ich hatte das starke Bedürfnis, diesen Part der Information selbst zu übernehmen. Nach dem Umzug wollte ich sie besuchen. Floris Bereich sollte untervermietet werden, bis sie wieder gesund wäre.

Anschließend zogen Nelly, Luciana und ich ins Loft und Roberta übernahm meine alte Wohnung. Sie hatte sich getraut, mit Alex und den Kindern ihren Wunsch nach einer Auszeit zu besprechen, und würde bereits Mitte März für drei Monate nach Indien reisen.

»Weißt du, Romy, jetzt bin ich an einem Punkt in meinem Leben, der meine größte Sehnsucht und meine größte Angst zugleich ist. Ich bin fast vierzig und werde das erste Mal im Leben ganz allein auf mich gestellt sein. Muss mit mir selbst klarkommen, muss meinen Rhythmus finden, muss mich aushalten. Das ist ein richtiges Abenteuer, worauf ich mich auch wirklich freue. Und gleichzeitig denke ich, darf ich so egoistisch sein? Bin ich eine Rabenmutter, wenn ich meine neunjährigen Zwillinge alleine lasse?«

Wir saßen in meiner alten Wohnung, die sie spartanisch mit ihren Sachen eingerichtet hatte, und in der Küche gab es nur zwei Klappstühle und einen Campingtisch. Nachdenklich wartete sie auf meine Antwort.

»Erstens bist du neununddreißig und deine Zwillinge sind bei deiner Abreise schon zehn. Zweitens wohnen deine Kinder nicht unter der Brücke und müssen verhungern, sondern bei uns. Drittens, was dran ist, ist dran. Du weißt ja, die Seele ist klug. Nie im Leben könntest du jetzt einfach mit Alex so weitermachen. Du wärst schlecht gelaunt, bissig wie eine Stute und würdest uns allen das Leben versauen. Berta, zieh los und lerne dich endlich kennen.«

»Jawoll, Frau Psychologin. Wirst du jetzt mit Alex vögeln?«

»Roberta!«

»Ach komm, ich hab schon Pferde vor der Apotheke stehen sehen.«

Ich grinste überglücklich. Wie hatte ich das vermisst. »Heißt das nicht, Pferde vor der Apotheke kotzen sehen?«

Wir lachten unser beflügelndes Lachen und verstanden weder den einen noch den anderen Spruch.

»Bertaschatz, schau mich an«, ich nahm ihre Hände in meine, auch wenn es ihr peinlich war. »Ich bin eine schwangere Frau, deren Bauch jede Woche dicker wird und die übermäßig viel zunehmen wird. Wie bei Nelly werde ich bald wie eine Tonne aussehen. Ich trauere Marius hinterher und habe null Komma null Prozent Lust auf Sex mit irgendwem. Das ist das eine. Aber das viel Wichtigere ist: Ich liebe unseren selbstgewählten Haufen aus kleinen und großen Menschen. Ihr seid meine Familie. Ihr alle. Ich werde den Teufel tun, das zu zerstören. Ich versuche schon seit einiger Zeit, auf Gedeih und Verderb alles zusammenzuhalten. Unser Konstrukt wackelt nämlich schon seit Monaten. Was wäre, wenn du nicht wiederkommst und dich in an einen Guru hängst oder Flori nie mehr spricht und immer verrückter wird. Was wäre, wenn ich mit Alex und all den Kindern übrig bleiben würde? Das sind eher meine Sorgen.«

»Romy, ich bleibe nicht bei einem Guru. Dafür liebe ich meine Kinder und unser Leben, wie es vorher war, viel zu sehr.«

»Zieh los und komm wieder. Ich halte hier so lange die Stellung.«

»Die Stellung!« Berta wieherte nun selbst wie ein Pferd und jauchzte. »Heißt das nicht Stange?« Wir fanden beides urkomisch und gackerten noch eine Weile, bis sie sagte: »Weißt du, ich habe auch Schiss davor, dass Alex sich in jemand anderen verliebt. Er ist es nicht gewohnt, dass ich nicht an seiner Seite bin. Und er kann auch nicht gut allein sein.«

»Man kann nicht alles vorab wissen und kontrollieren. Keiner von uns weiß, was morgen ist. Wenn Alex sich neu verlieben sollte, wirst du dich damit beschäftigen, wenn es so weit ist. Wenn er zu dir gehört, kommt ihr auch wieder zusammen. Davon bin ich überzeugt. Ich finde ihn im Übrigen als Vater viel präsenter, als wenn du immerfort mitmischst. Lass ihn seine Vaterrolle ausfüllen. Er ist er ein fantastischer Vater für alle Kinder, auch für Luciana und Nelly. Ich beobachte das gern. Durch sein stilles Dasein gibt er allen Kindern viel Sicherheit. Mir auch. Er hört zu, erklärt und ist viel geduldiger als du. Er schaukelt das hier schon.«

Ich sah, wie sie mir berührt zuhörte und wusste, dass ich ihr ihre letzten Zweifel genommen hatte. Das mit der Liebe war eine ganz andere Nummer.

Zurück im Loft, hüpfte Luciana zwischen all den Kisten mühelos auf Robertas Schoss, die diese Nähe überraschend entspannt zuließ.

Wir hörten Max zu, der Luciana und sich mal wieder die Familienverhältnisse erklärte. »Weißt du, wir wohnen jetzt alle in einer großen Wohnung wie in Italien. Nur meine Mama kommt später, sie muss noch eine große Reise machen und sich wieder mit Papa vertragen. Deine Mama ist auch noch krank und nicht da. Aber Romy ist da.«

»Omi ist da«, wiederholte Luciana, die inzwischen längere Sätze bildete. Ich hoffte inbrünstig, dass sie auch bald das R lernen würde.

Sie liebte das Bilderbuch von der Löwenmama, die ihren zwei Löwenbabys, einer kleinen schwarzen Hauskatze, einem Affenbaby und einer Schildkröte ein Zuhause gab. Immer wieder wollte sie es vorgelesen bekommen. Wenn die Geschichte zu Ende war, sagte sie entweder »noch mal« oder schlicht »Ja!«. Dieses Ja klang für mich immer wie: *Ja, so ist es* oder *Ja, so ist es gut. Ja, so sollte es sein.*

Ich liebte ihr kindlich ernsthaftes JA. Sie nickte dabei bestätigend, so dass ihre hellblonden Locken schaukelten, schaute hoch, seufzte und sagte gleich darauf, auf ihr Buch zeigend: »Noch mal«.

Ich bezog mein wunderbar großes Zimmer im neuen Loft. Der Schlafbereich und ein kleineres Kinderzimmer waren abgeteilt. Luciana wollte ihr Bett unbedingt bei Nelly aufgestellt haben, was uns alle überraschte.

Nelly schwankte zwischen Rührung und Ablehnung. Sie beugte sich zu ihr hinunter. «Okay, Lucia. Wir probieren es. Aber nur, wenn du auf mich hörst.«

»Ja, auf mich hörst«, wiederholte Luciana ehrfürchtig und nickte wie ein süßer Wackeldackel.

Nelly lächelte und überlegte, wie sie ihr Zimmer umbaute.

»Aber nur zum Schlafen!«, klärte sie uns alle auf. Um ihre Entscheidung zu bekräftigen, stemmte sie ihre Hände in ihre schmalen Hüften.

Bud Spencer, der seit dem Weihnachtsurlaub immer mal wieder auftauchte, half uns bei unseren Umzügen. Er baute eine Art Raumteiler, so dass Lucianas Bett etwas abgeschirmt vom Rest des Zimmers war. Mike, Nellys Vater half ihr, neue Möbel auf dem Flohmarkt zu finden. Brachte Bilder, Vorhänge und Lampen an und fragte auch mich, ob er etwas helfen kann. Um Nelly machte ich mir im Moment die wenigsten Sorgen. Irgendwie machte sie ihr Ding, auch wenn sie mir nicht viel erzählte.

Die Zwillinge wirkten nach dem Umzug und Robertas Wiederauftauchen lebendiger und die Gewissheit, dass Mama nur eine Reise machte, entspannte sie und war auch nach außen besser zu erklären.

Alex blieb der stabile Fels in der Brandung. Er zerlegte die Tage in endlose To-do-Listen und arbeitete sie kontinuierlich ab. Jeden Abend übertrug er das, was nicht geschafft wurde, auf ein neues Blatt Papier. Wenn eine Liste vollständig abgearbeitet war, freute er sich wie ein Schneekönig und zeigte mir abends das komplett durchgestrichene Blatt Papier. Er zerknüllte es fröhlich und warf es, ganz der Handballer, aus großer Entfernung in den Papierkorb. Mit gespitztem Bleistift, stirnrunzelnd, schrieb er sofort die Ergänzungen auf die neue Liste.

Ich wusste, dass er momentan Einzeltermine bei seinem Therapeut hatte. Der schien ihm nach wie vor gutzutun, zu begleiten und zu stärken.

»Romy, weißt du«, sagte Alex, »was mir noch hilft, durch die Tage zu kommen? Ich nehme mir jede Woche etwas Neues vor, einen neuen Satz, einen neuen Slogan. Den schreibe ich mir auf und daran halte ich mich dann in dieser Woche.«

»Und was ist es in dieser Woche?«

»Teil dich mehr mit! Mach nicht alles allein!« Voller Optimismus schaute er mich an.

»Ich hatte mich schon gewundert, dass du plötzlich so eine Quatschtasche geworden bist und mir so viel erzählst. Du Fuchs, du!« Er lachte erfrischend auf, wurde aber gleich wieder ernst.

»Mit dir geht das wunderbar. Ich könnte dir jeden Pups von

mir erzählen.«

»Danke, Alex. Aber lass mal das mit den Pupsen. Ist nicht ganz so mein Interesse.« Ich schaute ihn an. »Bald sind nur noch wir beide hier Mutter und Vater für alle Minderjährigen an Bord. Ich brauche dich.«

Er nahm meine Hand. »Ich weiß. Wir schaukeln das Schiff hier. Hab keine Angst, Romy.«

»Ich hoffe, es ist kein sinkendes Schiff.«

»Hehe, das Schiff wurde gerade umgebaut und bleibt jetzt mal ein bisschen im Hafen und schaukelt vor sich hin.«

Spontan umarmten wir uns, wie um zu besiegeln, dass wir gewappnet sind.

Vor Robertas Abreise sah ich, wie distanziert und spröde sie miteinander umgingen. Es gab weder Späßchen noch Neckereien. Nicht mal Bertas verdrehte Sprüche erblickten das Licht der Welt. Zwischen ihnen war ein tiefer Graben, alles, was an Nettigkeiten aus Versehen auftauchte, landete in diesem Graben und war sofort tot.

Wir alle atmeten erleichtert auf, als Robertas Reise begann.

44

Endlich kam ich in den Zustand, meine Schwangerschaft zu genießen. Durch meine Krankschreibung hatte ich viel mehr Zeit, mich um mich zu kümmern. Ich schlief lange, ernährte mich wieder vernünftiger und baute weiter mein neues Nest aus.

Dann war ich genügend gewappnet, Flori in ihrer Rehaklinik in Süddeutschland zu besuchen.

Dieses Mal kündigte ich mich in der Klinik an und da meine Anreise einen halben Tag dauerte, gab es die Möglichkeit, bei ihr zu übernachten, was ich gern annahm.

Ich erschrak, als ich sie sah. Sie hatte abgenommen und sah aus wie ein Vögelchen, das aus dem Nest gefallen war. Dünn und zerrupft. Aber als ich in ihre Augen blickte, sah ich eine neue Entschlossenheit, die mich zunächst schaudern ließ. Die Kraft in ihren Augen und der Zustand ihres Körpers passten nicht zusammen.

Mit meinem unschuldigsten Gesicht fragte ich bei den Schwestern nach, ob denn der blonde junge Mann regelmäßig da wäre, wie er es mir versprochen hätte? Ich wusste immer noch nicht, ob er ein Mitpatient oder ein Besucher war.

»Ja, er ist der Einzige, der ganz regelmäßig kommt. Jedes Wochenende und manchmal auch in der Woche.« Aha, also kein Patient.

»Ah, danke. Das beruhigt mich ja. Wir sind leider alle so weit weg.«

Floris Heilung machte kaum Fortschritte. Nur langsam heilten ihre Verletzungen ab, mühselig lernte sie wieder das Laufen, und nach und nach wurden alle Schrauben und Platten aus ihrem Körper entfernt. Ihre Entlassung und die große Frage, was dann mit ihr werden sollte, standen im Raum.

Ich war wild entschlossen, sie mit meinen Fragen nicht zu schonen, auch wenn sie noch so erbärmlich aussah. Ich kannte sie seit unseren Kindertagen und wusste, welche Stärke in ihr steckte. Sie starrte auf meinen Bauch.

»Oh, das weißt du ja gar nicht«, ich legte eine Hand auf meinen Bauch, » ... und in dem ganzen Trubel der letzten Zeit ging das völlig unter. Ich wollte es dir längst sagen. Ich bin schwanger. Von Marius.«

»Der Barmann«, reagierte sie plötzlich leise.

Das war nach den Monaten des Schweigens dermaßen irreal, dass ich sie nur überrascht anstarren konnte. Es war, als würde ein Gespenst zu mir sprechen. Sie hielt meinem Blick stand, bis ich mich gefangen hatte.

»Flori. Du redest wieder?« Ich rückte näher an ihren Sessel, um sie besser verstehen zu können. Innerlich flehend, dass sie nicht wieder aufhörte zu sprechen. »Er ist allerdings weg und weiß nichts von meiner Schwangerschaft.«

»Da ist irgendwie der Wurm drin, wenn wir schwanger werden.«

»Na ja, so würde ich es nicht nennen«, drängte es mich, klarzustellen. Dann nahm ich allen Mut zusammen. »Flori, ich bin gekommen, um es dir persönlich zu sagen, es ist alles raus. Roberta weiß von deinem oder besser eurem Ausrutscher und auch, dass Alex vielleicht Lucianas Vater ist. Sie ist stinksauer und gerade für einige Monate verreist, um sich neu zu sortieren. Glaub mir, sie war alles: Wütend, enttäuscht, traurig, verletzt. Und keine Ahnung, in welcher Verfassung sie zurückkommen wird. Aber du könntest jetzt mal aufhören, dich hinter deinem Kranksein und deinem Schweigen zu verstecken. Komm zurück.«

»Bald. Ich muss mich noch erholen. Schau, wie ich aussehe. Ich würde nach der Entlassung gern ans Meer fahren. Nur für zwei Wochen.«

»Okay. Das klingt machbar. Wo willst du denn hin?«

»Das klär ich gerade. Ich geb dir Bescheid, wenn ich es weiß.«

»Du fragst nie nach Luciana. Willst du gar nichts von ihr wissen?«

Sie schlug sofort die Augen nieder und schüttelte den Kopf. Mist, ich hatte es versaut. Ich spürte, dass sie nicht mehr sprechen würde.

»Flori. Wir müssen nicht über die Kleine sprechen. Bleib da. Sprich mit mir.« Ich schüttelte sie leicht am Arm, aber sie rollte sich wie eine Schnecke in ihrem Bett zusammen und versank in ihrer eigenen Welt. Verzweifelt legte ich mich einfach zu ihr und zog die Bettdecke über uns. Ich wusste, dass sie diese Nähe sonst nur mit ihren Männern zulassen konnte, aber sie war zu schwach, um sich zu wehren. Unmerklich schmiegte sie sich an meine Seite und ließ sich fallen. Nach einer Weile spürte ich ihren gleichmäßigen Atem und gleichzeitig meine eigene Beklemmung, denn ich konnte diese ungewohnte Nähe noch weniger aushalten als sie.

»Durchatmen, Romy«, flüsterte sie, denn sie erkannte mein Dilemma, »oder willst du lieber mit mir küssen üben?«

»Gott bewahre. Lieber atme ich durch.«

Leise lachten wir, sie drehte sich zu mir und ich spürte ihre Tränen an meinem Hals herunterlaufen. So schliefen wir bis zum nächsten Morgen und ich fühlte einmal mehr, wie sehr ich meine Freundin Flori vermisste. Und Marius. Einen warmen, vertrauten Körper. Jemanden, der da war.

Ich verbrachte noch den halben Tag mit ihr, obwohl sie wieder im Schweigemodus war.

Am nächsten Morgen verabschiedete ich mich. Ich nahm sie in den Arm und flüsterte, dass ich auf ihre Kleine aufpassen würde, bis sie wieder da wäre.

»Danke, Romy«, war alles, was sie mir an diesem Tag noch an gesprochenen Worten schenkte. »Danke, Romy.« Zweimal.

Auf der ewig langen Rückreise versuchte ich, mich in Floris Perspektive zu versetzen. Ich hatte mehrere Knoten im Kopf und es gelang mir nicht. Ich hatte weder eine Mutter, die mir so nahe war und konnte mir auch nicht vorstellen, dass mir ein Kind so zusetzen würde. Ich konnte mir auch nicht vorstellen, ein Kind zu verlieren. Nichts konnte ich mir vorstellen. Flori blieb mir ein

45

Alex und ich wurden ein Team. Wir hatten auch keine andere Wahl, die Kinder brauchten uns. Nach dem ersten Chaos gab es nun Routine und Alltag. Es gab Unterschiede zwischen den Wochenenden und dem Schulalltag. Abends saßen wir oft erschöpft auf unserem großen Sofa und ich schlief ein, sobald Alex den Fernseher anstellte, um Nachrichten zu schauen. Wie ein altes Ehepaar kuschelten wir uns aneinander und hielten uns. Mein Bauch war kugelrund und ich hatte nicht nur da zugenommen. Ich fühlte mich wahlweise wie ein Walross, wie eine Leberwurst oder wie eine Tonne.

»Oder wie ein gefüllter Truthahn«, ersparte mir Nelly ihren Kommentar nicht. Seit Neuestem konnte sie, Bud Spencer sei Dank, einen gefüllten Truthahn oder eine gefüllte Ente zubereiten. Nelly überraschte mich immer wieder.

»Romy, brauchen wir eigentlich noch etwas für das Baby?«

»Alles gut. Bud Spencer hat alles besorgt.«

»Er mag dich.«

»Ich weiß.«

»Und du?«

»Er ist optisch überhaupt nicht mein Typ. Aber wenn ich neben ihm sitze, fühle ich eine unwahrscheinliche Ruhe, ein Zuhause sein. Ein angekommen sein. Ich weiß nicht, ich fühle und vermisse Marius noch viel zu sehr.«

»Manchmal denke ich, du hoffst immer noch, dass er zurückkommt oder sich meldet. Du willst ihn gar nicht loslassen.«

»Vielleicht spürt er, dass ich sein Kind trage. Er hat mich immer gespürt. Und klar will ich, dass er merkt, dass er ohne mich nicht leben kann!«

»Ach, Romy! Meinst du nicht, dann hätte er sich längst gemeldet? Ständig sind wir in unseren Gedanken woanders. Ich bei

Roberta, in der Sehnsucht. Du bei Marius, in der Sehnsucht. Dabei haben wir es hier doch schön, oder? Ich könnte auch in der Konstellation alt werden, in der wir gerade leben. Ich bin hier wichtig, werde gebraucht und liebe diese besondere Stimmung, wenn ihr alle schlaft. Dann sitze ich oft noch lange hier und höre eure Herzen klopfen.«

»Oh, Alex, das klingt schön. Ich könnte schon wieder heulen. Die Hormone.«

»Vielleicht würden mir irgendwann Sex und die Intimität mit einer Frau fehlen. Dafür, dass ich früher täglich Sex hatte, lebe ich gerade wie ein Mönch.«

»Stimmt. Hab schon gehört. Du warst ja wie ein Karnickel.«

Jetzt boxte mich Alex auch schon auf den Oberarm. »Ihr wisst wohl alles voneinander?«

»Nur das Wichtigste ... Wie hältst du das jetzt aus?« Ich machte ein Karnickelgesicht. Rümpfte die Nase und schob die Vorderzähne über die Lippe.

Max, der nochmals aus dem Zimmer schlüpfte, um wie jeden Abend einen letzten Schluck Wasser zu trinken, entdeckte uns so. »Romy, was machst du für ein Gesicht?«

»Wir spielen Tiere raten und nun ab ins Bett, du neugieriger Bengel!«

»Das ist ein Hase ... pipileicht«, warf er noch in den Raum, bevor er abdampfte.

»Wenn Max später seiner Mutter erzählt, dass wir abends auf dem Sofa Kaninchen, Karnickel oder Hase gespielt haben, bleibt sie für immer in Indien.« Alex wirkte ernsthaft beunruhigt.

»Ach, komm, das ist doch alles Spaß.«

»Ja, mit Spaß fängt alles an. Aber zurück zu deiner Frage. Ich möchte nicht immer auf Sex verzichten, aber in den letzten Wochen und Monaten war hier so viel los, dass ich vor Müdigkeit kaum noch die Augen offen halten konnte. Jetzt warte ich auf Robertas Rückkehr und dann werde ich sehen, was dieses Leben mit mir vorhat.«

»Oder du mit dem Leben.«

Ich kuschelte mich, so gut es ging mit meinem dicken Bauch,

an Alex und schlief wohlig ein. Sein Körper war mir inzwischen vertraut. Sein Geruch war mir vertraut. Alles an Alex war mir vertraut, selbst was er nicht aussprach, wusste ich. Trotzdem war Alex als Mann tabu, da gab es gar keine Irritationen. Ich fühlte mich mit ihm, als hätte ich einen großen Bruder geschenkt bekommen. Kurz vor dem Einschlafen schenkte ich ihm noch mal mein Karnickelgesicht.

Er lachte.

Nelly beobachtete unser Wohnprojekt kritisch. Ständig rieb sie uns unter die Nase, was wir alles vergessen hatten.

»Alex, du hast vergessen, die Mathearbeiten von Max und Ben zu unterschreiben. Ich hab das mal schnell gemacht.«

»Danke, Nelly«, antwortet Alex ungerührt aus der riesigen Wohnküche.

»Nelly, du sollst keine Unterschriften fälschen«, kreischte ich hysterisch. »Ich will das nicht.«

»Mama, entspann dich, sonst hast du eine Sturzgeburt. Ich muss jetzt weg. Bye.«

Ihr Zimmer durfte außer Luciana niemand betreten. Es sah aus, als würde sie gerade ausmisten, und hätte viele Haufen gemacht, um alles zu sortieren. Aber es sah immer so aus. Der Fußboden war komplett bedeckt und wir hatten endlose, sinnlose Diskussionen darüber.

»Nelly, ich halte das so nicht aus. Räum auf. Bitte.«

»Dein Problem, wenn du das nicht aushältst. Das ist *mein* Zimmer und ich weiß genau, wo was liegt. Wehe, du rührst etwas an.«

»Lass uns einen Deal versuchen. Ich entsorge nur die Essensreste und die benutzten Teller und Tassen, die sich hier stapeln.«

»Von mir aus.«

Okay, immerhin. Der einzige Gedanke, der mich wirklich beruhigte, war der, dass sich bei allen Jugendlichen zwischen vierzehn und sechzehn das Gehirn noch mal völlig umbaute. Großbaustelle Hirn, titelte eine Vorlesungsreihe, die ich kürzlich besuchte. Enorm viel Chaos im Zimmer entsprach enorm viel Chaos im

Kopf. Eigentlich sollte ich Mitgefühl haben, denn wenn es in Nellys Kopf wie in ihrem Zimmer aussah, na dann Halleluja. Wann immer ich ihr Zimmer betrat und es in meinen Fingern juckte, sagte ich mir: Romy, das ist normal. Das ist normal. Normal. Nelly ist normal. Sowas von normal.

Nellys und Lucianas Abendritual dagegen war stets ein Genuss. Luciana wurde meistens von mir oder Alex aus der Kita abgeholt. Ab und zu auch mal von Nelly oder ihrer Oma Eva, wenn sie gerade in Berlin war. Selbst Bud Spencer war mal eingesprungen, als wir alle nicht konnten. Festgeschrieben in unserer Sippe war das gemeinsame Abendessen, meistens zwischen sechs und sieben Uhr. Auch Sarah, ihr Vater Konrad oder Freunde von Max und Ben waren willkommen. Vorwiegend kochten Bud und Nelly, was ich nicht glauben würde, wenn ich es nicht so oft schon mit eigenen Augen gesehen hätte. Es waren einfache, aber sehr schmackhafte Gerichte, und Nelly blinzelte oft zu mir rüber und sagte: »Mama, ich könnte es dir beibringen.«

Ich winkte nur ab, bei mir war Hopfen und Malz verloren. Ich liebte es, bekocht zu werden. Das würde wohl immer so bleiben. Die, die nicht gekocht hatten, mussten die Küche aufräumen, wobei Alex auch seine Jungs nicht schonte. Während der Aufräumzeit begann das allabendliche Prozedere von Luciana und Nelly. Meine Tochter nahm sie an die Hand, sie verschwanden im Bad. Ohne viel Aufwand tauchte eine strahlende Luciana im Schlafanzug mit ihrem Puppy im Arm, auf. Sie hatte Zähne geputzt, ihr Gesicht glänzte vom Eincremen und sie ging zu jedem von uns, um Gute Nacht zu sagen.

»Nacht, Romy«, sie konnte inzwischen das r sprechen.

»Nacht, Alex.«

»Nacht, Benny.«

»Nacht, Maxie.«

»Nacht, Bud Spencer.«

Sie ahmte mich nach und nannte ihn immer bei seinem vollständigen Nicknamen.

An Nellys Hand marschierte sie dann in das unaufgeräumte Nellyzimmer und meine Große las ihr jeden Abend eine Geschichte vor. Das dauerte keine fünfzehn Minuten und Luciana schlief zufrieden ein.

Wenn ich nach ihr schaute, sah ich eine ordentlich aufgeräumte Luciana-Schlafecke. Da passte Nelly gut auf, ihr Chaos blieb ihr Chaos. Luciana atmete gleichmäßig, ihre Hände lagen nach oben angewinkelt parallel neben dem Kopf. Ihre blonden Haare breiteten sich wie ein Kranz um das Gesicht aus, und ich fand, es fehlte ihr an nichts.

Jede Nacht gegen zwei Uhr tippelte sie zuverlässig, den kleinen Puppy im Arm, in mein Bett. Wir waren so eingespielt, dass ich Sekunden, bevor ich ihre kleinen Patschfüße auf dem Holzboden näher kommen hörte, wach wurde. Mit geschlossenen Augen hob ich meine Decke an, sie kroch zu mir und sofort schliefen wir wieder ein.

Ben hielt sich nach wie vor dicht an seinem Vater. Nur ab und zu kam er zu mir und fragte, wann das Baby kommt und ob es weh tut.

»Nein, Ben. Das tut nicht weh, im Moment ist das Baby nur schwer zu tragen, vor allem, weil es jetzt so warm draußen ist.«

Dann schaute er mich nachdenklich an, nickte und suchte bereits wieder mit den Augen nach Alex. Er entdeckte ihn in der Küche, und ich meinte, jedes Mal sein Aufatmen zu spüren, wenn er seinen Vater sah. Er rannte die paar Schritte zu ihm, nahm sich einen Stuhl und ging erst wieder weg, wenn Alex sich fortbewegte. Ben spielte wie sein Vater Handball, absolvierte an zwei Nachmittagen in der Woche Training und an den Wochenenden Wettkampfspiele. Ich wusste, dass er in seiner Mannschaft und auch in seiner Klasse sehr beliebt war. Ben war ein stiller, bescheidener Junge und wurde Jahr für Jahr als Klassensprecher wiedergewählt, was ihm fast unangenehm war. Er glich seinem Vater nicht nur in seinem Wesen, sondern auch in seinem Aussehen.

Mitunter half ich ihm bei seinen Hausaufgaben und manchmal ließ er sich von mir über den Kopf streichen, wenn ich ihm eine gute Nacht wünschte.

Sein Zwillingsbruder Max dagegen, der über die Jahre schon mehrere Identitäten ausprobiert hatte, war das komplette Gegenteil. Max war extrovertiert, redete gern, fragte uns Löcher in den Bauch und kam oft mit einem Schwarm von Freunden nach Hause, die uns den Kühlschrank leer futterten. Momentan imitierte er Jonny Depp und wir mutmaßten, dass er sich nun endgültig für eine männliche Identität entschieden hatte. Er ließ seine Haare wild wachsen, übte einen coolen Blick, hatte sich zu Weihnachten eine Lederjacke gewünscht, die er ständig trug, und zog nur noch zerlöcherte Jeans an. Max war auch kuschliger. Er hatte keine Scheu, sich an mich zu lehnen, und genoss meine Berührungen. Ich durfte seinen Rücken streicheln, seine Hand nehmen, seinen Lockenkopf kraulen und ihn umarmen. Bei Max war es so, dass er eher mich eroberte und bei Ben war es so, dass ich ihn erobern musste.

Und dann gab es noch Bud Spencer.

Eines Abends, nachdem wir den großen Topf Spaghetti mit Tomatensoße abgeräumt hatten, Bud den Geschirrspüler einräumte und sich alle, außer Alex, verzogen hatten, fragte er: »Sagt mal, ihr beiden. Was haltet ihr davon, wenn ich offiziell das kleine Zimmer miete? Ich bin inzwischen jeden Tag bei euch, meine Wohnung sieht mich kaum noch und ich liebe es, wie ihr lebt. Romy wird bald ihr Baby bekommen und ich glaube, ihr könntet noch eine helfende Hand gebrauchen.«

Alex und ich schauten uns an und ein Lächeln flog über unsere Gesichter.

»Ja«, sprachen und nickten wir synchron.

»Komm zu uns«, sagte Alex.

»Kannst ja sicherheitshalber deine Wohnung untervermieten«, ergänzte ich, »falls es am Ende doch nicht passt. Ich denke, dass Roberta und Flori bald wieder dazustoßen. Flori und du, ihr kennt euch noch nicht. Wer weiß, vielleicht mögt ihr euch nicht.«

»Stimmt, das ist eine gute Idee.«

Gesagt, getan. Schon am Abend zog Bud Spencer bei uns ein und es fühlte sich stimmig an. Dieser Mann verbreitete eine Wolke des Wohlfühlens, die mich einlullte. In seiner Nähe hatte ich das Gefühl, dass mir nichts mehr im Leben zustoßen konnte. Für die Kinder änderte sich nichts, da er schon länger ein täglicher Anblick in unserem Loft war. Wenn er nicht da war, fragte eins der Kinder zuverlässig: »Wo ist eigentlich Bud?« Und ich vermisste ihn als Erste, wenn er nicht da war, da ich es, anders als die Kinder, bereits am Abend vorher wusste. Wie ein altes Paar sprachen wir uns ab, wie unsere Tage aussahen. Oft musste ich an Evas Worte denken und konnte die Frage, ob Bud ein Freund war, mit einem klaren Ja beantworten. Bud und auch Alex waren in aller Stille meine besten Freunde geworden.

Meine Freundinnen dagegen waren irgendwo auf dieser Welt. Anfangs zählte ich die Wochen, dann die Tage, dann die Stunden. Zuerst sollte Roberta zurück sein, zwei Wochen später Flori, dann wären wir endlich wieder komplett. Beide wären vor der Geburt meines Sohnes zurück und es gab unendlich viel zu erzählen.

Sie fehlten mir schrecklich. Alles rund um das Baby beredete ich mit Bud oder Alex und ich übte mich darin, mich in meinen Ausführungen knapp zu halten, da ich glaubte, sie maßlos zu überfordern. Bald, bald wären die Mädels zurück. Die eine in sieben Tagen, die andere in vierzehn.

46

Alex und die Zwillinge bereiteten sich vor, Roberta vom Flughafen abzuholen. Alle hatten sie drei Monate nicht gesehen und die allgemeine Aufregung konnte ich fast anfassen, zentimeterdick lag sie in der Luft. Alex zog sich mehrmals um, wobei ich mich amüsierte, da jedes neue Outfit aussah wie das davor. Parallel behielt er die Kinder im Blick.

»Oh Max, nicht die Hose. Zieh die dunkelblaue Jeans an, die neue.«

»Aber wieso denn?«

»Weil ich es sage.«

»Aber wieso denn?«

»Max! Mach einmal, was ich sage!«

»Aber ...«

Warnend sah Alex zu Max, der sich in Zeitlupe in sein Zimmer bewegte.

Ben, der schon immer gut im Weg rumstehen konnte, bekam auch sein Fett weg.

»Ben, jetzt kleb doch nicht so an meinen Hacken. Setz dich dahin. Warte. Lieber dorthin und nein, keine Sportschuhe heute.«

So ging das noch eine ganze Weile. Als sie endlich losziehen wollten, sah Alex, dass sein neues Shirt mit Schokoflecken beschmiert war. Bevor er ausflippte, schnappte ich mir die Jungs und ging mit ihnen nach unten. Als er nachkam, hatte er das gleiche Shirt ohne Flecken an.

Die Antwort auf meinen erstaunten Blick war: »Fünferpack.« Schließlich waren alle drei startklar und fuhren los.

Als Berta später in der Tür stand, traute ich meinen Augen nicht. Sie war braungebrannt, hatte kürzere Haare ohne jegliche Färbung, und nun wusste ich, ihre natürliche Haarfarbe war kastanienbraun. Ihre Augen glänzten, sie hatte mindestens zehn Kilo abgenommen und war in indische Gewänder gehüllt, die in den leuchtendsten Farben des Regenbogens strahlten. Ein Strohhut und eine Sonnenbrille komplettierten ihr Outfit, obwohl diese Accessoires nicht recht zum Sari passten. Sie sah frecher und zufriedener aus.

Ich sollte mehr Farbe tragen, war einer meiner Gedanken. Ich sollte bald wieder abnehmen, war ein anderer meiner Gedanken.

Sie kam mit ausgestreckten Armen auf mich zu. »Komm her, Rommel. Mein lieber Scholli, bist du fett geworden, und danke, danke, danke, dass du ein Auge oder auch zwei auf meinen Kindern hattest.« An die Kinder gewandt fuhr sie fort »Max, Ben. Kommt her. Ihr seid tolle Jungs! Ab jetzt bin ich wieder da! Ihr seht richtig gut aus!« Sie schloss die beiden, die ihre Mutter noch skeptisch beäugten, ebenfalls in ihre Arme.

Max, immer noch der stilsicherste Junge, den ich kannte, musterte sie, sagte dann: »Mama, zu dieser coolen Brille und dem Strohhut würden eher Jeans und ein Hemd oder ein Shirt passen, aber nicht diese Wallegewänder.« Er rümpfte die Nase. Noch ein paar Jahre, und er würde mit dem Fächern wedeln und brüskiert wegschauen, da ihm sonst die Augen schmerzten. Aber Mama Roberta lächelte ihr neues buddhistisches Lächeln und ließ Max seine Meinung.

Frei von jeglichem Vorwurf und jeglichem fiesen Unterton schaute sie Alex an. »Übrigens ... Du siehst auch toll aus. Danke, Alex, dass ich diese Reise machen konnte.«

Ich sah, wie sich seine rechte Oberlippe nach oben zog. Ich sah, wie er mit seiner Beherrschung kämpfte und wie unschlüssig er war, ob er sie in die Arme nehmen dürfte. Sein rechter Arm ging für einen Minimoment in ihre Richtung, dann ließ er ihn wieder sinken.

Dieses Mal nahm Berta ihm die Entscheidung ab und breitete ihre Arme für ihn aus. Ich atmete auf, da ich sicher war, dass sie ihm vergeben hatte.

»Berta, siehst du gut aus. So frisch. So erholt. Ich will das auch haben!«, entfuhr es mir, nachdem ich sie weitere Minuten angestarrt hatte.

»Süße, du bekommst jetzt mal dein Baby. Ich bin froh, rechtzeitig wieder zurück zu sein. Und dann gib dir ein Baby-Jahr und erst danach kannst du an eine Frischzellenkur denken. Tja, selbst gewählt, Schätzchen.«

»Bin ich froh, dass du wieder da bist.«

»Ich auch, glaub's mir.«

Nelly kam mit Luciana aus der Kita und auch sie musste kurz schauen, wer diese fremde Frau war. »Roberta, wow! Du siehst aber toll aus!«

»Danke, Nelly. Aber hallo, du ebenso. Ich könnte mir vorstellen, es wimmelt nur so von Verehrern. Oder Verehrerinnen?«

»Verehrer«, stellte Nelly mit einem Wort klar.

Ehe das Gespräch noch intimer wurde, haute sie lieber ab und verzog sich in ihr Zimmer. Ich betrachtete Nelly mit Robertas Augen und sah in meiner Tochter die werdende Frau. Sie war sehr schlank, fast zu dünn. Ich sah ihre grazile Taille, den festen runden Po und ihre Brüste, die jetzt schon größer waren als die meiner *Busenfreundin* Flori.

Sie hatte ihre blonden Haare vor Kurzem zu einem frechen Pixie schneiden lassen. Ich vermutete hinter diesem Imagewechsel eine unglückliche Verliebtheit, aber sie ließ sich nichts anmerken. Manchmal war ich eifersüchtig, wenn sie so unkompliziert mit Bud in der Küche schwatzte. Ich musste ihr jedes Wort aus der Nase ziehen, aber er bekam ohne Anstrengung ihre Gedanken geschenkt.

Luciana hatte keinerlei Wiedererkennungsprobleme. Sie streckte ihre Ärmchen nach oben und sagte nur. »Uppi, Berta.«

Uppi (Appi gesprochen) bedeutete, dass sie hochgenommen werden wollte. Das hatte Nelly ihr in ihrer Englischphase beigebracht. »Up? Uppi?«, hatte sie Luciana gelockt. Seitdem benutzte sie appi für: Ich will hoch!

Roberta beugte sich zu ihr, roch an ihren Haaren und ihrem Hals und nahm sie schwungvoll auf den Arm. Währenddessen schaute sie Alex an und nickte ihm zu. Da war es wieder, dieses wortlose Verstehen, das nur langjährige Paare so drauf hatten. Mit diesem Nicken war alles gesagt. Es würde keine Diskussionen mehr um den Fehltritt geben.

»Na, mein kleiner Schatz. Du bist auch ganz schön groß geworden. Zeig mir mal, wo du schläfst.«

Ben, Max und Luciana zeigten Roberta nach ihrer mehrmonatigen Abwesenheit die Wohnung und ich zog Alex reflexartig in meine Arme.

»Ach, Alex.«

»Siehst du, Romy. Irgendwann ist alles gut.«

»Ja. Nicht irgendwann. Für dich Alex ist doch jetzt alles gut.«

»Fast. Floris Rückkehr macht mir ein bisschen Sorgen. Sie wollte nie so nahe bei mir sein, und wir haben alles entschieden, ohne, dass sie aktiv dabei war. Roberta und Flori sind sich auch noch nie begegnet, seit aufgeflogen ist, dass ich Berta betrogen habe. Das warte ich mal lieber noch ab. Komisch, dass sie sich so gar nicht gemeldet hat.«

»Stimmt. Kein Zeichen. Sicher steht sie nächste Woche einfach vor unserer Tür. Kennst doch Flori. Immer für eine Überraschung gut.«

Alex schwieg und ich sah, dass er nicht an meine Vorstellung glaubte. »Romy, jetzt geht's erstmal um dich. Der Geburtstermin rückt näher und dann haben wir hier ein weiteres Kind in unserem Chaos. Ein Baby.« Er schaukelte die verschränkten Arme vor seinem Oberkörper hin und her, als hätte er bereits ein Baby im Arm.

Wir wussten, dass unsere bisherige Teamzeit vorbei war. Mit Robertas Rückkehr würde sich einiges ändern, und ich hatte nicht mehr wie selbstverständlich den Platz neben Alex inne. Ich müsste lügen, wenn ich nicht dazu stehen würde, dass ich das Leben mit Bud, Alex und den Kindern wie es bisher war, vermissen würde.

»Alex, ich bin stolz darauf, wie wir das hier alles gemeistert haben.«

»Ich auch, wir beide und Bud.«

»Stimmt. Er gehört auch dazu. Wir drei.«

Bud Spencer war so unspektakulär und selbstverständlich in unser Leben gerutscht wie damals, als er mit uns ohne viel Aufhebens in den Toskana-Urlaub geflogen ist. Selbst Robertas Ausflippen hatte ihn nicht aus der Ruhe gebracht. Er übernahm, was er übernehmen konnte.

Roberta zog ohne weitere Verzögerung ins Loft ein und nahm ihren Platz an Alex Seite wieder ein. Meine alte Wohnung hatte sie ausgeräumt, und ich ging noch einmal mit ihr dahin, um mich zu verabschieden.

»Sag schon, hast du Alex verziehen?«

»Ja, habe ich. Auch Flori. Ich bin zwar noch sehr neugierig auf unser Wiedersehen, aber ich bin ohne Groll. Sie ist nun seit neun Monaten in diversen Kliniken, hat kaum ein Wort gesprochen und wir hatten sehr wenig Kontakt. Ich bin gespannt, was für eine Flori hier auftaucht.«

»Ich auch. Aber ich freu mich wie Bolle, dass du wieder da bist und noch mehr, wenn wir alle wieder zusammen sind.«

»Ich hatte eine gute Zeit, Romy«, nachdenklich schaute sie mich an, »soll ich dir was verraten?«

»Nein!«, schoss es sofort aus mir heraus. »Ich will auf gar keinen Fall neue Geheimnisse hören. Hast ja gesehen, wohin das führt. Wenn du rumgevögelt hast, will ich es nicht wissen!« Demonstrativ hielt ich mir die Ohren zu.

»Ist ja gut, ist ja gut. Hast du nicht gesagt, jede Frau braucht ihr Geheimnis ... dann hab ich jetzt auch eins.«

»Im Ernst, Berta. Alex ist mir über die Monate ein Freund geworden. Ich will nichts hören, was mich dazu bringt, ihn anlügen zu müssen. Wenigstens das habe ich gelernt.«

»Alex sieht verändert aus. Er wirkt mehr im Reinen mit sich. Er hat mir erzählt, dass er jede zweite Woche einen Termin bei unserem Therapeuten hatte.«

»Jede zweite Woche? Der scheint ihm gutzutun.«

»Ja. Jetzt gehen wir noch mal zusammen hin, um unter dieser Vögel-Geschichte einen Punkt machen zu können. Danach will ich nie mehr darüber reden. Ich liebe meinen Alex und habe ihn in den letzten Monaten oft schmerzlich vermisst.«

»Ich bin so froh, dass ihr zusammenbleibt. Das kannst du mir glauben.«

»Aber eins ist klar. Ich will wissen, ob er Lucianas Vater ist, und bestehe auf einem Vaterschaftstest. Alles soll seine Ordnung haben.«

»Und wenn er es ist, ist alles in Ordnung?«

»Irgendwie ja. Dann ist Luciana seine Tochter und Punkt.«

»Wir werden sehen. Ich trau gar nicht nachzufragen, was ist, wenn er nicht der Vater ist. Was ist dann mit deiner Ordnung?«

»Er wird es schon sein. Mit wem soll Flori denn noch rumgemacht haben. Ich denke, Luciana ist in der Toskana gezeugt worden?«

»Ich weiß es nicht. Manchmal glaube ich, sie hat mehr als ein Geheimnis. Warten wir es ab.«

Das Ergebnis überraschte uns alle, denn Alex war zu 99,99 Prozent nicht der genetische Vater. Er wirkte fast traurig, denn er liebte Luciana längst wie seine eigene Tochter. Das große Rätsel, wer denn nun Lucianas Vater war, blieb weiterhin ungelöst. Und auch Flori wurde für mich immer mehr zum Rätsel. Wieso hatte sie mir von Alex erzählt, aber nichts von einem weiteren Mann? Bald würde ich sie alles fragen können.

»Na, Berta. Alles in Ordnung mit der Ordnung?«

»Damit hatte ich zu 99,99 Prozent nicht gerechnet. Aber egal, was auf diversen Papieren steht, meine Gefühle zu Luciana verändern sich dadurch nicht. Also, alles ist in bester Ordnung. Das Frollein Florence soll mal nach Hause kommen!«

47

Doch Flori kam nicht. Sie meldete sich nicht und war nirgendwo zu erreichen.

Beunruhigt rief ich Eva an. »Weißt du was von Flori? Sie wollte längst in Berlin sein.«

»Nein, Romy. Sie hat sich bei mir nur am Telefon verabschiedet und gesagt, dass sie mit einem Freund noch eine Weile ans Meer fährt, um sich weiter zu erholen.«

»Welches Meer? Welcher Freund?«

»Das wusste sie noch nicht. Sie klang plötzlich so klar und ich war froh, dass sie überhaupt wieder gesprochen hat. Ich wollte sie nicht drängen, mir mehr zu erzählen, da ich Angst hatte, dass sie wieder in ihr Schweigen verfällt.«

»Okay. Was machen wir, wenn sie nicht auftaucht?«

»Dieses Mädchen«, sie seufzte. »Kann nicht einmal irgendwas gut sein?« Eva klang niedergeschlagen und ich wollte sie nicht noch mehr beunruhigen.

Also wechselte ich schnell das Thema. »Luciana geht es gut bei uns, mach dir keine Gedanken um die Kleine und sie freut sich, dass ihre *Nonna* nächste Woche zu Besuch kommt. Vielleicht verlängert Flori ihren Urlaub einfach nur um ein paar Tage. Kennst sie ja, sie informiert nicht so gerne. Wir können ja noch ein paar Tage warten.«

»Aber warten sie in der Charité nicht auf sie? Sie wollte doch nach ihrem Urlaub wieder anfangen zu arbeiten?«

»Ich weiß es auch nicht, Eva.«

»Dabei gelten Ärzte doch als so zuverlässig und auch Flori hat ihren Beruf immer ernst genommen. Sie versaut sich alles!« Eva weinte plötzlich und ich spürte ihre Erschöpfung durch das nicht vorhandene Telefonkabel.

»Eva, komm zu uns, dein Zimmer ist frei und wir überlegen

zusammen, was wir machen können.«

»Das mach ich«, brachte sie noch hervor, ehe sie auflegte.

Einer Eingebung folgend, rief ich in der letzten Klinik an, in der Flori lange Wochen weilte, und in der ich sie besucht hatte. »Guten Tag, hier ist Romy Wagner. Können Sie mir helfen? Meine Freundin, Florence Reinhard, wurde vor zweieinhalb Wochen entlassen und hat sich bisher nicht zu Hause gemeldet. Sie wollte längst zurück sein. Wissen Sie zufällig, was sie vorhatte?«

»Ach ja, das schweigsame Frollein Florence. Nein, sie hat uns nichts gesagt. Der junge blonde Mann, der sie so oft besucht hat, hat sie abgeholt.«

»Mehr hat sie nicht gesagt?«

»Nein, tut mir leid.«

Flori blieb verschwunden und als Eva nach Berlin kam, entschied sie, ihre Tochter als vermisst zu melden. Eva war im letzten Jahr schneller gealtert, als in all den Jahren zuvor. Fitness und ihre Jeansgröße waren ihr inzwischen egal, sie hatte andere Sorgen. Eva hatte zugenommen, was ihr viel besser stand als das ewige Dünnsein. Das Leben in Italien und insbesondere das Leben in dieser ruhigen, sicheren Beziehung mit Alessandro taten ihr gut. Nur in ihren Augen, die von feinen Fältchen umrahmt waren, sah ich den Schmerz um ihre Tochter und die ewigen Selbstvorwürfe, als Mutter versagt zu haben.

Luciana liebte ihre *Nonna* und wich nicht von ihrer Seite, wenn sie zu Besuch war. Sie krabbelte auf ihren Schoß und ein Lächeln erreichte dann auch Evas Augen. Sie umarmte ihre Enkelin und küsste sie in den Nacken, sodass Luciana die kleinen Schultern vor Wonne nach oben zog, und immerfort wiederholte: »Noch mal. *Nonna*, noch mal!«

Am Abend, als alle kleinen und großen Kinder in ihren Betten oder Zimmern waren, kam Eva erneut auf Flori zu sprechen. »Mein Gefühl sagt mir, dass sie nicht auftaucht. Ich muss alles regeln, dass euch Luciana nicht irgendwann weggenommen werden kann. Am Ende der Woche habe ich einen Termin bei der zuständigen Kollegin im Jugendamt, um alles zu besprechen.

Da sich Luciana gut entwickelt, ist sie mir und euch sehr wohlgesonnen. Kann sein, dass hier demnächst mal jemand vorbei kommt.«

Ich betrachtete unser Zusammenleben aus der Vogelperspektive beziehungsweise mit den Augen einer Beamtin und überlegte, ob es an unserem Leben etwas auszusetzen gäbe.

Da gab es Roberta, Alex und die Zwillinge. Eine ziemlich normale Familie, auch wenn die Mutter gerade aussah wie eine Inderin. Dann gab es mich, eine hochschwangere Frau, die aussah, als würde sie gleich platzen. Dazu meine Tochter Nelly und deren Freundin Sarah, die oft hier herumhingen. Bud Spencer, der, wenn er plötzlich aus der Tür trat, zunächst Schatten spendete und alles Licht nahm. Zufällig der Vater von Sarah und meistens unser Chefkoch in der Küche. Und Luciana und deren *Nonna* Eva. Zu mir sagte die Kleine inzwischen Romy mit einem deutlichen R und zu Roberta Berta.

Okay, außer, dass es keinen anwesenden Vater zu meinem Ungeborenen gab, Lucianas Mutter vermisst und der Vater unbekannt war, war doch alles in bester Ordnung.

Roberta ging schon mal vorsorglich in den Kampfmodus. »Niemand nimmt uns Luciana weg, das kannste aber wissen!« Bevor sie sich in Rage redete, pflichteten wir ihr schnell bei.

Bud Spencer, der, wie so oft, neben mir saß, sagte in seinem beruhigenden Bariton: »Roberta, schau dir doch diese Sippe an. Fünf Erwachsene und mit Sarah und dem *little one«*, er zeigte auf meinen Bauch, »sechs Kinder. Was sollte einem Kind hier fehlen?«

»Die leibliche Mutter und der leibliche Vater?«, kam vorsichtig Evas Einwand.

Alex, der seit Roberta wieder da war, deutlich stiller geworden war, antwortete: »Eva. Angenommen, Luciana würde mit dem noch unbekannten Vater und einer an sich zweifelnde Mutter leben. Meinst du, es würde ihr besser gehen als mit uns?«

»Außerdem glaube ich, dass Flori den genetischen Vater bewusst raushält. Vielleicht glaubt sie, er wäre nicht geeignet. Wer weiß«, warf ich ein.

»Leute. Alles Spekulationen«, schmetterte Roberta in die Runde, «nichts wissen wir wirklich, da unsere Freundin Flori entschieden hat, alles mit sich selbst auszumachen und zu schweigen. Wir wissen gar nichts.«

Da hatte sie wohl recht. Jetzt war sie zudem ganzen Schlamassel auch noch verschwunden, dachte ich.

Alex räumte den großen Holztisch ab, Bud holte eine Flasche Weißwein, Gläser und für mich einen frisch gepressten Orangensaft. Dieser Mann hatte mir inzwischen so viel gegeben, dass ich es in meinem ganzen Leben nicht schaffen würde, das auszugleichen. Immer noch stresste mich der Gedanke, etwas auf meinem Schuldenkonto zu haben.

»Danke, Bud. Du musst das nicht tun.«

»Junge Frau. Ich möchte es aber tun. Wann verstehst du das endlich?«

Ich sah die Herzchen-Blicke der anderen, die sich alle wünschten, dass wir endlich ein Paar werden würden. Aber wenn ich auf meine Kugel blickte, die ich vor mir herschob, meinen Hintern, meine Brüste, meine Beine, die nicht aussahen, als würden sie zu mir gehören, fühlte ich mich alles andere als schön. Die einzigen Berührungen, die ich momentan zulassen konnte, waren derbe Klopfer auf meinen Rücken. Roberta konnte das besonders gut.

Manchmal, nur manchmal durfte Bud seine große, warme Hand in meinen Nacken legen. Meistens schloss ich dabei meine Augen und fühlte seine Wärme durch mich hindurchströmen. Ohne hinzuschauen wusste ich, dass er seine Augen ebenfalls geschlossen hatte. Das waren unsere intimsten Momente.

48

Mitte Juli, am 17.07.2000 wurde mein Sohn Marlon Zulu geboren. An der Namensgebung waren alle Bewohner des Lofts beteiligt. Mir schwebte eine Kombination unserer beider Vornamen Marius-Romy vor und wir überlegten uns wilde Mischungen.

Marro, Marom, Romma, Romius, um nur einige zu nennen. Zulu ist Marius afrikanischer Name und bedeutet Himmel. Marlon war schlussendlich für mich ein annehmbarer Kompromiss. Das Ma von Marius, das Ro von Romy, das L von Luciana und das N von Nelly. Damit war er von Anfang an mit uns verwoben und dass das Wort Himmel in seinem Namen steckte, tröstete mich ungemein. Wann immer in den letzten Monaten die Sehnsucht nach Marius zu groß wurde, beruhigte mich der Gedanke, dass wir wenigstens unter einem Himmel lebten. Uns wärmte dieselbe Sonne, uns leuchteten derselbe Mond und dieselben Sterne.

Die Hebamme legte mir Marlon gleich nach der Geburt auf die Brust und ich konnte es kaum erwarten, ihn anzuschauen. Seine Haut war noch hell und nur ich sah bereits die dunklere Pigmentierung.

»Er sieht ja aus, als wäre er neun Monate im Urlaub gewesen!« Die Hebamme lächelte.

Seine Haarfarbe war noch undefinierbar, vielleicht hellbraun mit einem Schuss karamell. Ich strich ihm sanft über den kleinen Kopf, spürte die pulsierende Fontanelle und fühlte das Seidige seiner Haare. An Dreadlocks war noch nicht zu denken. Marius Haare fühlten sich immer an wie Seemannsgarn. Fest und rau. Marlons Augen waren noch geschlossen und seine Mini-Hände wanderten bereits unkoordiniert durch die Luft.

»Willkommen auf dieser Erde, kleiner Marlon«, flüsterte ich ihm zu, »willkommen in meiner Welt.« Ich küsste ihn und musste ohne Vorwarnung weinen. Die Erschöpfung nach der Geburt, das

Wissen um ein gesundes Kind und meine Angst, mit allem, was nun kommen wird, ganz sicher überfordert zu sein, ließen meine Tränen laufen.

Roberta, die bei der Geburt dabei war, hielt meine Hand und weinte auch. »Sorry, Rommel. Er ist zauberhaft und ich ahne, was du fühlst.«

»Ich hab dich all die Jahre nie weinen sehen, aber in diesem Jahr ist es schon das zweite Mal«, schniefte ich, »das beunruhigt mich irgendwie, beruhigt mich aber auch. Ach, ich weiß doch auch nicht.« Der Rotz lief ungehindert über mein Gesicht und ich redete wirres Zeug.

Roberta drückte meine Hand und fragte, ob sie den Kleinen hochnehmen dürfe. Verzückt schaute sie ihn an.

»Er ist süß und ich bekomme gleich einen Zuckerschock. Aber ehrlich gesagt, habe ich Lust auf ein kleines Mädchen. Die Jungs in meiner Familie reichen mir. Und deine Nelly ist ja kaum noch zu sehen.«

»Ich glaube, da gibt es ein kleines Mädchen, die sich über deine Liebe sehr freuen würde.«

»Ich glaube, die kenne ich«, grinste sie und gab mir Marlon, der herzhaft gähnte, zurück.

Wie auf Kommando tauchten Nelly, Sarah, Luciana und Bud in der Tür auf. Bud Spencer hielt sich scheu im Hintergrund und die Mädchen stürzten sich auf das Baby.

Nelly strich erst mir und dann Marlon fast mütterlich über den Kopf und war ganz gerührt. »Na, mein kleiner Bruder. Da bist du ja endlich.« Sie hielt ihn sicher im Arm und zwinkerte mir zu. »Gut gemacht, Mama.«

Selbst Luciana durfte ihn ganz kurz halten, mit vielen Sicherheitsarmen drumherum. Alle atmeten auf, als sie ihn wieder hergab.

»Uppi«, sagte sie zu mir und hielt ihre Ärmchen über den Kopf.

Bud half, sie in mein Bett zu heben. Da saß sie nun, die Hände ganz ehrfürchtig im Schoß abgelegt und hielt diese Position genau dreißig Sekunden aus, bevor sie unter meine Decke schlüpfte, am Bett hoch und runter kletterte und ganz aufgeregt war. Roberta nahm sie zu sich und als alle gegangen waren, blieb Bud noch bei mir. Ich sah ihm an, dass er Marlon auch gern halten würde.

»Nimm ihn«, forderte ich ihn auf.

Behutsam nahm er ihn in seine großen Hände, eine Hand legte er unter Marlons ganzen Körper, die andere lag schützend über dem winzigen Kopf. Marlon lag da ganz ruhig, wie in einer Schale. Das Bild von diesem kleinen Knirps in den warmen Händen dieses großen Mannes ließ mich gleich wieder weinen. Das mussten die Hormone sein! Ich wusste, wie gut sich diese warmen Hände anfühlten, wie beruhigend, wie sicher.

Die Erschöpfung ließ mich einschlafen. Als ich aufwachte, war Bud immer noch da. Oder schon wieder? Ich hatte kein Zeitgefühl mehr.

Ich durfte nach Hause und ja, unser neuer Wohnort fühlte sich nach einem Zuhause an.

Bud half mir mit allem und ich musste mir schon wieder die Tränen verdrücken.

»Die Hormone?«, fragte er.

»Die Hormone«, antwortete ich. Eine bessere Erklärung hatte ich nicht. Wortlos zog er mich in seine Arme und es war das erste Mal, dass ich es zulassen konnte, ohne ihn mit Marius zu vergleichen. Ich verschwand fast vollständig in dieser Umarmung, Bud war so viel größer als ich.

Marlon lag in seiner Babyschale zu unseren Füßen und von außen sahen wir wie eine perfekte kleine Familie aus.

Schon nach einigen Wochen zeigte sich, dass Marlon ein anstrengendes Baby war. Er weinte viel, schrie sich die Seele aus dem Leib, trank nicht genug und beruhigte sich nur, wenn er stundenlang herumgetragen wurde. Zeitweilig war ich so genervt, dass ich ihn vor Wut am liebsten in das Zimmer, das am weitesten von mir entfernt war, gelegt hätte. Natürlich bei geschlossener Tür. Und an anderen Tagen, da dachte ich an Flori oder auch an Marius und wollte, wie die beiden, einfach nur weg sein.

Woanders. In einem anderen Leben, ohne diesen schreienden kleinen Jungen.

Wir hatten immer noch nichts von Flori gehört. Es gab keine Anhaltspunkte, wo sie sein könnte, und auch die Vermisstenmeldung brachte keine Ergebnisse. Seltsamerweise hatte niemand von uns den Gedanken, dass sie tot sein könnte. So, wie wir immer dachten, dass sie auch sprechen könnte, wenn sie wollte.

Und so ging der Sommer dahin. Eva, Lucianas Großmutter hatte alles geregelt, damit die Kleine bei uns bleiben konnte. Alle Entwicklungsgespräche mit den Erzieherinnen im Kindergarten bestätigten, dass es Luciana an nichts fehlte. Sie entwickelte sich gut. Sie sagte immer öfter Mama Romy oder Mama Berta. Der Papa war eindeutig Alex.

Wenn er sie abholte und jemand sagte zu ihr: »Guck mal, da kommt dein Papa«, flog ihr Kopf herum und sie streckte lachend ihre Arme zu Alex aus. Er liebte dieses Mädchen und war ihr gern ein Vater. Papa Alex.

Im August wurde es ruhiger im Loft. Alex, Roberta, Luciana und die Zwillinge waren nach Italien gefahren. Nelly und Sarah arbeiteten als Aushilfe in einem Sommercamp.

Nur Bud Spencer, Marlon und ich waren in der riesigen Wohnung. Ich konnte mir noch nicht vorstellen zu verreisen, und Bud wollte mich nicht allein lassen. Alles drehte sich um Marlon, und wann immer er für wenige Stunden schlief, fiel ich ins Koma. Ich pumpte Milch ab, sodass Bud die Chance hatte, ihn mit der Flasche füttern, falls ich noch schlafen sollte. Ich sah inzwischen aus wie eine Untote, hatte Augenringe, fettige Haare und unbändige Lust auf Rauchen, Alkohol und Kaffee. Von mir aus auch Drogen.

Alle meine romantischen Vorstellungen von mir und meinem süßen schlafenden, properen Baby konnte ich in die Tonne kloppen. So mies drauf wie in diesen Wochen nach der Geburt war ich noch nie zuvor in meinem Leben.

Bud gab sein Bestes, aber selbst er war müde. Unendlich müde.

Ich sah es ihm an und eines Abends, als wir beide völlig erschöpft auf dem Sofa saßen, streichelte ich sein Gesicht, lehnte mich an ihn und küsste ihn. Seine Lippen waren weich und er erwiderte meinen Kuss, erst zögerlich und dann mit einem tiefen Seufzer der Hingabe. Alles war anders mit ihm, ruhiger, weniger wild, dafür sicherer.

Arm in Arm, den unruhigen kleinen Schreihals zwischen uns, schliefen wir ein.

Als Ende August alle wieder zurückkamen, erschraken sie, wie ich aussah.

»Rommel, du bist nicht mehr du selbst. Du musst wirklich mehr essen, mal wieder ein Bad nehmen und schlafen. Wir wechseln uns jetzt ab mit diesem kleinen Schreihals und geben ihm zusätzlich die Flasche, wenn du schläfst. Jetzt reicht's!«, schimpfte Roberta.

»Das werden wir ja sehen, ob wir diesen *Sweetboy* nicht auch noch glücklich bekommen. Jetzt schlägt's zwölf.«

Dreizehn, dachte ich lächelnd und stimmte völlig erschöpft allem zu, was sie vorschlug. Manchmal liebte ich ihre Ansagen. Berta ließ mir ein Bad ein, Bud kochte mir mein Lieblingsessen und Alex kaufte Windeln und Babynahrung. Nelly schenkte mir ihr langes Beach-Shirt, was ich schon eine Weile im Visier hatte.

»Hier, Mama. Da kannst du gut drin schlafen. Du siehst wirklich scheiße aus.«

»Nelly!!!«

»Ist doch wahr!«

Wissend, dass Marlon in guten Händen war, legte ich mich in Buds Bett. Sein Zimmer war das ruhigste und weit weg vom kleinen Schreihals. Ich schlief sofort ein. Als ich wieder aufwachte, waren zwanzig Stunden vergangen. Unglaublich.

Leise stand ich auf und ging zur Tür. Von meiner großen Tochter fand ich einen Zettel unter der Tür durchgeschoben. *Bin bei Papa. Schlaf gut. Kuss, deine Nelly.*

Im Loft war es wunderbar still, ich schlich zur Küche, lugte hinein. Roberta räumte die Spülmaschine ein. Alex und Ben saßen in ihren Sportklamotten im Flur und wollten gleich losgehen. Max war nicht zu sehen, wahrscheinlich war er mit einem Freund unterwegs. Mein Baby war in einem Tragetuch, das jemand besorgt haben musste, vor Buds Bauch gespannt und schlief. Er schlief, einfach so.

Luciana half Roberta beim Einräumen der Spülmaschine. Wenn ich etwas genauer hinsah, stellte ich fest, dass Luciana alles wieder ausräumte, was Berta eingeräumt hatte. Also: Roberta und Luciana beschäftigten sich mit der Spülmaschine.

Leise ging ich zurück in mein Bett. Noch fünf Minuten. Nur fünf Minuten.

49

Marlon entspannte sich allmählich, schlief deutlich besser, trank mit einem kräftigen Zug und ich bildete mir ein, dass er auch weniger weinte. Spätestens, wenn er im Tragetuch bei mir oder Bud war, schlief er friedlich ein.

Seine Augen waren braun und auch seine Haare behielten den Karamellton und lockten sich ein wenig. Er sah zum Anbeißen aus und ich bedauerte, dass Marius seinen Sohn nicht kannte.

Sobald meine Gedanken zu oft zu Marius drifteten, verbot ich sie mir gnadenlos. Ich holte mich in mein Jetzt, dafür brauchte ich mich nur umzuschauen. An Marius zu denken, war rückwärtsgewandt, und ich wollte gern nach vorn leben, in meine Zukunft.

Bud und ich teilten inzwischen ganz unaufgeregt unseren Alltag und mittlerweile auch das Bett.

Lange Zeit konnte ich seine Nähe nicht zulassen, da ich ihn insgeheim mit Marius verglich, und dieser Vergleich konnte nicht zu Buds Gunsten ausfallen.

Bud war ein großer gemütlicher Bär, der überall zu viel hatte. Zu viel Bauch, zu viele Tattoos, zu viele Haare. Unsere Berührungen waren flüchtig, wie um zu testen, wie sich das anfühlen könnte, wenn wir einen Schritt weitergehen würden. Ich konnte mich problemlos bei ihm ankuscheln und neben ihm einschlafen. Nie gab es eine Einladung von mir, dass er den nächsten Schritt gehen durfte. Ich quälte uns damit, obwohl es nicht meine Absicht war.

Ich konnte einfach nicht.

Bud war stolz. Er respektierte mich so, wie ich war, und zog sich allmählich von mir zurück. Ich spürte die ersten Anzeichen daran, dass er mich weniger berührte. Wir umarmten uns kaum noch und wenn, war ich diejenige, die Körperkontakt suchte. Als er die erste Nacht, nach unendlich vielen gemeinsamen Nächten, wieder allein in seinem Zimmer schlief, war ich fassungslos. Unruhig wälzte ich mich hin und her. Er fehlte mir so sehr, dass es körperlich schmerzte. Ich fasste mir ein Herz, stand auf, ging leise an seine Tür und klopfte.

»Bud?«

»Ja?«

Ich steckte meinen Kopf ins Zimmer. »Darf ich?«

Schweigen. Es war stockdunkel, aber den Weg zu seinem Bett kannte ich blind. Mein Herz schlug aufgeregt und ich tastete mich zu ihm. Bud war still und wartete. Bei ihm angekommen, schlüpfte ich, wie gewohnt, unter seine Decke.

»Geh nicht weg«, flüsterte ich.

»Mir fehlt dein Ja, Romy. Ich weiß, dass du immer noch auf Marius wartest. Du hast ihn nie losgelassen.«

»Ich möchte es aber so gern. Loslassen. Hilf mir, Bud.«

»Ich kann dir dabei nicht helfen.«

»Doch. Bleib da. Bitte.« Ich schlüpfte an seine Seite und er legte den Arm um mich. So warm, so vertraut. Plötzlich hatte ich das Gefühl, auf einem Sandhaufen zu stehen, der vom Meer weggespült wurde. Mir zog es den Boden unter den Füßen weg und ich krallte mich an seinen Arm fest.

Ich suchte seinen Mund, spielte mit seinen Lippen, seiner Zunge und hörte einen tiefen Seufzer in ihm aufsteigen.

»Bud. Ich will nur dich.«

Er lag auf dem Rücken. Ich setzte mich rittlings auf ihn und knipste das kleine Nachtlicht an. Umfasste sein Gesicht mit beiden Händen, suchte seinen Blick und wiederholte es. »Du bist mein Mann, Bud. Ich will dich.«

Er schaute mich unverwandt an. Ich sah, dass seine Augen feucht wurden. Mit dem Handrücken fuhr er sich über sein Gesicht, doch ich hielt seine Hände fest und küsste seine Tränen weg. Küsste seine Hände, seinen Hals und wieder seinen Mund. Wir ließen den Blick nicht voneinander, während wir uns weiter streichelten und küssten.

Seine Erregung schwappte auf mich über. Meine Erregung steigerte seine. Buds große Hände hielten und navigierten mich sicher. Die ganze Zeit schauten wir uns in die Augen. Nur auf dem Gipfel der Lust blinzelte er kurz, ehe wir erneut ineinander versanken. Meine Hand ruhte auf Buds Brustkorb, der sich gleichmäßig hob und senkte. Seine Hand streichelte meine. Nach dieser Nacht schliefen wir immer wieder zusammen ein, und ich schaffte es, Marius vollständig loszulassen.

Ich las Buds Bücher, wenn Marlon schlief. Er schmiss mit Leichtigkeit den Haushalt und schrieb an einem neuen Roman. Ich liebte seine Sprache, seine Gedanken und seine Art, mich anzuschauen. An seinen Körper, den ganzen, gewöhnte ich mich schneller, als ich dachte. Er roch gut und sah auch nackt wie ein Bär aus. Groß, kräftig und behaart.

»Bud?«

»Ja?«

»Ich liebe dich.« Er lächelte und räumte weiter die Küche auf.

»Ich liebe auch deine Bücher.«

»So, so ...«

»Sie sind so voller Weisheit ... und Liebe ... und Witz.«

»Danke, Romy. Es bedeutet mir viel, dass du sie magst.«

»Ich möchte auch was tun, was ich richtig gern mache.«

»Was ist mit deinen Therapien?«

»Ich zweifle schon seit einiger Zeit, ob es das Richtige für mich ist. Wenn du mich jetzt fragst, ob ich meinen Job liebe, würde ich am liebsten sofort kündigen.«

»Vielleicht ist es nur der Klinikkontext, den du verabscheust?«

»Ja, möglich. Ich hab ja noch ein bisschen Zeit, das herauszufinden.«

»Ich glaube, deine Nelly wird mal was mit Sprachen machen oder mit Kochen. Sie liebt beides. Manchmal reden wir beim Kochen stundenlang englisch. Sie ist so wissbegierig und geduldig.«

»Aber nur, wenn sie etwas sehr interessiert«, korrigierte ich ihn.

»Darum geht's doch. Etwas zu finden, wofür man brennt.«

»Nicht immer. Manchmal muss man auch einfach seine Rechnungen bezahlen können und irgendwas tun, auch wenn man nicht dafür brennt. Es geht nicht immer nur nach den eigenen Vorlieben.« Ich hörte mich an wie Ekel-Alfred, aus einer Serie, die ich eine Zeit lang geschaut hatte.

Aber Bud war gut darin, nicht jeden Satz von mir auf die Goldwaage zu legen. »Sie ist jung und wenn sie jetzt schon etwas hat, was sie liebt, warum sollte sie das nicht tun?«

»Ich glaube, ich beneide einfach jeden, der seine Bestimmung gefunden hat«, gab ich seufzend zu.

Marlon wachte auf und rieb mit seinen kleinen Fäusten im Gesicht herum.

»Und deine Sarah wird Lehrerin werden oder eine Dozentin. Sie liebt Logik, Mathematik und Struktur.«

Sarah hatte seit Kurzem wieder einen Freund, der dieses Mal kein Zerwürfnis der Mädchen hervorrief. Nelly fand ihn nur so lala.

Am zweiundzwanzigsten September feierten wir Lucianas dritten und Nellys fünfzehnten Geburtstag. Dieses Mal ließ sich Nelly auf keinen Kompromiss mehr ein und wollte ihre eigene Party feiern. Sie hob Luciana hoch, wirbelte mit ihr im Kreis herum, als würde sie fliegen, küsste sie drei Mal und flüsterte: »Happy birthday, meine kleine Prinzessin«, setzte ihr eine goldene Pappkrone auf und weg war sie.

Ich las gerade ein Buch von Bud, der eigentlich Konrad Kirchhoff hieß, in dem es um seine Zeit in London ging und seine Liebe zu einer Frau namens Deborah. Ich war eifersüchtig. Eifersüchtig auf seine Vergangenheit und diese Liebe.

»Bud. Wer ist Deborah?«

»Eine Frau, mit der ich in London zusammengelebt habe.«

»Wieso habt ihr euch getrennt?«

»Wir haben keinen gemeinsamen Ort zum Leben gefunden. Sie wollte in London bleiben. Ich wollte zurück nach Berlin. Fast wie du und dein Marius.«

»Das heißt, eigentlich liebt ihr euch noch?«

Er schaute mich irritiert an. »Liebst du Marius noch?«

»Hmm. Gut gekontert, du Bär. Aber ich habe zuerst gefragt.«

»Sie hat einen guten Platz in meinem Herzen und wir hatten eine wunderbare Zeit. Ich liebe sie, so wie man Menschen liebt, die zur Vergangenheit gehören. Jetzt lebe ich hier und ehrlich gesagt, liebe ich dich.«

»Und wenn sie hier auftauchen würde und doch bereit wäre, mit dir in Berlin zu leben. Was dann?«

»Wir hatten unsere Zeit und unsere Chancen. Es wäre zu spät. Ich bin weiter gegangen und habe dich geschenkt bekommen, zusammen mit diesem reizenden Schreihals.« Er deutete auf Marlon, der neben mir lag und gerade nicht schrie.

»Er ist ganz still. Ich weiß gar nicht, von wem du redest?« Mein Herz klopfte wie wild. Insgeheim fragte ich mich, was wäre, wenn Marius vor meiner Tür stehen würde oder was wäre, wenn Bud wieder weg wäre?

Ich spürte seine Hand in meinem Nacken und beruhigte mich.

»Romy, hätte, könnte, was wäre wenn ... das alles bringt dich weg von unserem glücklichen Jetzt.«

»Diesen Spruch kenn ich. Ich hätte so gern eine Sicherheit, dass du immer bei mir bist. Immer, immer, immer.«

»So wie ich jetzt vor dir stehe, kann ich dir versichern, dass ich nicht vorhabe, von dir wegzugehen. Aber ich kann es dir eben nur jetzt versichern. Vielleicht bist du nächstes Jahr nur eklig zu mir oder verabscheust mich, dann würde sich was verändern. Aber ich würde immer mit dir reden. Ich wäre nicht einfach weg. Das kann ich dir versprechen.«

»Das beruhigt mich. Reden ist gut.«

»Reden ist gut?« Roberta und Alex hatten unsere letzten Worte gehört.

»Manchmal kann man aber auch alles zerreden. Passt bloß auf!«

»Manchmal ist Schweigen besser. Stimmt's, Berta?« Alex grinste seine Frau an.

»Genau!« Sie küsste ihm seine Worte weg.

Wenn ich die beiden beobachtete, merkte ich immer öfter, dass Alex nicht bereit war, wieder in die zweite Reihe zu rücken, hinter Roberta.

Ich liebte es, wenn er sich vor ihr aufbaute und sagte: »Ich mach das jetzt so, wie ich es die letzten Monate gemacht habe. Bertaschatz, geh einfach aus dem Raum, mach dein Ding und vertrau mir! Meine Herrn!«

Vor sich hin brabbelnd, ließ sie ihn machen. Ich hielt hinter Bertas Rücken den Daumen für Alex hoch und er lächelte zufrieden.

50

Zum Jahresende fühlte ich mich bereit für unsere alljährliche Reise in die Toskana. Mit an Bord waren Nelly und Sarah, die Zwillinge Max und Ben, Luciana, Roberta und Alex, Marlon, Bud und ich.

Wie jedes Jahr freute ich mich auf diese Auszeit und würde mir dieses Mal mein Zimmer mit Marlon und Bud teilen. Luciana wollte bei ihrer *Nonna* Eva schlafen.

Alex klopfte mit dem Löffel an sein Weinglas. Er hatte sichtlich gute Laune und wollte etwas verkünden. »So, ihr Lieben. Es ist mal wieder so weit. Da Roberta und ich dieses Jahr kaum Zeit hatten, würden wir gern wieder nach *Volterra* fahren, um allein als Mann und Frau zusammen zu sein.«

»Sex, drugs and rock`n'roll. You know!« Berta zwinkerte amüsiert.

»Nein!!!!«, riefen die Jungs, Bud und ich gleichzeitig.

»Scherz, wir haben doch noch alle Latten im Schrank.«

»Tassen im Schrank!«

»Latten am Zaun.«

»Egal, wir bleiben hier und hauen uns die Bäuche voll! Hoch die Tassen oder Latten!«, brüllte Roberta in die Runde und Marlon brüllte wie am Spieß mit. Diese Frau war unmöglich.

»Na, dann komm, hoch die Latten!«, flüsterte mir Bud zu, »Schlafenszeit.«

Ich schaute verschwörerisch zu Alex und zeigte ihm mein Karnickelgesicht. Max fragte, ob wir wieder Tiere raten spielen?

»Ja«, sagte ich schnell und zog Bud ins Schlafzimmer, um aus der Schusslinie zu sein.

Am nächsten Tag besuchte ich Eva und Alessandro. Luciana spielte im Wohnzimmer, die italienische Wintersonne ließ dieses

Jahr auf sich warten. Eva war nun zweiundsechzig, Alessandro sechsundsechzig Jahre alt. Beide wirkten müde und hatten das eine oder andere Wehwehchen. Eva hatte Probleme mit ihren Knochen und war dankbar, in diesem milderen mediterranen Klima leben zu dürfen. Alessandro hatte immer wieder Bandscheibenvorfälle und durfte nicht mehr schwer heben.

»Hast du was von Flori gehört?«, fragte sie mich ohne Umschweife.

»Leider nein. Du demnach auch nicht, oder?«

Sie schüttelte nur resigniert den Kopf und strich Luciana über den Kopf.

»*Nonna* weint«, sagte die Kleine mitfühlend.

»*Nonna* hat ein Auweh?«

»Ja, deine *Nonna* hat ein Auweh.«

Luciana pustete Eva an. Sie hatte gelernt, dass man bei einem Auweh pusten musste, damit es wieder besser würde. Eva wischte sich die Augen, streckte den Rücken durch und machte weiter. Sie kochte uns einen Kaffee und ich blieb noch eine Weile bei ihr sitzen.

»Weißt du eigentlich, dass Mirko immer noch Geld auf Lucianas Konto überweist?«, fragte sie mich.

»Nein. Ich habe seit damals nichts mehr von ihm gehört. Geht es ihm denn gut?«

»Ja. Er lebt jetzt mit seiner Kollegin zusammen, nächstes Jahr werden sie heiraten. Er fragt jeden Sonntag nach Luciana und Flori, und ich erzähle ihm, was ich von euch weiß. Er wurde für mich über die Jahre immer mehr zu einem Sohn. Als seine Adoptivmutter gestorben ist, wurde unser Verhältnis noch einmal enger. Wir telefonieren inzwischen jeden Sonntag um zehn Uhr.«

»Wirklich? Jede Woche? Das freut mich für euch beide. Weißt du, Eva, manchmal bedauere ich es, keine Mutter mehr zu haben. Ich hatte immer Flori und Roberta als Ausgleich. Sie haben auf mich aufgepasst. Ich vermisse Flori sehr und inzwischen liebe ich es, stellvertretend bei dir zu sitzen.«

Sie tätschelte meine Hand. »Meine Tochter habe ich verloren, aber eine Enkelin und einen Sohn geschenkt bekommen. Wenn ich dich und Roberta dazurechne, bin ich reich gesegnet mit Menschen, die ich lieben darf. Ich weiß nicht, was das Leben mir eigentlich sagen will?«

»Liebe die, die deine Liebe annehmen können.«

»Das mache ich. Oft habe ich mich gefragt, was schlimmer ist: Nicht geliebt zu werden oder niemanden zum Lieben zu haben.«

»Und?«

»Ich finde, niemanden zum Lieben zu haben ist das Traurigste. Ich liebe auch meine Florence, wo immer sie auch stecken mag.«

»Ach, Eva. Ich liebe sie auch, egal, wo sie ist. Und weißt du eigentlich, von wie vielen Menschen du geliebt wirst? Allen voran deine Enkelin Luciana.«

»Doch, inzwischen weiß ich das. Erinnerst du dich noch, wie einsam ich vor vielen Jahren war? Ich hatte immer nur meine Flori. So viel hat sich geändert. So viel.«

Teil III
Fünfzehn Jahre später.
August 2016 bis Dezember 2016

51

Eva war krank.

Mit ihren siebenundsiebzig Jahren hatte sie bereits einigen Krankheiten, die sie in den letzten Jahren heimgesucht hatten, den Garaus gemacht und sich immer wieder berappelt. Doch dieses Mal war es wieder der Krebs. Genau wie bei Giuseppa, Alessandros erster Frau, kam der Krebs nach zwei Jahren zurück.

Eva bat mich, sie so bald wie möglich in Italien zu besuchen. Da ihre Bitte in die Sommerferien fiel, waren alle Flugzeuge ausgebucht, und ich kaufte mir ein überteuertes Ticket und musste in Rom umsteigen. Ich flog also mit der Kirche um das Dorf, erst an Pisa vorbei, dann wieder zurück. Da ich Eva unbedingt sehen wollte, war mir kein Weg zu weit und kein Umsteigen zu viel.

Eigentlich hatte ich vor, bis September durchzuarbeiten und dann erst nach Italien zu fliegen.

»Georg, ich würde doch jetzt schon nach Italien fliegen. Ich glaube, Eva wird bald sterben.«

»Oh, so schlimm? Mach das, Romy. Hier ist sowieso Sommerflaute. Im Sommer haben die Menschen weniger Probleme. Ich kann für deine Klienten die Bereitschaft übernehmen.«

»Danke, aber brauchst du nicht. Wenn was ist, können sie mich anrufen oder anmailen. Ich ruf sie dann zurück. Das klappt eigentlich ganz gut.«

»Und deine Frau Markdorf?«

»Sie ist schon länger stabil. Sie geht sowieso zu niemand anderen, weißt du doch. Mit ihr habe ich meine Extra-Verabredungen. Das klappt schon.«

Als wir unsere Praxis eröffneten, war Frau Markdorf eine der Ersten, die sich bei mir meldete. Sie wollte in keine Klinik der

Welt mehr gehen, egal welchen Ruf diese hatte. Sie wollte selbst entscheiden, wer sie begleiten durfte. Und so kam sie seit vielen Jahren zu mir und ich begleitete ihr Leben mal mehr, mal weniger. Sie war nun in den Vierzigern, arbeitete drei halbe Tage in der Woche in einem Büro und den Rest ihrer Zeit verbrachte sie damit, Hunde von Menschen auszuführen, die Vollzeit arbeiteten. So hatte sie ihren täglichen Spaziergang, verdiente ihr eigenes Geld und war bei ihrem Kundenkreis sehr beliebt.

Erst vor einem halben Jahr rückte sie mit einer Neuigkeit heraus. »Frau Wagner, ich habe es getan.«

»Was?«

»Die Frau, die mit mir in der letzten Klinik war, anzurufen.«

»Wow! Wie aufregend. Und?«

»Wir haben am Telefon ewig geschwatzt, uns dann relativ zügig getroffen und wieder stundenlang geredet. Inzwischen haben wir uns schon mehrmals verabredet und ... halten Sie sich fest«, sie machte eine bühnenreife Pause, »sie zieht bei mir ein.«

»Jetzt bin ich platt! So schnell, so ...«

»Ja!«, schnitt sie meine Einwände ab.

Wieso erinnerte mich diese Situation so stark an Flori? Die damals ebenso unbedingt etwas wollte. Einen Mann und ein Kind. Sofort! Selbst der Wortlaut war ähnlich: »Mädels, haltet euch fest ... »

»Ich weiß, was Sie denken. Wir sollten uns doch erst kennenlernen, Zeit lassen und all der normale, vernünftige, langweilige Kram ... aber wir sind nicht normal. Vergessen?«

»Stimmt, ich vergaß!« Wir lachten und ich ergänzte: »Das ist doch ein gutes Zeichen, wenn ich vergesse, dass Sie *nicht normal* sind, oder?

»Ja, besser geht‘s nicht.«

Wir amüsierten uns noch eine Weile und schon einige Wochen später erzählte sie mir, dass sie nun mit Regina zusammenleben würde. Ich glaube, ich war aufgeregter als sie. Das war das erste Mal in ihrem Leben, dass sie sich auf eine Liebesbeziehung einließ.

»Ganz ruhig, Frau Wagner. Sie sagen doch immer, dass ich

Beziehung kann. Ich halte zu Ihnen seit Jahren eine Beziehung aufrecht, auch wenn es eine Arbeitsbeziehung ist. Ich kann das mit den Beziehungen zu Tieren und zur Natur. An der Beziehung zu mir selbst arbeite ich seit gefühlten Jahrtausenden. Ich würde sagen: Bin bereit für eine Zweier-Liebesbeziehung!«

»Das war ja mal ein Plädoyer. Ein Plädoyer für Sie selbst.«

Um Frau Markdorf machte ich mir in diesem Sommer keine Gedanken. Ihr ging es gut wie lange nicht, auch wenn sie immer noch völlig fertig aussah. Inzwischen glaubte ich, dass sie nun mal so aussah. Spindeldürr, dünne braune Haare, die immer in einem praktischen Kurzhaarschnitt endeten, Jeans und karierte Hemden, die viel zu groß waren. Wanderschuhe, egal, was der Wetterbericht sagte. Fertig.

Max würden die Augen wehtun und ich hörte immer sein: »Die Frau könnte viel mehr aus sich machen. Meine Güte, Romy.«

Gedankenversunken packte ich meine Sachen in dem leeren Loft. Diesen Sommer waren alle ausgeflogen, und so allein war ich fast froh, auch abzwitschern zu können.

Bud und Nelly waren auf einer Lesereise durch England. Sie hatten im letzten Jahr zusammen einen englischen Krimi aus zwei Perspektiven geschrieben und waren das ganze Jahr kaum ansprechbar gewesen. Beide waren stolz wie Oskar und über Buds englischen Freund hatte der Krimi einen Verlag gefunden. Nun schwebten sie zwei Meter über dem Boden, und ich wartete darauf, dass sie mit ihren Füßen wieder auf der Erde landeten. Mich auch mal wieder wahrnahmen.

»Hey, Schatz. Gut, dass ich dich noch erwische. Ich vermisse dich.« Buds vertraute Stimme am Telefon jagte mir wie immer einen Schauer über den Rücken.

»Na, wie geht's euch beiden? Regnet es?«

Er lachte. »Hier scheint die Sonne und uns geht es bestens. Wir tüfteln schon an neuen Projekten. Stell dir vor, wir wollen ein Kochbuch schreiben. Dieses Mal will Nelly die Fotos machen. Was für ein Wunder, bei dieser kochuntauglichen Mutter, dass sich das Mädel überhaupt für Ernährung interessiert. Noch eine

Woche, Romy, dann sind wir hier durch.«

»Hast du schon deine Deborah besucht?«

»Romyschatz, bist du etwa eifersüchtig?«

»Das hättest du wohl gern!«

»Ein bisschen Eifersucht würde unsere Beziehung würzen.«

»Würzen. Na gut, dann ist Deborah eben unser Gewürz. Ein Gewürzstreuer, der dann wegkann. In den Müll. Aber halt mal! Brauchen wir Würze? Bist du unzufrieden?«

»Romy, alles ist bestens mit uns. Ich bin ein Mann in den Fünfzigern ... »

»... fast sechzig«, korrigierte ich.

»Okay, ein gut aussehender Mann, fast sechzig, mit einer wunderbaren Frau Anfang Fünfzig, was sollte mir fehlen?«

»Wunderbar? Wieso bin ich nicht gutaussehend?«

»Romy, du machst mich wahnsinnig!«

»Damit kann ich leben.«

Seit Wochen neckte und nervte ich ihn mit seiner alten Liebe. Meistens lachte er mich nur aus und amüsierte sich köstlich. Mir war die Zeit lieber, als die Lady nur ein Name war. Irgendeine Deborah. Debbie, was für ein bescheuerter Name. Plötzlich wollte sie zu seiner Lesung kommen und mit ihm essen gehen. Ich platzte vor Eifersucht.

Nelly war inzwischen eine junge Frau von fast dreißig Jahren und lebte ihre eigenen *dreckigen Dreißiger*, von denen ich nicht allzu viel wissen wollte. Sie war nach wie vor ungebunden, machte mal dieses und mal jenes. Liebte mal hier und mal da. Lebte in Wohngemeinschaften oder besetzten Häusern und jettete normalerweise ständig um die Welt. Sie verdiente ihr Geld mit Schreiben und betrieb einen erfolgreichen Blog. Sie rauchte wie ein Schlot, trank viel zu viel und war offenbar glücklich.

Trotzdem. Für nichts in der Welt wollte ich noch mal in meinen Dreißigern sein. Meine ständige Angst, nicht zu genügen. Das Gefühl, mich nicht genug ausgetobt zu haben, das Leben zu verpassen. Die falschen Entscheidungen getroffen zu haben.

Mein Sohn Marlon ähnelte seinem Vater inzwischen immer

mehr. Das gleiche Lachen, die gleiche sehnige und nicht zu dünne Figur. Fast die gleichen Haare; die Seidigkeit verlor sich in seinem zweiten Lebensjahr. Danach wurden sie dunkler, fester und kringelten sich. Nur seine Haut war um mehrere Nuancen heller als die von Marius. Karamell eben.

Nach Marlons katastrophalem erstem Lebensjahr wurde unser Leben leichter. Ich hatte keine Fantasien mehr, alles stehen und liegen zu lassen, um abzuhauen oder ihn einzusperren, ins Kinderheim zu geben oder an die Wand zu klatschen. Auch die Babyklappe tauchte in meinen Vorstellungen nicht mehr auf.

Nur Bud wusste von meinen schrecklichen Aggressionen in diesem ersten Babyjahr und oft dachte ich, ich wäre nicht normal. Noch eine, die ihr Kind nicht genug liebte. Ich schämte mich maßlos für diese Gedanken und Gefühle. Ohne Bud und die anderen, da war ich mir ganz sicher, wäre ich verzweifelt.

Für Marlon wurde Bud sein Vater und mit Alex, seinem Ersatzvater, trieb er Sport bis zum Umfallen. Er war gerade fünfzehn geworden und verbrachte die Sommerferien in einem Handball-Trainingscamp.

Er und die nun fast volljährige Luciana wurden über die Jahre ein Herz und eine Seele. Jeden Sommer gab es ein kleines Drama, weil sie sich drei Wochen nicht sehen konnten. Doch Luciana liebte ihre *Nonna* und verbrachte einen Großteil ihrer Ferien in Italien, und Marlon liebte seinen Sport und wollte mit den anderen trainieren. Sie beide zusammen zu sehen, erinnerte mich optisch an Marius und mich. Mit einem Hauch Wehmut, den ich sorgsam versteckte, verfolgte ich ihre Entwicklung. Marius war nie ganz weg, schon durch Marlon nicht und über all die Jahre habe ich nie aufgehört zusammenzuzucken, wenn ich einen farbigen Mann mit ähnlicher Statur, langen Dreadlocks, vielleicht noch einer Mütze oder einer schwarzen Brille, auf der Straße gesehen hatte. Jedes Mal dachte ich, er wäre es, und jedes Mal blieb mir fast das Herz stehen und ich hätte nicht gewusst, was ich gemacht hätte. Zu viel *hätte,* rügte ich mich selbst. Hätte, sollte, wäre, könnte.

52

Luciana war bereits seit einer Woche bei ihrer kranken *Nonna* in Italien und erwartete mich. Marta holte mich mit Massimos alter Ente vom Flughafen ab und ich betete, dass das Auto diese eine Fahrt noch überlebte.

Marta fluchte im Straßenverkehr vor sich hin und fragte mich nach all den anderen aus. »Maxi e Beni, *mi tue bambini.* Erzähl, Romy. Wie geht's ihnen?«

»Max lebt mit einem Mann zusammen ...«

»Oh, *Madonna ...* », warf sie händeringend und zum Himmel blickend ein, »... und hat eine Freundin, mit der er ein eigenes Modelabel gegründet hat. Sie sind ganz am Anfang, aber Feuer und Flamme für ihre Idee.«

»Liebt er das Mädchen oder den Jungen?«

»Ich glaube, beide.«

»*Mamma Mia*«, sie lachte wieder und bekreuzigte sich, »dieser Junge. *E Beni?*«

»Ben hat seine Tischlerlehre beendet und eine Tischlerei gefunden, die ihn angestellt hat. Ihn interessieren nur der Sport und das Holz.«

»Hat er eine Freundin?«

»Nein, er ist viel zu schüchtern und geht kaum aus. Die Freundin müsste ihn zufällig finden. Entweder auf dem Sportplatz, auf dem Weg vom Sportplatz nach Hause und dann nochmals, bevor er unsere Haustür aufschließt. Er sucht immer ewig seinen Schlüssel. Das wäre ihre Chance. Ach, Marta. Ich beruhige Alex und Berta immer und sage altklug: Alles hat seine Zeit. Wir genießen jedes Kind, das noch bei uns wohnt. Im Moment sind es Marlon, Ben und Luciana, auch wenn es nicht mehr lange sein wird.« Mehr schaffte ich nicht zu erzählen, die halbe Stunde Autofahrt vom Flughafen bis nach Hause verging viel zu schnell.

Ich schnappte mir meine Tasche, küsste Marta links und rechts auf ihre prallen Wangen und flitzte zu Alessandros Haus. Das Gästehaus war, wie jedes Jahr, mit den Sommergästen ausgebucht.

»Meine Eva hat keine Kraft mehr. Sie möchte nicht mehr leben. Sieh es ihr nach. *Ciao*, Romy«, rief Marta mir noch nach.

Eva hielt sich in der angenehmen Kühle des alten Steinhauses auf, war in einen bunten Quilt gewickelt und lag auf dem ausladenden Sofa. Ein großer Deckenventilator brummte seinen gleichmäßigen, beruhigenden Ton. Alessandro hatte ihr kühle Getränke hingestellt und wartete bereits auf mich.

»*Ciao, bella* Romy«, begrüßte er mich liebevoll. «*Come stai*?«

Tja, wie geht es mir? Im Vergleich zu den beiden ist alles gut. »*Tutto bene*, Alessandro!«

Luciana kam von der oberen Etage nach unten gehüpft und fiel mir um den Hals. »Romy, da bist du ja. Wenn du jetzt hier bist, fahre ich mit Alessandro schnell in den Supermarkt, dann ist *Nonna* nicht so alleine.«

»Alles klar. Macht alles langsam, nicht schnell in den Supermarkt fahren. *Piano, piano.* Hier ist es ja brütend heiß.«

»Tja, die italienischen Sommer. Hier ist ein Sommer noch ein Sommer. Schön, dass du kommen konntest, Romy«, hörte ich Evas leise Stimme.

Ich setzte mich zu ihr und erkannte sie kaum wieder. Sie war in den letzten Wochen noch dünner geworden, fast nicht mehr da. Ihre wenigen verbliebenen Haare waren inzwischen schlohweiß und sie wirkte kraftlos, als hätte man ihr durch ein Ventil die Luft rausgelassen.

»Romy, mein Mädchen. Ich weiß, dass ich bald sterben werde. Ich fühle es. Aber darum geht es nicht, denn das ist gut so. Sterben muss jeder. Aber bevor ich sterbe, möchte ich dir etwas erzählen. Wann hast du Zeit?«

»Jetzt? Ich bin mit viel Zeit gekommen. Gib mir fünf Minuten und ich setze mich zu dir.«

Ich ging nach oben in mein kleines Zimmer, erfrischte mich im

Bad, zog ein frisches Sommerkleid an und setzte mich zu Eva.

»Romy, das Sprechen strengt mich sehr an. Bitte, hör mir einfach zu. Ja?«

Insgeheim dachte ich, bitte, nicht schon wieder ein Geheimnis. Gespannt und etwas ängstlich wartete ich, bis sie anfing zu erzählen.

»Ich kann es nicht mit ins Grab nehmen, auch wenn ich es meiner Tochter versprochen habe.«

»Deiner Tochter? Flori?«

»Ja. Flori. Ich habe doch nur diese eine Tochter. Hör zu: An Lucianas viertem Geburtstag meldete sie sich zum ersten Mal, um mir zu sagen, dass nicht ein Tag vergeht, an dem sie nicht an mich und Luciana denken würde. Sie weinte bitterlich am Telefon und ich musste ihr schwören, dass ich euch nichts erzähle, sonst würde sie mich nie wieder anrufen.«

Für einen Moment glaubte ich, mich verhört zu haben. Aber ich wagte nicht, Eva zu unterbrechen.

Leise fuhr sie fort. »Ich erzählte niemanden davon, nicht mal Alessandro. Er dachte, ich telefoniere ab und zu mit einer alten Freundin aus Deutschland. Aber es war immer meine Flori.« Sie hustete und trank umständlich aus ihrem Wasserglas, ehe sie weitersprach. »Ich war so froh, zu wissen, dass sie lebte und ich wollte, dass sie mich weiterhin anrief. So hatte ich sie zurück, mein einziges Kind. Sie rief viele Jahre mit unterdrückter Nummer an und hat mir nie verraten, wo sie sich aufhält. Hätte ich es gewusst, wäre ich sofort zu ihr gefahren.« Eva griff erneut nach dem Wasserglas, trank und hustete danach bedrohlich lange. Sie verharrte in einer halb sitzenden, halb liegenden Position und ich zog ihre Kissen zurecht. »Sie fragte immer als Erstes nach Luciana und ich musste ihr alles, was ich wusste, erzählen. Auch von euch, von dir, Alex und Berta wollte sie alles wissen. Jede Kleinigkeit. Erst, als es mir schlechter und schlechter ging, begann sie, mir ihre ganze Geschichte zu erzählen.« Evas Stimme wurde immer leiser. »Erst vor zwei Monaten verriet sie mir, wo sie lebt ... «, aus den Tiefen ihrer Decke überreichte sie mir einen zerknautschten Zettel. »Ich habe aufgeschrieben, was ich verstanden habe.«

Ohne ein weiteres Wort schlief Eva ein. Sie sah im Schlaf mehr tot als lebendig aus und ich fühlte erschrocken nach ihrem Puls. Er war schwach, aber er war da. Ich zog den großen Quilt um ihre schmalen Schultern und strich ihr zärtlich über den fast kahlen Kopf.

Bleischwer saß ich noch eine Weile neben der schlafenden Eva, den zerknautschten Zettel in der Hand und fassungslos über das, was ich gerade gehört hatte.

Alessandro und Luciana kamen vom Einkauf zurück und ich ließ den Zettel, ohne einen Blick darauf geworfen zu haben, in meiner Tasche verschwinden.

53

Luciana überredete mich, mit ihr zu unserem Strand zu fahren. Es war früher Abend und an solchen heißen Sommertagen eine gute Zeit, noch einmal ins Meer zu tauchen. Wir fuhren Richtung Vada und nahmen den geheimen Trampelpfad zum hellen Sandstrand.

Die Touristen und Familien mit kleineren Kindern kamen uns scharenweise entgegen und die Blicke blieben, wie so oft, wenn ich mit ihr unterwegs war, an Luciana hängen, die das kaum registrierte. Ihre Haare waren inzwischen sehr lang und nach wie vor hellblond. Meistens drehte sie sich einen verwuschelten Knoten ganz oben auf dem Kopf und ich konnte mich an eine Zeit erinnern, als Flori ihre Haare ebenfalls so trug. Ihre Optik war das eine, aber viel bezaubernder fand ich ihre Körperhaltung, die ihre Selbstsicherheit widerspiegelte. Ihr Rücken war kerzengerade, die Schultern ebenfalls und sie schaute den Menschen offen und direkt ins Gesicht.

Wie seinerzeit als Kind tänzelte und hüpfte sie neben mir her, statt zu laufen. Sie sprühte vor Lebenslust, dass es neben mir Goldfunken schlug.

»Komm, Romy. Nicht erst hinlegen. Baden! Schwimmen! Eintauchen! *Andiamo, andiamo*!« Sie zog mich ins Wasser und ich hatte keine Chance, in Ruhe anzukommen.

Später, als wir zum Trocknen auf dem Handtuch im warmen Sand lagen und selbst Luciana kurz still war, konnte ich meine Gedanken zu dem schweifen lassen, was ich heute erfahren hatte.

Über all die Jahre war Luciana in dem Glauben aufgewachsen, dass ihrer Mutter etwas zugestoßen war. Sie wusste inzwischen, dass es zwar nie eine Leiche gab und ihre Mutter weiterhin den Vermisstenstatus hatte, aber sie wirkte nicht so, als ob sie auf irgendetwas hoffte.

Sie hörte sich Geschichten über ihre Mutter an, als würden wir von einer Fremden erzählen. Diese *andere* Mutter hätte sie ja gern mal kennengelernt, war oft ihr abschließender Kommentar. Mäßig interessiert war nicht übertrieben. Luciana hatte in unserer Sippe, wie sie unsere Familie gern nannte, einen festen Platz und wirkte glücklich.

Romy, wann ist die Sippe mal wieder vollständig?

Ich hörte sie im Geiste reden. *Die andere Mutter.* Schulterzuckend wechselte sie dann oft das Thema, was bedeutete, vielleicht ergibt sich mal ein Treffen. Vielleicht aber auch nicht.

»Wart ihr früher auch immer an dieser Stelle baden?«, unterbrach Luciana die Stille.

»Ja, das war unsere Lieblingsstelle. Aber wir waren oft im Winter hier, zum Jahreswechsel, da waren wir nur spazieren und haben nach Strandgut gesucht.«

»*Nonna* hat mir alte Fotoalben gezeigt. Sie wollte sie unbedingt mit mir zusammen anschauen.«

»Und? Hast du uns alle erkannt?«

»Ja, am Anfang waren da noch meine andere Mutter und ein Mann. Von dem habt ihr mir noch gar nicht viel erzählt.«

»Bestimmt Mirko. Wenn du willst, erzähle ich dir mal unsere ganze Geschichte.«

»Oh, ich will. Ich will alles wissen. Am besten übermorgen, da kann Marlon dabei sein. Ich glaube, den interessiert das auch.«

»Abgemacht. Ich hoffe, ihr seid geduldig und bringt Zeit mit. Ich muss schauen, wo ich zu erzählen beginne.«

»Von vorn, Romy. Bud sagt immer, alle Geschichten haben einen Anfang und ein Ende. Die guten und die schlechten Geschichten.«

»Da hat er wohl recht.«

»Ich glaube, meine *Nonna* stirbt bald. Was wird dann mit Alessandro?«

»Ich denke, er bleibt auf seinem Hof und lebt sein Leben zu Ende.«

»Sein Leben zu Ende leben«, sinnierte sie noch über den Satz.

»Ich hab noch viel Zeit, mein Leben zu Ende zu leben.«

»Oh ja, das hast du.«

Wir machten uns auf den Heimweg und als ich endlich allein in meinem Zimmer saß, holte ich den zerknautschten Zettel hervor. Eva hatte alles aufgeschrieben, was sie von Flori wusste oder herausgehört hatte.

Deutsche Siedlung, Chile, Ärztin, Krankenhaus und eine Mailadresse, zumindest einen Teil davon, denn es gab kein @-Zeichen. Ich las den Zettel wieder und wieder, ehe ich fassen konnte, was ich da las.

Sie lebte. Sie lebte in Chile? Südamerika? Verdammt, wo genau lag Chile?

Ich durchforstete das Internet nach der deutschen Siedlung und probierte die Mailadresse, indem ich ein @ zwischen die Buchstabenreihe schob, wo es mir am logischsten erschien.

Ohne Zeit zu verlieren und ohne weiter nachzudenken, schrieb ich eine kurze Mail.

> *Hi Flori,*
>
> *hier ist Romy. Eva liegt im Sterben und wollte ihr Wissen nicht mit ins Grab nehmen. Sie hat mir ein paar Hinweise überlassen, wo Du sein könntest. Anscheinend bin ich diejenige, die ständig irgendwelche Geheimnisse erfährt und damit umgehen muss. Falls das Deine Mailadresse ist, gib mir bitte ein Zeichen.*
>
> *Deine Romy*

Als ich auf den Senden-Button gedrückt hatte, war ich aufgeregt und bereits eine Stunde später kam eine Antwort.

> *Oh mein Gott, Romy,*
>
> *ja, das ist meine Mailadresse und es tut mir echt leid, dass du schon wieder eingeweiht wurdest. Ich wollte das nicht und habe meine Mutter angebettelt, es für sich zu behalten. Ich lebe und arbeite in Chile. Ich habe mir so sehr gewünscht, von Dir zu hören bzw. von Euch zu hören und gleichzeitig habe ich so viel*

Angst, von Dir/Euch zu lesen und zu hören. Angst ist das eine, aber noch viel größer ist die Scham. Ich habe bereits vor Jahren begonnen, meine Geschichte aufzuschreiben. Wenn du was hören willst, erzähle ich dir alles. Wenn du nichts hören willst, kann ich das nur zu gut verstehen, dann schweige ich ab sofort wieder und bleibe in der Versenkung.

Deine Flori

Wir schrieben uns die ganze Nacht, jedenfalls auf meiner Seite der Welt war es nachts. Auf Floris Seite war es taghell und Winter. Ich entschied zusammen mit Flori, Luciana reinen Wein einzuschenken und auch diesen Teil der Geschichte nicht zu verschweigen. Luciana konnte dann neu wählen, ob sie ihre andere Mutter kennenlernen wollte oder nicht.

Ich wusste noch nicht, was ich fühlte. Es war ein Mix aus Erleichterung, Unverständnis, Wut und Liebe. Normalerweise erzählte ich Roberta, Bud und Alex sofort alles, was so passierte. Dieses Mal fühlte ich, dass ich es erst Luciana erzählen wollte und dann allen anderen.

Da Berta und Alex schon seit zwei Monaten in Indien weilten, konnte ich sie sowieso nicht erreichen. Ich erinnerte mich zu gern an Alex' Gesicht, kurz bevor sie aufbrachen.

Er fragte Roberta schelmisch grinsend: »Na, junge Frau. Bereit für *sex, drugs and rock`n'roll?*«

Und sie antwortete lakonisch mit ihrer rauchigen Stimme: »Na, alter Mann. Bereit für Meditation, Stille und Achtsamkeit?«

Mein dezentes Kopfschütteln, unterstützt von der verneinenden Karnickelgeste ignorierte er und schaute irritiert zu Roberta. Nach diesen Statements konnte man durchaus von unterschiedlichen Erwartungen ausgehen und ich war gespannt, wie sie nach dieser Reise zurückkommen würden.

54

Einen Tag später holte ich Marlon vom Flughafen ab. Schon von Weitem sah ich ihn unter all den Menschen. Seine Augen suchten mich und als er mich sah, kam er winkend und strahlend wie ein Bernstein in der Sonne auf mich zu.

»Hi, Mom. Wo ist Lucia?«

»Sie ist bei Eva geblieben und wartet schon auf dich.«

»Wie geht's Eva?«

»Von Tag zu Tag schlechter. Sie wird stiller und immer weniger. Ich vermute, so geht das mit dem Sterben. Man wird einfach weniger.«

»Lucia hat mir schon erzählt, dass du mit uns einen Erzählabend einlegen willst. Cool!«

»Ja, Luciana wollte gern, dass du dabei bist.«

Während der halbstündigen Fahrt mit der klapprigen Ente erzählte Marlon von seinem Trainingscamp.

Auf dem Hügel angekommen, stieg er wie der Blitz aus, ließ alles fallen und hob Luciana, die ihm schon entgegenrannte, in die Luft und stellte sie abrupt wieder auf den Boden.

»Manno, Lucia bist du schwer geworden. Gute italienische Küche oder was? Mom, ich hab Hunger. Was gibt's zu essen?«

Luciana haute ihm kraftvoll auf den Rücken. »Rotzfrech ist dein Sohn, Romy! Ich bin nicht schwerer geworden. Du hast nicht genug Kraft, du Jungspund. Komm erst mal in mein Alter.«

Ich ahnte, dass sie sich nun wieder die nächsten Stunden necken würden, und wechselte das Thema. »Wir essen drüben bei Marta.«

»Oh ja, lecker. Yummi, yummi«, wiederholte Marlon in Kindersprache und rieb sich den Bauch wie damals, als Fünfjähriger.

Bevor wir zu Marta und Massimo gingen, flüsterte ich Eva ins Ohr, dass ich den Kindern heute alles erzählen würde. Ich bildete mir ein, einen kleinen Seufzer der Erleichterung gehört zu haben.

Bei Marta und Massimo angekommen, die nun auch Ende siebzig waren, mussten Marlon und Luciana, die *bambini*, sich umarmen und küssen lassen. Was für ein Geknuddel und Geküsse, ehe sie sich setzen durften.

Marta, die ich nur noch mit Schürze und Kochlöffel sah, war ihrer rundlichen Figur treu geblieben. Massimo trug Tag und Nacht Arbeitshosen. Arbeitslatzhosen und ein Basecap. Er trainierte seit einiger Zeit seine Muskeln, damit er Marta die Treppe hoch oder runter tragen konnte, falls sie mal seine Hilfe brauchte.

»Wir werden nicht jünger, Romy«, sagte er. »Und um Marta zu tragen, brauche ich Muskeln. Jedes Jahr ein paar mehr.«

Sie haute ihn mit dem Kochlöffel und lachte ihn dabei zärtlich an.

»Wieso denkst du überhaupt, dass du sie tragen musst?«, fragte ich.

»Ihre Hüfte und ihre Knie schmerzen, auch wenn sie es nicht zugibt. Ich sehe es. Unser Schlafzimmer ist oben, das Bad ist unten. So wie ich Marta kenne, wird sie erst auf der unteren Etage schlafen wollen, wenn sie den Kopf unter dem Arm trägt. Die Betten nach unten zu räumen, wäre der erste Schritt ins Grab. Ich höre ihre Argumente und bin gewappnet. Ich werde sie tragen, solange ich kann.« Massimos Liebe überwältigte mich und ich musste schlucken. Marta, die seiner Erklärung gefolgt war, unterbrach uns und rief alle zum Essen.

Abends machten wir es uns im Garten gemütlich. Die Sonne verschwand langsam hinter dem ersten Hügelzug und strahlte orangerot beim Untergehen. Marlon und Luciano saßen um mich herum und warteten gespannt, dass ich endlich begann. Die alten Fotoalben lagen parat und ich erzählte unsere Geschichte. Die ganze Geschichte. Zuerst von Floris, Robertas und meiner Jugendzeit, unseren Träumen und unserer Freundschaft.

Ich erzählte von Baby Annas plötzlichem Tod, Floris anschließender Krise. Ich sprach über Evas Angst, dass ihre Tochter auch sterben würde, von den Höhen und Tiefen, den Entscheidungen und Fehlentscheidungen in unseren Dreißigern. Dem Fremdgehen und dem Leben mit Geheimnissen und Lügen. Meine Liebe zu Marius und meinen Wunsch, sein letztes Geschenk, Marlon, anzunehmen, ließ ich auch nicht aus. Von Flori und Mirko redete ich, dem Unfall, der Trennung, dem nachfolgenden Abgrund und der kleinen Luciana, die unbedingt bei uns bleiben sollte, weil wir sie liebten. Von Alex grandioser Idee, zusammen zu leben und von Bud Spencer und allem anderen.

Beide hörten mir die ganze Zeit aufmerksam zu.

»Und du weißt gar nicht, wo mein Vater ist?«, fragte Marlon mit erstickter Stimme.

»Nur das Land und seinen vollständigen Namen.«

»Ich würde ihn gern mal kennenlernen.«

»Wer weiß, Marlon. Vielleicht finden wir ihn. Ich habe nie aktiv gesucht, da unsere Geschichte mit seinem Abflug beendet war.«

»Aber ich bin auf die Welt gekommen, eure Geschichte war daher nicht beendet.«

Der Junge brachte mich zum Nachdenken. Stimmte es? War unsere Geschichte nicht zu Ende? War es doch eine falsche Entscheidung, unsere Trennung einfach hinzunehmen?

Ich hatte wirklich keine Anhaltspunkte, wie ich ihn suchen konnte. Als ich schwanger war, hatte ich einmal im Internet seinen Namen eingegeben und keinen einzigen Treffer gehabt. Ich kannte auch niemanden aus seinem Umfeld und wollte damals einen Haken hinter unsere Geschichte machen und nach vorn schauen. Marlon hätte gern mehr gewusst, aber mehr als unsere Liebesgeschichte konnte ich Marlon nicht erzählen. Ich sah sein enttäuschtes Gesicht. Seufzend erzählte ich weiter und schaute dabei zu Luciana.

»Wartet, das ist noch nicht alles. Seit ein paar Tagen weiß ich, dass Flori in Chile lebt. Eva wusste davon und wollte dieses Wissen nicht mit ins Grab nehmen. Und ich, na ja, ihr habt gesehen, was Geheimnisse und Lügen anrichten können. Ich stehe dafür nicht mehr zur Verfügung.«

»Meine andere Mutter lebt? Aber wieso ist sie einfach weggegangen?«

»Einfach nicht. Sie hat die ganze Geschichte für dich aufgeschrieben, Luciana. Hier ist ein Auszug von dem, was sie mir geschrieben hat. Wollt ihr es hören?«

»Ja«, kam es wie aus einem Mund.

Liebe Romy,

als ich damals nach dem Unfall Mirko verloren hatte und einfach wusste, dass ich ab diesem Zeitpunkt mit Luciana alleine leben würde, hatte ich nur Angst in mir. Angst, ein ähnlich einsames Leben wie meine Mutter zu führen. Angst, mein Kind emotional zu missbrauchen. Angst, Angst, Angst. Ich war so depressiv und mit Medikamenten vollgepumpt, dass ich wie unter einer Glocke lebte und am liebsten für immer da geblieben wäre. Geschützt unter einer Glocke. Ich wollte nicht mehr zurück in dieses reale Leben mit all seinen Anforderungen. Ich verstand mit einem Mal das Wort lebensmüde. Ich war des Lebens müde.

Bilder von meiner toten Anna quälten mich jeden Tag, jede Nacht und mein wahnsinniges Gehirn zog ständig Parallelen, dass ich Luciana auch zu Tode pflegen oder zu Tode lieben würde.

Wenn es Minuten von Klarheit gab, grübelte ich darüber nach, wie alles weitergehen sollte. Plan A war, mich umzubringen, weil ich wusste, wenn ich tot wäre, würdet ihr euch um Luciana kümmern. So hätte sie die Chance auf eine gute Entwicklung, ein gutes Leben, weil ihr die Einzigen wart, denen ich vertraute. Leider war ich nicht konsequent genug für Plan A. Die Zeit drängte und ein Plan B musste her. Plan B war, einfach aus Lucianas und eurem Leben zu verschwinden, auch damit hoffte ich, dass sie bei euch leben durfte. Eine andere Form des Totseins. Das

Wegsein.

Wenn ich in Berlin geblieben wäre, wäre es weder gut für Luciana noch für mich gewesen. Ihr hättet immer versucht, mich zurückzuholen, mich zur Therapie zu schicken oder mich sonst wie zu verändern. Das Beste war aus damaliger Sicht, ganz zu verschwinden. Heut würde ich es anders machen, aber damals war es die einzige Lösung für mich.

Mein damaliger Favorit Nummer eins, du erinnerst dich, war die ganze Zeit bei mir. Er ist Lucianas Vater, sie sieht ihm sehr ähnlich, wie aus dem Gesicht geschnitten. Er ist ein melancholischer, sensibler Mann, selbst noch ein Kind und definitiv unfähig als Vater. Er lebt mit mir in Chile. Wir halten einander fest wie zwei Ertrinkende. Ich arbeite im Krankenhaus und er schreibt und schreibt, ohne je etwas zu veröffentlichen.

Damals, etwa zwei Jahren nach meinem Verschwinden, hielt ich es nicht mehr aus und rief Eva an. Ich ahnte, wie sie sich quälen musste. Sie war ja auch eine Mutter. Sie sollte wissen, dass es mir gut ging, und ich fragte sie ständig nach Luciana aus. Ich war beruhigt, als ich hörte, dass sie tatsächlich in eurer Mitte war. Mein Plan war aufgegangen, dafür hätte ich jedes Opfer gebracht.

Eva erpresste ich, dass ich mich nie mehr melden würde, wenn sie euch etwas erzählen würde. Verzeiht ihr. Als es ihr dann schlechter ging, habe ich ein bisschen mehr von meinem Leben erzählt.

Das ist mein Dilemma im Groben, ich schreibe Dir später mehr, jetzt bin ich erledigt. Ich komme übrigens nicht mehr nach Deutschland. Ich könnte niemandem von euch in die Augen schauen. Ich arbeite hier wie eine Bekloppte und versuche, zum Ausgleich meines verpfuschten Lebens, wenigstens ande-

ren Menschen Rettung und Hilfe zu geben. Ärztin zu werden, war nach Annas Tod die beste Entscheidung, die ich jemals getroffen habe. Danke für alles, Romy.

Deine Flori

Luciana rannen die Tränen die Wangen hinunter und Marlon hielt ihre Hand.

»Ich möchte sie kennenlernen«, war ihre erste spontane Antwort.

Ich nickte. Damit hatte ich gerechnet. Nun konnten die beiden selbst entscheiden, was sie aus ihrer Beziehung machen wollten. Flori und Luciana.

Einige Passagen des Briefes an mich hatte ich Luciana nicht vorgelesen. Sie waren nur für mich bestimmt.

Hör zu, Romy und unterbrich mich bitte nicht. Mein erstes Kind ist am plötzlichen Kindstod gestorben und hatte sich entschieden, nicht leben zu wollen. Ich weiß, dass du mich jetzt unterbrechen würdest. Aber es ist mir egal, was du oder andere sagen würden, das ist mein Gefühl.

Bis zum ersten Lebensjahr kann sich die Seele mit dem Körper verbinden, um zu leben oder auch nicht. Da gibt es eine Entscheidung. Flori, hör auf. Woher hast du das?, würdest Du einwerfen und ich würde antworten: Hab ich gelesen, ich hatte ja viel Zeit in den vielen Klinikmonaten. Auch wenn es alle als verrückt abgetan hätten, mich sprach diese Sicht der Dinge an. Aber warte, denn den ersten Verlust hatte ich ja einigermaßen verkraftet. Aber dann kam Luciana, mein zweites Kind, auf die Welt. Direkt nach der Geburt schaute ich in ihre Augen und erstarrte, denn ich sah in ihren Augen auch die Antwort: Gib mich frei, flüsterten sie mir zu. Also hielt ich sie fester, bewachte sie, ließ sie neben meinem Bett schlafen, war immer erreichbar. Sie sollte nicht sterben, nicht noch einmal ein Kind verlieren. Dieses ‚gib mich frei' hatte ich sofort mit Sterben assoziiert. Erst später hatte ich es verstanden, gib mich frei hieß, lass mich woanders aufwachsen. Sie wollte leben, sie wollte gar nicht sterben.

Ich bekam beim Lesen eine Gänsehaut nach der anderen.

Glaub mir, Romy. Ich hätte sie erdrückt vor Angst, hätte ihr die Luft zum Atmen genommen, wäre immer schon da, bevor sie die Chance hätte, selbst etwas herauszufinden. Und dann wäre sie mir wieder zu viel gewesen und ich hätte sie gehasst. Das wollte ich ihr ersparen und mir auch. Inzwischen hatte ich sie so lange nicht gesehen und ich konnte nicht mehr zurück. Ich konnte einfach nicht. Ich wusste, dass sie es bei Euch um so vieles besser hätte. Ohne mich.

Ich bin eine gestörte Frau, das siehst du ja nun selbst, wenn du das alles liest. Schau mich an, was wäre ich ihr denn für ein Vorbild gewesen? Wenn es schwierig wird, drehe ich durch oder werde krank. Luciana war so viel weiser als ich, schon als Baby. Immer wenn ich ihren Blick sah, sah ich mein Scheitern ...

... noch kurz zu meinem Favorit Nummer eins.

Ich hatte mehrmals versucht, ihn abzuwimmeln, weil ich meine Beziehung mit Mirko nicht gefährden wollte. Einmal, als ich mit Mirko wieder einen heftigen Streit hatte, habe ich mich auf ein reales Treffen, in der realen Welt, mit ihm eingelassen. Ich hatte ihn ja nie im echten Leben gesehen, immer nur im Netz. Er hat mir sofort gefallen, er war ja nicht ohne Grund mein Favorit Nummer eins gewesen. In dieser Zeit hatte ich innerhalb von vier Wochen mit drei Männern Sex. Der Poet, Mirko und Alex. Ungefähr in dieser Reihenfolge. Ich weiß, was du denkst. Ja, ich wollte das pure Leben, wollte lieben und geliebt wer-

den. Auch von mehreren Männern gleichzeitig. Animalisch und wild.

Als ich dann schwanger war, wusste ich wirklich nicht, von wem ich schwanger war, und ich wollte so unbedingt, dass es von Mirko war. Also blendete ich alles andere aus, was mein Bild von einer heilen Welt störte. Schon nach den ersten Wochen, als Luciana auf der Welt war, wusste ich, dass der Poet ihr Vater ist. Ich habe es ihm bis heute nicht gesagt. Ich weiß, weitere Geheimnisse und Lügen ... aber, ich brauche ihn für mich allein. Brauche seine ungeteilte Aufmerksamkeit. Ich bin so oft im Leben falsch abgebogen, ich möchte einmal den richtigen Weg einschlagen. Was ich kann, ist, eine Ärztin zu sein, auch wenn ich immer noch aussehe, als hätte ich nicht alle Tassen im Schrank, oder Latten am Zaun ... wie Berta sagen würde ... oder Stifte in der Tasche. Meinst du, Roberta wird mir je verzeihen?

Ich ließ Marlon und Luciana allein. Sie hatten eine Menge zu verdauen. Bevor ich schlafen ging, schaute ich noch bei Eva vorbei. Es war spät geworden und ihr Atmen war nur noch erkennbar, wenn man sich dicht zu ihr beugte.

»Eva, hörst du mich? Deine Luciana will deine Flori kennenlernen. Sie kennt jetzt die ganze Geschichte. Alles ist gut. *Tutto bene.*« Ich hielt ihre Hand und half Alessandro beim Umbetten.

Am Morgen war Eva tot. Irgendwann zwischen Mitternacht und sechs Uhr morgens musste sie gestorben sein. Ihr Gesicht sah friedlich und entspannt aus. So, als wäre nun alles erledigt. Ich hatte keine Scheu, sie anzuschauen und zu berühren. Für einen Moment legte ich mich zu ihr ins Bett, wie damals, als ich neben Flori im Klinikbett lag. Nur, dass Flori noch lebte. Damals und heute.

Luciana weinte bitterlich, sie hatte ihre geliebte *Nonna* verloren und Marlon wich nicht von ihrer Seite.

Ich blieb bis zur Beerdigung. Bud und Nelly kamen direkt aus London nach Italien geflogen und brachten Ben und Max mit.

Nur Roberta und Alex waren unauffindbar und ich betete, dass das nur vorübergehend war.

Ich schrieb Flori, dass ihre Mutter gestorben sei und sie doch bitte kommen sollte.

»Ich kann nicht«, war ihre Antwort und ich hätte sie schon wieder schütteln können, »meine Mama ist in meinem Herzen. Ich brauche kein Grab.«

Epilog

Unsere Weihnachtswoche verbrachten wir in diesem Jahr wieder im Toskanahaus, denn endlich waren alle zurück von ihren Reisen. Die Sippe war fast vollständig zusammen. Lediglich Nelly war für eine Reportage in Südafrika und die hochschwangere Sarah wollte nicht mehr verreisen. Mein Bud Spencer war bald ein Opa Spencer und konnte es kaum erwarten, am liebsten wäre er auch zu Hause geblieben, um nichts zu verpassen.

Max erschien nur für drei Tage, er wollte sein neues Modelabel nicht aus den Augen lassen, vielleicht auch nicht seine zwei Liebsten.

»Ein Junge und ein Mädchen, wie soll das gehen?«, Marta konnte sich immer noch nicht beruhigen. Max setzte die Hypothese seines Vaters um, der schon vor vielen Jahren behauptete, man könne mehrere Menschen gleichzeitig lieben.

Luciana war gerade aus Chile zurück und wir warteten gespannt auf ihren Bericht.

»Ihr braucht mich nicht so anzuschauen. So viel gibt es gar nicht zu erzählen. Sie hat mich vom Flughafen abgeholt und sofort erkannt. Ich schaute sie an und war erst enttäuscht, denn ich fühlte gar nichts. Sie war eine fremde Person für mich. Die andere Mutter, wie ich sie schon immer nenne. Dann sah ich ihren Mann, also meinen genetischen Vater und wusste, warum sie mich sofort erkannt hatte. Ich sehe aus wie er. Beide waren total nett zu mir. Mit ihm konnte ich gar nichts anfangen, er hat nur Augen für Florence. Er hat mich nichts gefragt, wollte nichts wissen. Ich glaube, er war froh, als ich wieder abgereist bin.« Sie machte eine kleine Pause. »Mein Vater bist du, Alex, und auch du, Bud, bist mir mehr ein Vater als dieser fremde Mann.« Sie nahm Blickkontakt zu den beiden Männern auf, die vor Rührung nicht wussten, wo sie hinschauen sollten. »Und Florence fand ich von Tag zu Tag sympathischer. Ich durfte mit in ihr Krankenhaus gehen und habe gesehen, wie viel sie arbeitet, auch ehrenamtlich. Sie hat mir noch viel von sich erzählt. Ich war froh, dass sie mich nicht gefragt hat, ob ich ihr verzeihen könne. Darauf hätte ich keine Antwort. So wie ich die Geschichte verstanden habe, hat sie mir etwas geschenkt, nichts weggenommen. Sie muss sich selbst verzeihen.«

Roberta und ich schauten uns stolz an. Dieses kluge Kind. Unser kluges Kind. Unser Mädchen. Jetzt schaute sie mir in die Augen und dann Berta. »Meine Mütter seid ihr, Romy und Berta ... und meine *Nonna* Eva.« Jetzt wussten wir auch nicht, wo wir hinschauen sollten.

»Eine Frage habe ich noch, Luciana. Hat sie denn vor, nach Deutschland zu kommen?«, kam es ruhig aus Alex' Ecke.

»Nein, das wird sie nicht tun. Auf keinen Fall. Sie ist voller Scham- und Schuldgefühle. Sie konnte mir schon kaum in die Augen schauen. Ich glaube, bei euch wird das alles noch schwieriger. Sie hat euch ja ihr Kind untergejubelt und sie ist mit dem Mann ihrer besten Freundin fremdgegangen. Hallo! Bei euch ging es ja ganz schön ab.« Sie grinste frech und ich hatte das Gefühl, dass sie unsere Geschichte zu knapp zusammenfasste.

»Phh ...«, pfiff es aus Robertas Mund. Selten hatte ich sie sprachlos gesehen. »So eine freche Göre, komm du mal in die Wirren der Liebe. Wir sprechen uns wieder!«

Die Männer blieben ganz ruhig und Alex rückte mit seiner Idee erneut vor in die erste Reihe.

»Na, dann müssen wir wohl mal wieder alle verreisen. Next Stop: Chile? Seid ihr dabei?«

Wir besiegelten die Idee, Flori nächstes Jahr in Chile zu besuchen. Ich schickte einen Gedanken zu Eva: Schau, Eva. Wir fahren zu Flori. Am Ende wird alles doch noch gut.

Mein Marlon schaute nachdenklich in die Runde. »Wenn ich achtzehn bin, werde ich meinen Vater auch suchen. Ich will es wenigstens probiert haben.«

»Wenn du das willst, helfe ich dir gern. Ich bin gut darin,

Leute zu finden«, sagte Bud und schaute mich fragend an.

Ich nickte dieses einvernehmliche Nicken, wonach ich mich immer gesehnt hatte. Das, was nur Menschen konnten, die lange zusammen waren. Dieses Nicken, voller Liebe. Ich schickte noch einen Gedanken zu Eva. Danke für den Tipp mit der Freundschaft, Eva. Bud ist mein allerbester Freund und mein Mann. Sollten sie Marius suchen. Warum eigentlich nicht.

»Du bist gut darin, Leute zu *erfinden*, du berühmter Schriftsteller«, konterte Luciana, die scheinbar heute alle nur ärgern wollte, »aber finden? Ich helfe euch mal lieber.«

»Bud, lass uns morgen gleich anfangen. Okay?« Marlon konnte es nicht abwarten und Luciana schenkte er einen Blick des Einverständnisses. Sie würde dabei sein. Logisch.

»Okay.« Sie berührten sich alle drei mit den Fäusten und besiegelten ihr Vorhaben.

»Jetzt reicht's aber. Lasst uns anfangen!« Marta wartete bereits ungeduldig darauf, dass sie endlich auftafeln konnte.

Aperitivo, Antipasti, Primi, Secondi, Dolce é Caffe.

ENDE

Mehr zur Autorin findet ihr hier:

www.helenabaum.de

www.facebook.com/autorinhelenabaum/

Danke

Ganz zum Schluss noch mein Danke an die Menschen, die mich während der letzten Schreibmonate begleitet und inspiriert haben. Zuerst ein großes, dickes und von Herzen kommendes Dankeschön an meine Leser und Leserinnen. Eure Rückmeldungen, Briefe und Mails haben mich angespornt, weiter zu schreiben. Zuerst dachte ich, ich schreibe die Liebesgeschichte (Romy und Marius) auf und dann wollte so viel mehr erzählt werden. Aber gut, die Liebe spielt im ganzen Buch eine große Rolle.

Maria, mein Mädchen. Mein erster persönlicher Dank geht an dich. Jedes Mal, wenn ich in deiner Familie zu Besuch bin, gerate ich in einen Schreibflow, warum auch immer. Ihr scheint mir gute Energie zu geben und wie schon beim ersten Buch »Erst mal für immer. Kreta«, ist auch der neue Titel auf deinem Mist gewachsen. Du hast die Geschichte kapitelweise während des Entstehens gelesen und kommentiert. Was ich am Abend vorher geschrieben habe, hast du am nächsten Tag gelesen. Ich musste mich ganz schön beeilen hinterherzukommen.

Für das Vorablesen danke ich auch Pascale, Miriam und Eike. Eure Hinweise waren Gold wert und ich habe sie fast alle umgesetzt.

Liebe Elsa, du warst meine Lektorin und in mehreren Durchgängen hast du mir Hinweise gegeben, Vorschläge gemacht und auch mal an den Rand geschrieben: »Ach nö!«, was mich schmunzeln und die Ärmel hochkrempeln ließ, um ganze Kapitel umzuschreiben. Ich hoffe, wir haben allen kleinen und großen Fehlern den Garaus gemacht. Ich danke dir sehr!

Auch dir Frank, meinem besten Freund und Mann im Leben, gilt mein Dank. Ich weiß, wie einsilbig, entrückt und mufflig ich sein kann, wenn ich im Schreibflow bin. Du hast mir trotzdem Kaffee gebracht, gesunde Mahlzeiten gekocht und es geschafft, mich nach draußen zu locken.

Auf ein Neues!

Printed in Poland
by Amazon Fulfillment
Poland Sp. z o.o., Wrocław

54633815R00195